BASTEI
LÜBBE

Carrie Williams

INDISCHES FEUER

Erotischer Roman

Aus dem Englischen übertragen von
Rolf Schmitz

BASTEI
LÜBBE

BASTEI LÜBBE TASCHENBUCH
Band 16 413

1. Auflage: November 2009

Vollständige Taschenbuchausgabe

Batei Lübbe Taschenbücher in der Verlagsgruppe Lübbe

Deutsche Erstausgabe

Titel der englischen Originalausgabe: Chili Heat

Dieses Werk wurde vermittelt durch die
Literarische Agentur Thomas Schlück GmbH; 30827 Garbsen
Titelillustration: © getty-images/Sydney Shaffer
Umschlaggestaltung: Christin Wilhelm
Satz: Urban SatzKonzept, Düsseldorf
Gesetzt aus der Palatino
Druck und Verarbeitung: Norhaven A/S
Printed in Denmark
ISBN 978-3-404-16413-4

Prolog

Draußen ist es schwül und heiß, aber im Zimmer ist es kühl. Ich liege auf dem Bett und höre dem regelmäßigen Klicken des Ventilators zu, der träge die Luft verteilt. Ich versuche zu schlafen, denn ich bin abgeschlafft von den nächtlichen Aktivitäten. Aber dann höre ich das Quietschen der Türangeln, und ich weiß, dass einer von ihnen zurück ist. Trotz meiner Erschöpfung beginnt ein Pochen zwischen meinen Schenkeln, und in wenigen Sekunden bin ich nass und laufe aus wie eine überreife Frucht. Es scheint, dass ich nicht genug bekommen kann. Das ist wie eine Krankheit.

Ich öffne die Augen nicht, kann sie nicht öffnen, obwohl meine Ohren den Schritten folgen, die sich durchs Zimmer bewegen. Die Flip-Flops auf dem Steinboden. Wer ist es? Natürlich hoffe ich, dass er es ist. Wenig ist mir versagt worden, abgesehen von dem, was ich am meisten begehre – ihn. Ich will ihn wenigstens noch einmal für mich haben.

Eine Hand streicht über meine nackte Hüfte, lässt sie glühen. Ich versteife mich, dann schüttle ich mich vor Verlangen. Die andere Hand schiebt sich zwischen meine Beine und gleitet zwischen die Lippen meines Geschlechts.

Zwei Finger flutschen in mich hinein, und der Daumen verharrt auf der Klitoris, reibt darüber, reibt schneller, aber immer noch federleicht. Ich krümme den Rücken, als wollte ich seinen Daumen begrüßen. Schon jetzt fühle ich, wie sich der Orgasmus aufbaut.

Ich liege gestreckt auf dem Bett, der Kopf hängt über die Seite, und die Haare fegen den Boden. Ich komme mir wie ein

Opfer vor. Ich scheine unfähig zu sein, irgendwas zu tun, ich kann nicht reagieren, kann mich nicht revanchieren, nehme nur entgegen, liefere mich ihm aus, überlasse mich seiner Kraft.

Dann schließt sich ein Mund um meinen Nippel, und Zähne nagen an meinem weichen Fleisch, bis ich überrascht und vor Freude aufschreie. Ich reiße die Augen auf und blinzle einige Male im Sonnenlicht des frühen Nachmittags, das durch die Vorhänge aus Gaze gefiltert wird.

Ich schaue ihm zu, wie er sich aufrichtet und sich auf die Fersen niederlässt. Er nimmt den Schaft in die Hand und scheint ihn mir als Geschenk anbieten zu wollen. Ich lächle ihn an, als er sich mir nähert, und erst jetzt kann ich reagieren; ich lange nach unten und öffne mich für ihn.

Plötzlich ist er in mir, und die Lust fließt durch mich wie die gewaltigste Droge, die man sich erträumen kann. Aber während mein Kopf von einer Seite zur anderen schlägt und ich vor Ekstase zu winseln beginne, sehe ich sie, wie sie bei der Tür steht und uns beobachtet, ein neugieriges Halblächeln im Gesicht. Ein Halblächeln des Triumphs. Und plötzlich begreife ich, und daran gibt es nichts zu zweifeln, dass ich ihn nie wieder für mich allein haben werde.

Sie streift das Bikinioberteil ab, dann zieht sie auch noch das Höschen aus. Sie reibt kurz über ihre Spalte, dann kommt sie auf uns zu, die Augen mit einem seltenen hellen Glanz und voller Gier.

Erstes Kapitel

Ich bin aufgewühlt, als wir uns Mumbai nähern. Der Pilot kündigt an, dass jeden Moment die Anschnallzeichen aufleuchten werden. Ich schaue aus dem Fenster und sehe zuerst nichts als mein Spiegelbild: das Gesicht zerknittert und die Haare vom Schlaf zerzaust. Ich lehne mich näher ans Fenster. Obwohl wir unserem Ziel noch nicht so nahe sein können, sehe ich glitzernde Lichter unter uns, und ich fühle, wie meine Aufregung steigt.

Ich wende mich meiner Begleitung zu, und einen Moment lang spüre ich Überraschung und auch ein wenig Enttäuschung. Ich hatte nicht geplant, meine Mutter mit in den Urlaub zu nehmen, aber als meine beste Freundin Katie kurzfristig absagte und Mum vorschlug, für sie einzuspringen, ist mir auf Anhieb keine Ausrede eingefallen.

Außerdem ist Indien nicht gerade eine Gegend, in der ein achtzehnjähriges Mädchen allein herumreisen will. Da sich keine anderen Kandidatinnen aufdrängten, blieb mir nur die Alternative, meine Mum zu akzeptieren oder die Reise ganz abzusagen. Die Reise, die ich schon so lange geplant hatte. Für die ich gespart und von der ich geträumt hatte. Nein, Indien absagen, das kam nicht in Frage.

Meine Mutter heißt Valerie, und sie ist ganz okay, ehrlich. Aber nicht meine ideale Reisebegleiterin. Sie hat ein ruhiges Leben geführt, jung geheiratet und eine Familie gegründet. Seither war sie die pflichtgetreue Ehefrau eines Landarztes und wich nur selten von der Seite meines Vaters. Sie erzog meine Brüder und mich und klagte nie über Selbstaufopferung. Vielleicht hat sie sich auch nie als Opfer gesehen. Vielleicht erwarten wir Mädchen heute eben mehr vom Leben.

Deshalb war es ein Schock für uns, als Mum und Dad sich trennten. Es gab keine lautstarken Auseinandersetzungen, keine Kämpfe, keine Szenen – nur eine Mitteilung, die scheinbar aus blauem Himmel über uns hereinbrach: Sie wollten ihre eigenen Wege gehen. Soviel ich weiß, hatten sie beide keine Affäre, und während des ganzen Scheidungsprozesses redeten sie ganz normal miteinander.

Es schien so, als hätten sie sich nur entliebt. Oder vielleicht waren sie auch eine zu lange Zeit nicht mehr verliebt. Und nun war ich, das jüngste Kind, drauf und dran, auch noch das Nest zu verlassen, und da sahen sie keinen Grund mehr zusammenzubleiben.

Mum ist nie viel gereist, abgesehen von unserem Jahresurlaub auf Teneriffa oder auf dem spanischen Festland. Und selbst wenn wir im Ausland waren, gab sie sich damit zufrieden, sich auf dem Liegestuhl am Pool in der Sonne braten zu lassen, in ihrer Hand der neueste Roman von Dick Francis.

Dad ist in den fünfundzwanzig Jahren ihrer Ehe mehrere Male zurück nach Indien geflogen, hauptsächlich, um seine Familie zu besuchen. Sie hat ihn nie begleitet, weil sie »keinen Bock drauf« hatte, wie sie sich ausdrückte. Deshalb war meine Überraschung umso größer, als sie anbot, mit mir nach Indien zu fliegen. Und jetzt sitzt sie neben mir.

Ich lächle sie an, vielleicht ein bisschen zu fröhlich. »Keine kalten Füße?«, frage ich.

Sie lacht. »Keine Chance. Und du?«

Ich schüttle den Kopf, dann schaue ich wieder aus dem Fenster.

Es wird spät, und Mum besteht darauf, auf dem Flughafen ein Taxi zu nehmen, das uns in die Innenstadt bringen soll. Sie will keinen dieser klapprigen Busse riskieren. Ich gebe nach und denke, dass ich noch viele Gelegenheiten haben werde, mich gegen sie durchzusetzen. Ich habe ein Hotel gebucht, das uns auf die harten Tage, die vor uns liegen, vorbereiten soll, das Aqua am Marine Drive.

Der Taxifahrer kennt das Hotel, aber wir kommen nicht ins Gespräch, weil der Fahrer das Radio lauter stellt und mitsingt. Er trifft die Töne nicht, und bald setzen bei mir schreckliche Kopfschmerzen ein.

Als wir die Hotelhalle betreten, bin ich mit meiner Wahl zufrieden. Aber als wir uns dem Empfangsschalter nähern und ich gerade den Mund öffnen will, spüre ich, wie jemand an meinem Ärmel zupft.

»Nadia, hier bleiben wir nicht«, sagt Mum, und ich drehe mich um und sehe, dass ihre Augen Gefahr sprühen. Sie meint es ernst. Ich werfe noch einen Blick in die Halle. Nicht schlecht, finde ich. Ein bisschen anstaltsmäßig vielleicht, als ob der Bau früher ein Krankenhaus gewesen wäre.

Die Möblierung ist nicht üppig, aber ich entdecke keine Schaben und anderes Getier – jedenfalls noch nicht. Für den Preis ist das Hotel mehr als akzeptabel. Außerdem bleiben wir nur zwei oder drei Nächte, bis wir unsere Reiseroute endgültig festgelegt haben.

Bevor ich meinen Standpunkt klarmachen kann, hat Mum sich auf dem Absatz herumgedreht und verschwindet durch die Eingangstür.

Ich renne ihr hinterher und verfluche Katie und ihr dummes Drüsenfieber. So hatte ich das alles nicht geplant. Ich hole Mum gerade ein, als sie vom Bürgersteig auf die Straße tritt und ein Taxi heranwinkt.

Zweites Kapitel

Ich hätte im Hotel nachfragen sollen, bevor ich das verdammte Taxi anhielt. Dann hätte ich erfahren, dass es innerhalb weniger Gehminuten vom schrecklichen Hotel Aqua mehrere Fünf-Sterne-Hotels gibt. So komme ich mir ein bisschen albern vor, dass ich hier ins Taxi hüpfe und da schon wieder aussteigen muss, während der Fahrer lacht und mich wahrscheinlich für geistig verwirrt hält.

Ich habe Ärger mit meiner Tochter. Mir ist natürlich bewusst, dass dies ihre Reise ist und ich lediglich die Begleiterin bin, vielleicht auch das Kindermädchen oder die Leibwächterin, aber manchmal geht sie in ihrem Eigensinn zu weit. Niemals wäre ich in dieser Jauchegrube von Hotel abgestiegen, das sie für uns ausgesucht hat. Wahrscheinlich hat sie es irgendwo im Internet aufgetrieben.

Wir landen schließlich zehn Häuser vom Aqua entfernt im Intercontinental, was schon eher mein Stil ist, auch wenn die Preise einem die Luft abschneiden könnten. Aber Ravi war mehr als großzügig, als es um die Konditionen der Scheidung ging, und wenn ich das Hotelzimmer mit der Kreditkarte zahle, brauche ich eine Weile nicht darüber nachzudenken. Schließlich ist es eine lange Reise, und eine Nacht in einem bequemen Bett würde mir guttun.

Aber vorher ist noch Zeit für einen Schlummertrunk. Nadia und ich überlassen es dem Personal, unser Gepäck aufs Zimmer zu bringen, und steuern sofort auf die Wodka-Lounge zu, wo ich ihr einen Cocktail spendieren will – alles, um die Falten auf ihrer Stirn zu glätten. Doch ich sehe, dass ihre Stimmung noch tiefer sinkt, als wir die Hotelbar betreten.

Sie ist ein schwieriges Mädchen, sie mag abgefahrene Musik und indische Filme und weiß der Teufel was sonst noch. Und die Barmusik ist überhaupt nicht ihr Ding. Es wundert mich also nicht, dass sie über starke Kopfschmerzen klagt und der lauten Musik im Taxi die Schuld gibt. Nach ein paar Minuten zieht sie sich aufs Zimmer zurück.

Ich lasse mich auf einen der weichen Sitze nieder und schaue mich um. Neben den gut aussehenden Kellnern in ihren schmucken Uniformen sehe ich nur eine Hand voll Gäste. Zwei weiße Paare, die über hohen geeisten Gläsern und kleinen Schüsseln mit Knabbereien sitzen, sowie ein einzelner Mann, der sich hinter einer Zeitung versteckt. Mir fallen seine frisch polierten Schuhe auf und das goldene Glitzern an seinen Fingern. Ich tippe, dass er ein Geschäftsmann ohne Begleitung ist.

Plötzlich neigt sich mir ein Kellner zu und fragt, was ich trinken möchte, und ich sage lächelnd, dass ich gern einem Martini die Luft aus dem Glas lassen würde. Es fühlt sich seltsam an, hier allein in der Bar zu sitzen. Ich kann mich nicht an das letzte Mal erinnern, dass ich so etwas getan habe. Aber es ist ein gutes Gefühl. In meinen Venen zischt etwas, und in meinem Kopf brummt es angenehm. Ich glaube, ich werde eine Weile hierbleiben.

Mein Getränk trifft ein, und während ich daran nippe und spüre, wie mich der Alkohol entspannt, muss ich an Ravi denken und daran, wie überrascht, vielleicht sogar geschockt er wäre, wenn er mich hier sehen würde. Ich frage mich, was er gerade macht. Wahrscheinlich ist er noch nicht lange von der Arbeit zu Hause – als Chirurg in der Notaufnahme hat er immer viele Stunden arbeiten müssen. Vielleicht schaltet er gerade bei einem Glas Whisky ab, was oft der Fall war, während er darauf wartete, dass ich das Essen servierte.

Heute Abend werde ich kein Essen servieren. Ich bin auf

der anderen Seite der Welt und nicht mehr seine Ehefrau. Das war so lange meine Rolle, mein *raison d'être.* Ich kriege es nicht so schnell in meinen Kopf rein, dass ich nicht mehr Ravis Frau bin. Dass ich niemandes Ehefrau bin. Ich war es, die aus dieser Rolle rauswollte, aber das bedeutet nicht, dass ich sie nicht vermisse. Die Sicherheit, die sie einem gibt, das Etikett, das einem anhaftet, auch wenn es kein aufregendes Etikett war.

Ich habe mir den zweiten Martini vorgeknöpft und bin mehr als nur angeheitert – ich weiß, dass ich ziemlich betrunken bin, denn ich hebe mein Glas und spreche einen stummen Toast auf Ravi und unsere fünfundzwanzigjährige Ehe aus.

In diesem Moment faltet der Mann seine Zeitung, steckt sie unter den Arm, erhebt sich und kommt auf mich zu. Seine Augen sind auf mich gerichtet, und eine Sekunde lang lässt mich sein direkter Blick glauben, dass ich ihn kennen muss. Ich studiere sein Pfeffer-und-Salz-Haar, kurz geschnitten, und seine blassblauen Augen, dann beschließe ich, dass ich ihn nicht kenne, ihn aber gern kennen würde.

Er sieht das offenbar genauso, denn er bleibt vor mir stehen und streckt einen Arm auf den Sitz neben meinem aus. »Haben Sie was dagegen?«, fragt er, und ich höre New York in seiner Stimme, obwohl ich nicht viel gereist bin. Meine bescheidenen Kenntnisse, was Dialekte angeht, habe ich von den Fernsehshows.

»Nein, überhaupt nicht, bitte sehr.« Meine Stimme klingt selbstsicher, doch das hat nichts mit mir zu tun, sondern mit dem Alkohol. Es ist lange her, dass ein Mann sich für mich interessiert hat, und obwohl ich nicht sagen kann, dass es mir nicht gefällt, habe ich vergessen, wie so ein Geplänkel abläuft. Ich fühle mich wieder wie ein Schulmädchen.

»Charles«, sagt er und streckt seine Hand aus. Ich schüttle sie. Sein Griff ist fest und gebieterisch. Der Händedruck verrät den Mann, der weiß, was er will. In diesem Moment, so sieht es aus, könnte ich es sein, die er haben will. Tief in mir spüre ich ein heftiges Pochen.

Er ist zweifellos attraktiv; man könnte ihn liebenswürdig und charmant nennen. Seine Kleidung sieht elegant aus, und er duftet nach irgendwas Exotischem, schwach würzig und sehr männlich. Was aber am meisten meine Beachtung findet, ist seine Haut. Für einen Mann, der Mitte fünfzig sein muss, scheint sie noch sehr elastisch zu sein. Ich würde es nicht beschwören, aber ich glaube, dass ihm Gesichtsmassagen nicht fremd sind.

»Ich bin Valerie«, bringe ich schließlich heraus.

»Ah, eine Britin«, sagt er. »Und was bringt Sie nach Mumbai, Valerie?«

»Ich wollte einen Tapetenwechsel«, antworte ich. Ich weiß nicht, warum ich ihm nicht sage, dass ich mit meiner Tochter unterwegs bin, aber mir gefällt es, ein bisschen geheimnisvoll zu tun.

Das scheint zu funktionieren, denn ein Licht kommt in diese durchdringenden blauen Augen. »Tapetenwechsel«, sagt er mit einem trockenen Lächeln. »Und in welchem Gewerbe arbeiten Sie, Val? Haben Sie was dagegen, wenn ich Sie Val nenne?«

Ich schüttle entschieden den Kopf. Tatsache ist, dass ich die Abkürzung Val immer gehasst habe, aber ich will die Vertrautheit nicht zerstören, die dieser Mann aufbauen will. Wie ich schon sagte, es ist lange her, dass mich ein Mann beachtet hat, und das will ich nicht aufs Spiel setzen.

»Ich mache in Mode«, sage ich und schaue mich cool in der Bar um, als ob es mich langweilte, über meinen Job zu reden. Natürlich habe ich leichte Schuldgefühle, auch weil ich meine Familie verleugne. Dabei schäme ich mich nicht, dass ich mehr als zwei Dekaden Hausfrau war. Es ist nur so, dass der

Begriff »Hausfrau« wohl nicht geeignet ist, Charles' Feuer lodern zu lassen. »Designer« – ja, »geschiedene Frau« auch noch, weil dieser Begriff die Erfahrung anklingen lässt. Aber »Hausfrau« – nein.

»Was meinen Sie«, sagt er und wirft einen Blick auf seine Uhr – Rolex, stelle ich fest. »Oben gibt es eine schönere Bar, wenn Sie noch einen Drink möchten.« Ich muss ein wenig zweifelnd gewirkt haben, denn er fügt rasch hinzu: »Wenn Sie nicht zu müde sind.«

»Nein, nein«, sage ich schnell. »Aber ich möchte mich erst auf meinem Zimmer etwas frisch machen. Ist das okay?«

»Ja, sicher.« Er lächelt. »Treffen wir uns in fünfzehn Minuten?«

»Fein.« Ich gehe zum Lift, und während ich auf ihn warte, gehe ich meine Wäschestücke durch, die ich mitgebracht habe. Ich gerate in Panik, weil ich nicht weiß, ob ich für eine solche Situation etwas eingepackt habe. Das Höschen, das ich trage, ist klatschnass.

Drittes Kapitel

Ich will gerade eindösen, da höre ich die Karte, die in den Schlitz gesteckt wird, und dann öffnet sich die Tür. Mum geht auf den Zehenspitzen, und ich rühre mich nicht. Obwohl ein Teil von mir dankbar ist für das gute Bett und die kräftige Klimaanlage nach dem langen Flug von London, bin ich noch sauer auf sie, dass sie das Hotel Aqua so schnöde abgelehnt hat. Wenn sie das schon für unter ihrem Niveau hält, dann wird sie einen Schock erleben, wenn sie einige der Unterkünfte sieht, die ich in meinem Exemplar von *Lonely Planet* angekreuzt habe.

Sie hat die Bedingung akzeptiert, dass dies *meine* Reise ist, aber schon am Ende des ersten Tages gilt das nicht mehr, und sie bestimmt, wo es langgeht. Vielleicht glaubt sie, dass es mich nicht stört, wenn es ihr Geld ist, das sie verschleudert. Aber es stört mich. Ich bin schließlich Halbinderin, und ich bin hier, um das wirkliche Indien zu sehen, nicht die Touristenversion.

In der schalldichten Stille des Zimmers hört es sich fast so an, als keuchte sie, und ich frage mich, ob sie gelaufen ist und, wenn ja, warum? Ich lausche weiter, halte meinen Atem an und höre, wie sie murmelt: »Verdammt ... Dachte ich's mir doch ... Nun gut, das muss genügen.«

Ich ächze wie im Schlaf, drehe mich auf die Seite und öffne ein Auge. Mum liegt auf Händen und Füßen auf dem Boden und bückt sich über ihren Koffer. Sie hält etwas hoch, was sie inspiziert. Es ist ein BH, erkenne ich, als ich auch das andere Auge öffne, damit ich besser sehen kann. Dann sehe ich, wie sie sich aufrichtet, Hose und Pulli abstreift und danach die Unterwäsche. Sie zieht frische Wäsche an, und ich runzle die Stirn. Warum wechselt sie die Wäsche und zieht nicht ihr Nachthemd an? Was hat sie vor?

Im Halbdunkel tritt sie vor den hohen Spiegel und betrachtet sich in der Unterwäsche. Sie drückte eine Hand auf den Bauch und verzieht das Gesicht. Ich fühle mich nicht wohl, dass ich sie heimlich beobachte, und dann bin ich auch ein wenig traurig, weil ihr Körper ihr ein bisschen peinlich ist. Dabei hat sie noch einen wirklich guten Körper.

Sie hat nie viel aus sich gemacht, und die Kleider, die sie getragen hat, ließen sie älter und formloser aussehen, als sie war. Aber für eine fünfundvierzigjährige Frau hat sie sich verdammt gut gehalten. Sie braucht eine schnittigere Frisur und mehr taillierte Kleider. Ein paar Stunden Pilates würden ihr helfen.

Aber höre doch, wer da redet! Ich trage Kombathosen und Männerstiefel und laufe wahrlich nicht als Krönung des weiblichen Chics herum!

Sie drückt die Haare fest an den Kopf und zieht einen Schmollmund, bevor sie verschiedene Arten des Lächelns übt. Für wen strengt sie sich so an? Das hätte ich gern gewusst. Ich wünschte, sie würde mit dem Unsinn aufhören und ins Bett kommen.

Ich will mich aufsetzen und ihr das sagen, als sie sich zu einer Entscheidung durchgerungen hat. Sie drehte sich um und zieht ein Kleid aus dem Koffer, ein Blümchenkleid, das sie kurz vor der Reise bei Marks & Spencer gekauft hat. Sie schlüpft hinein. Dann zieht sie ihre Sandalen an, greift nach der Zimmerkarte, zieht die Tür auf, und bevor ich etwas sagen kann, ist sie verschwunden.

Ich setze mich auf und starre auf die Tür. Wohin in Gottes Namen ist sie gegangen? Um diese Uhrzeit und in einer Stadt, in der sie keine Seele kennt? Ich ringe mit mir, ob ich ihr nachlaufen soll, aber dann sage ich mir, dass sie eine Frau Mitte vierzig ist und dass sie keine Tochter braucht, die auf sie aufpasst. Aber plötzlich bin ich hellwach, und ich bezweifle, ob ich schlafen kann, bevor ich nicht weiß, dass sie zurück ist und anständig zugedeckt im Bett liegt.

Viertes Kapitel

Ich bleibe in der Tür zur Bar stehen und bin sicher, dass er sehen kann, wie meine Hände zittern, wie mein Puls in meiner Kehle pocht. Der Alkohol verliert allmählich seine Wirkung, und ich wünschte, ich hätte noch etwas aus der Minibar stibitzt, bevor ich das Zimmer verließ, dann hätte ich meine Nerven beruhigen können. Aber ich hatte Nadia nicht stören wollen, und ich wollte auch nicht, dass sie von meinen Absichten erfuhr.

Vielleicht hätte ich ihr einen Zettel schreiben sollen – sie wird sich Sorgen machen, wenn sie aufwacht und ich nicht da bin. Aber wenn ich jetzt noch einmal zurückgehe, wird meine Angst so groß sein, dass ich im Zimmer bleibe.

Charles dreht sich auf seinem Barhocker um und schaut erwartungsvoll zur Tür. Er hebt grüßend eine Hand. Ich gehe auf ihn zu, so langsam ich kann, und ziehe meinen Bauch ein. Wenn ich meinen ganzen Kleiderschrank hier hätte, könnte ich was tragen, was mir mehr schmeichelte als dieses luftige Sommerkleid, aber ich habe nichts für Abende in zauberhaften Bars eingepackt. Und dies ist eine zauberhafte Bar mit einer erstaunlichen Glaskuppel. Ich komme mir wie im Film vor.

Charles steht auf, um mich zu begrüßen, eine Zigarre im Mundwinkel.

»Es tut mir leid, dass es so lange gedauert hat«, sage ich und zucke zusammen, als ich mir vorstelle, in BH und Höschen vor dem Spiegel zu stehen. Da gäbe es eine Menge überflüssiges Fleisch zu sehen. Dass ich in fünfundzwanzig Jahren meinen Partner nicht gewechselt habe, sieht man mir an, finde ich, als ich mein Spiegelbild betrachte. Die Zeit hat ihre Spuren hinterlassen. Ravi war versessen auf sein cremiges Curry gewesen, und so hatten sich im Laufe der Jahre die Pfunde angesammelt.

Aber ich zwinge mich dazu, nicht an diese Dinge zu denken, und erwidere Charles' offenen Blick. Der Mann ist an mir interessiert. Oder er benutzt mich, um die Zeit totzuschlagen. Oder er will etwas gegen seine Einsamkeit unternehmen, selbst wenn es nur etwas für eine Stunde ist oder zwei.

Irgendwie bezweifle ich das. Ich mag ein Vierteljahrhundert aus dem Verkehr gezogen gewesen sein, aber ich erinnere mich an den Blick in Männeraugen, wenn sie einen begehren. Vor Ravi hatte es viele Männer gegeben, die mich haben wollten. Einige habe ich auch gewollt, aber dann hatte Ravi mein Herz gestohlen, und meine Tage der sexuellen Eroberungen waren vorbei – bis heute, vielleicht.

Ich erwidere Charles' Blick. Die Erinnerungen an meine Teenagererlebnisse haben meine Nervosität verfliegen lassen, und plötzlich fühle ich mich schamlos. Ich will keinen Drink. Ich will meine Gefühle nicht mit Alkohol dämpfen. Das Höschen, das ich eben erst angezogen habe, ist bereits klamm, und meine Pussy pocht und schlägt wie ein kleines Herz. Das habe ich lange nicht mehr erlebt. Ich kann mich kaum zurückhalten.

»Was soll's denn sein?«, fragt Charles und sieht mich weiter an. Ich sehe ein leichtes ironisches Lächeln um seine Lippen, als wüsste er genau, was sich in meinem Höschen abspielt. Es liegt mir auf der Zunge, ihm zu sagen, er sollte den Drink vergessen. Ich will ihm sagen, dass wir Erwachsene sind und diese ganze Scharade nicht brauchen, aber er wendet sich schon an den Barkeeper und bestellt einen weiteren Whisky Sour für sich.

»Und für meine Begleiterin ...«

»Ich nehme noch einen Martini«, sage ich und sehe mich nach einer intimen Ecke um, in der wir uns ein wenig näherkommen könnten.

»Wie ist es mit draußen?«, schlägt er vor. Ich nicke und lasse ihn vorgehen, und er führt mich hinaus zur Freiluftterrasse mit einem herrlichen Blick über den Ozean. Ein Blick, der einem das Herz stillstehen lässt.

»Wow«, entweicht es mir, aber dann fällt mir ein, dass ich eine welterfahrene Modedesignerin bin. »Ist dieser Tisch okay für Sie?«, frage ich und täusche blasiertes Desinteresse vor.

Er nickt und setzt sich auf eines der weißen Sofas. Er klopft auf den Platz neben seinem. Ein Kellner bringt uns die Getränke auf einem Tablett. Wir sagen nichts, während er die Untersetzer auf den Tisch legt und die Gläser daraufstellt. In der Mitte des Tischs finden die Knabbereien ihren Platz.

Die ganze Zeit ist mir bewusst, dass Charles mich unentwegt anstarrt. Ich schaue hinaus aufs Meer, als ob ich in meine eigenen Gedanken versunken wäre, völlig blind für diesen attraktiven Amerikaner.

»Prost«, sagt er schließlich, und ich beuge mich vor, greife mein Glas und hebe es. Wir trinken, sehen uns weiter an, und Charles setzt sich zurück und sieht mich an, Bewunderung in den Augen.

»Sie sind also im Modegeschäft, sagen Sie?«

Ich nicke und will gleich das Thema wechseln.

»Software«, sagt er. »Die Inder geben den Ton auf diesem Gebiet an, deshalb habe ich mich entschlossen, mich an ihre Rockschöße zu hängen. Vor ein paar Jahren habe ich mein eigenes Geschäft gegründet, nachdem ich vorher bei Microsoft gearbeitet habe.«

Ich nicke wieder, aber er muss mir ansehen, dass ich nicht interessiert bin. Der Martini macht mich wirr im Kopf, und mir fällt gerade ein, dass ich auch noch die Auswirkungen der Zeitumstellung verkraften muss. Wenn ich nicht schnell reagiere, werde ich hier umkippen, bevor wir sein Zimmer erreicht haben. Ich beuge mich vor, wodurch ich Charles einen tiefen Blick in meinen Ausschnitt gewähre. Ich nehme die Olive aus meinem Glas und lecke sie mit der Zunge trocken, wobei ich Charles tief in die Augen sehe.

Das genügt schon. Einen Moment später fühle ich seinen Fuß unter dem Tisch an meiner Wade. Er hat seinen Schuh ausgezogen. Sein Fuß steigt höher und ist so weich, dass er Socken aus Kaschmir tragen muss.

Ich halte den Atem an, als der Fuß über meine nackte Haut tourt, vom Knie zu den Innenschenkeln. Dann drückt er ihn gegen meine Pussy, und dabei keucht er laut auf – offenbar muss er gefühlt haben, wie nass und bereit ich für ihn bin. Ich gerate in Verzückung, liege flach auf dem Sofa und stöhne verhalten, als er seinen Fuß hin- und herschiebt und dann die Zehen krümmt, mit denen er den Stoff des Höschens zurückzieht.

Wild schaue ich mich um und hoffe, dass uns niemand sehen kann, aber wir sind allein auf der Terrasse, und eine frische Brise kommt vom Ozean und kühlt uns ab.

Charles beugte sich jetzt vor und greift unter meinen Rock. Er zieht sein Bein zurück und ersetzt den Fuß durch seine Hand. Mit Daumen und Zeigefinger zieht er die Falten meiner Pussy auseinander wie Schmetterlingsflügel, dann stößt er die restlichen drei Finger in mich hinein. Er lässt ein Stöhnen hören, als ich mich weiter für ihn öffne. Ich schlucke seine Finger, als ob meine Pussy ein Mund wäre. Es ist schon lange her, dass ich etwas so sehr wünschte, und ich fürchte fast, dass ich vor lauter Verlangen noch verrückt werde.

Charles blickt auf und überprüft, ob wir noch allein sind. Er stöhnt und sägt mit der Hand bei mir ein und aus. Ich kann schon die Ankündigung eines Orgasmus spüren; er steigt wie das Wasser. Ich werfe den Kopf in den Nacken, und Charles beugt sich vor und bedeckt meinen entblößten Hals mit Küssen. Dafür bin ich ihm dankbar. Überwältigt von meinem Heißhunger habe ich solche Nettigkeiten vergessen. Den Akt auszuführen, ohne vorher Zärtlichkeiten auszutauschen, hätte ein billiges Gefühl hinterlassen, und vielleicht hätte man sich nachher auch ein bisschen schmutzig gefühlt.

Ich greife mit einer Hand an seine Schulter, hebe den Kopf, um seinen Mund zu küssen. Er lehnt sich ein wenig zurück, und ich schaue zu, wie er den Reißverschluss seiner Hose öffnet und sich zeigt. Jetzt zupft er an seinem Penis, die Augen halb geschlossen, und mehrere Stöhnlaute dringen über seine Lippen. Der Rhythmus der linken Hand folgt der rechten, die noch in mir zugange ist.

Dies ist der Moment, in dem wir beide an unser Ziel gelangen. Mein Orgasmus überflutet und verschlingt mich, und er erhöht das Tempo. Durch die Zuckungen in mir fühle ich sein warmes Gelee auf meinen Schenkeln und meiner Pussy. Dann fällt er auf mich und lacht ein bisschen. Ich lache auch. Er schaut in mein Gesicht und sagt: »Sollen wir nicht irgendwohin gehen, wo es privater zugeht?«

Wir sind in seinem Zimmer – natürlich in seinem, denn zu mir können wir nicht gehen. Im Lift habe ich mich entschieden, ihm zu gestehen, dass ich mit meiner Tochter reise. Ich habe das Zimmer nur für eine Nacht gebucht, aber wenn wir ein bisschen länger bleiben und Charles auch, dann würde er irgendwann über Nadia stolpern.

Er sagt nicht viel, bemerkt aber, dass ich mich glücklich schätzen kann, eine so gute Beziehung zu meiner Tochter zu haben. Er gibt zu, dass er seine eigene Tochter kaum sieht, aber ich ahne, dass damit das Thema für ihn abgeschlossen ist.

Es passt, dass sich gerade die Lifttüren öffnen. Dadurch bleiben ihm meine forschenden Fragen erspart, die ich ihm gern gestellt hätte. Aber dann hat er schon seine Karte in den Schlitz seiner Tür gesteckt und drückt die Tür auf. Er tritt zur Seite und lädt mich mit feiner Geste ein, vor ihm das Zimmer zu betreten.

»Was für ein feiner Herr«, sage ich mit einem Lächeln, dann schaue ich mich um. Er bewohnt eine Ecksuite, neben der unser Zimmer ein bisschen bescheiden aussieht. Hier ist es nicht nur luxuriöser als bei uns, sondern durch die Ecke hat er auch sensationelle Aussichten auf das Meer. Aber offenbar hat Charles nicht viel Zeit, den Blick hinaus zu genießen, denn auf seinem Marmorschreibtisch steht ein Laptop, und im Aschenbecher daneben liegt eine halb gerauchte Zigarre.

Zum Glück bemerkt Charles nicht, wie beeindruckt ich bin. Er geht hinüber zum Sideboard, um mir ein Glas einzuschenken. Er reicht mir einen Gin Tonic.

»Bad?«, fragt er. Ich nicke lächelnd, dann lädt er mich ein, neben ihm Platz zu nehmen, und ruft seinen Butler.

Zehn Minuten später ist das Wasser eingelassen, der Butler ist gegangen, mein G & T getrunken, und Charles führt mich ins Bad. Überall schwarzer Marmor mit cremefarbenen Streifen. Eine tiefe Wanne wartet auf mich, und auf der Oberfläche schwimmen Rosenblätter.

Am liebsten hätte ich laut gelacht. Noch vor ein paar Stunden hat meine Tochter versucht, mich in eine schmuddelige Herberge zu verfrachten, und jetzt finde ich mich in der Badewanne einer todschicken Suite in der Begleitung eines Mannes wieder, der so besinnungslos reich ist, dass mir ganz schwindlig wird.

Charles steht hinter mir, tätschelt meinen Nacken und nagt

verspielt an meiner Haut, als er mir das Sommerkleid von den Schultern streift. Ich drehe mich um, schlinge meine Arme um seinen Nacken und ziehe sein Gesicht zu meinem herunter. Sofort sind seine Hände auf meinen Brüsten; er hält sie und befühlt sie. Zuerst ist er ganz sanft, dann fühle ich, wie seine Gier steigt, und er drückt seinen Schoß gegen meinen und intensiviert seine Griffe. Mit den Daumen bearbeitet er die Knospen, drückt und zwickt und streichelt.

Ich dränge mich gegen ihn, reibe meine Pussy gegen die Beule in seiner Hose und greife mit beiden Händen in seine Backen, sodass ich ihn noch fester an mich heranziehen kann. Es ist schon so lange her, dass ich eine derartige Hitze gespürt habe, so eine kribbelnde Not.

Er lässt sich auf die Knie nieder und schiebt mein Höschen über meine Hüften, ehe er sein Gesicht gegen meine Pussy reibt. Ich sitze auf dem Wannenrand und muss mich festhalten; ich öffne mich für ihn. Einen Moment lang leckt seine Zunge meine Klitoris, dann umfängt er meine Hüften mit den Händen und schießt seine Zunge tief in mich hinein. Ich stoße einen lauten Lustschrei aus, und mein ganzer Körper wird starr vor Schreck. Ich blicke nach unten und sehe, dass meine Knöchel auf dem Wannenrand weiß geworden sind, so verkrampft habe ich mich festgehalten.

Charles hat noch andere Pläne für mich. Er löst seinen Mund von mir, dreht mich herum und beugt mich über die Badewanne, sodass ich jetzt auch auf den Knien liege. Er spreizt meine Backen mit seinen kräftigen Händen. Einen Moment lang spüre ich die Eichel der Erektion, die mich an der hinteren Passage anstupst, aber dann rutscht sie weiter, teilt die Pussylippen und stößt gegen die Klitoris.

Ich wende den Kopf zur Seite. Am Ende der Badewanne gibt es einen riesigen Spiegel vom Boden bis zur Decke, in dem man unsere Spiele in Technicolor verfolgen kann. Mein

Instinkt sagt mir, ich soll das Gesicht verziehen, eine Grimasse schneiden und mich fragen: Was glaubst du, was du da tust, Valerie Kumar? Aber dann sehe ich den Glanz in meinen Augen, das gesunde Rosa und den Schimmer auf meiner Haut und das offene »O« meines Mundes, als ich mich darauf vorbereite, Charles in mich aufzunehmen, und dann denke ich noch, dass ich seit Jahren nicht mehr so jung und voller Leben ausgesehen habe.

Plötzlich, als könnte er einen längeren Aufschub nicht aushalten, treibt er in mich hinein und schreit dabei auf, als ob er jede Minute wieder kommen würde.

Ich schließe die Augen und fühle, wie meine Hände hilflos ins Wasser greifen, als hoffte ich, mich da festzuhalten, aber ich finde natürlich keinen Anker, sondern eine Hand voll Rosenblätter, blutrot und samten.

Charles langt mit einer Hand um mich herum und schüttelt meine Klitoris mit einem sicheren Finger, und er hört nicht auf damit, auch nachdem ich ihn darum bitte, denn ich fürchte, dass der Orgasmus, der sich in mir aufbaut, mich in Stücke reißt. Mich überrascht, dass ich tatsächlich noch die Geistesgegenwart habe, als mich die Wellen überschwemmen, zwischen meine Beine zu greifen und seine Bälle fest zu drücken, und damit beschere ich ihm einen Höhepunkt, der meinem nicht nachsteht in seiner umwerfenden Kraft.

Eine Weile liegen wir beide nebeneinander über dem Wannenrand. Unsere Hände ziehen durchs Wasser, seine auf meinen. In meinen Ohren höre ich laut seinen Atem, dessen Hitze ich im Nacken spüre. Seine Brusthaare fühlen sich seltsam angenehm auf meinem Rücken an.

Einen Moment lang muss ich schuldbewusst wieder an Ravi denken und frage mich erneut, was er wohl jetzt tut. Aber dann zwinge ich ihn aus meinen Gedanken: Ich habe seit Jahren oder gar seit Jahrzehnten nicht mehr so schön und so wild empfunden, und das hat auch mit Ravis Unzulänglichkeiten zu tun. In dieser unglaublichen Nacht lasse ich nicht zu, dass er sich mir aufdrängt. Und wer weiß, was noch alles geschehen wird.

Als Charles sich schließlich rührt und dann aufsteht, hebt er mich hoch in seine Arme – ein bisschen wie die Braut, die man über die Schwelle trägt, denke ich – und lässt mich behutsam ins Wasser sinken. Er fragt mich, ob ich einen Drink möchte, und ich sage, dass ich gern noch einen G & T hätte. Dann lege ich mich zurück und schaue an meinen Körper hinab, verwundert über die Lust, die er mir nach all der Zeit erlaubt hat.

Fünftes Kapitel

Ich werde wach, und es ist ein Schock, als ich sehe, dass Mum nicht in ihrem Bett geschlafen hat. Ich setze mich auf. Panik steigt hoch, aber dann fällt mir ihr Verhalten gestern Abend ein, und ich weiß, dass es albern wäre, sie an der Rezeption als vermisst zu melden. Sie ist irgendwo im Hotel, sage ich mir. Ich hoffe nur, dass sie weiß, was sie tut. Schließlich ist sie keine erfahrene Frau.

Ich habe lange geschlafen, und weil ich Mums Rückkehr nicht verpassen will, bestelle ich mir ein üppiges Frühstück beim Zimmerservice. Sie kann die Rechnung übernehmen nach allem, was sie mir bisher schon angetan hat. Lässt mich die erste Nacht allein und hinterlässt mir nicht mal einen Zettel, um mich wissen zu lassen, wo sie sich aufhält und wann sie zurück sein wird. Wenn ich gestern Abend nicht ihr Spielchen mit der Unterwäsche mit angesehen hätte, wäre ich wirklich besorgt, aber so habe ich eine gewisse Ahnung, was sie treibt.

Noch bevor mein Frühstück eintrifft, bade ich und ziehe mich an. Ich denke darüber nach, was der Tag bringen wird. Es ist nicht geplant, dass wir lange in Mumbai bleiben, eine Nacht oder zwei, während wir unsere nächsten Ziele absprechen. Deshalb wäre es gescheit, wenn Mum und ich uns die Sehenswürdigkeiten der Stadt ansehen – falls sie überhaupt fit ist, wenn sie auftaucht.

Ich habe so viel über diese ungewöhnliche Stadt gehört und gelesen, die Designergeschäfte in den Einkaufszentren, die chaotischen Basare, die Stände, die am Chowpatty-Strand *bhelpuri* verkaufen, die Käfige im Rotlichtbezirk, die roten Doppeldeckerbusse, die immer in den berüchtigten Verkehrsstaus stecken bleiben.

Während des Frühstücks und nach einigen Tassen starken Kaffees schlage ich mein Notizbuch auf, das ich eigens für diese Reise vorbereitet habe. Darin stehen Listen von Dingen, die ich sehen und tun will, aufgeteilt nach Städten oder Regionen. Die Vorbereitung hat viel Zeit und Energie gekostet, weil ich immer befürchtete, ich könnte wichtige Dinge verpassen und es später bereuen.

Ich nehme einen Kuli vom Schreibtisch und versehe die Dinge, denen ich eine Priorität gebe, mit einem Stern. Dann bleiben die zweitrangigen Ziele übrig, die an der Reihe sind, falls mir noch Zeit bleibt. Ich denke nicht daran, was Mum gern tun würde; wenn es ihr nicht passt, kann sie ja auf eigene Faust etwas unternehmen. Mich erstaunt ihre Rücksichtslosigkeit jetzt schon.

Ich kaue auf dem Ende des Kulis und denke einen Augenblick über diesen Satz nach. Vielleicht sollte ich ihr gegenüber ein wenig großherziger sein, wenn ich bedenke, welche Opfer sie all die Jahre für uns gebracht hat. Sie hat es verdient, mal aus sich herauszugehen, da sie jetzt die Möglichkeit dazu hat. Aber selbst während ich mir das einzureden versuche, wird mir ganz anders. Wenn ich mir so ein Ding geleistet hätte, wäre sie fuchsteufelswild auf mich gewesen.

Und ich hätte mich niemals auf diese Weise verdrückt, ohne sie wissen zu lassen, wo ich bin, denn ich weiß, dass sie sich in einer fremden Stadt verloren fühlen würde. Sie kennt das Land nicht, und sie befindet sich unter lauter Fremden.

Ich stehe auf, stecke mein Notizbuch in meinen kleinen Lederrucksack – ein Geschenk von Dad – und gehe aus dem Zimmer. Wenn Mum glaubt, dass ich noch weitere Zeit meiner kostbaren Reise, auf die ich so lange hingearbeitet habe, hier verschwenden werde, um auf sie zu warten, hat sie sich geschnitten.

Innerhalb von fünf Minuten bin ich gefangen im dichtesten Verkehr von Mumbai, entsetzt, aber aufgeregt. Ich sitze in einer Rikscha, die ich auf dem Marine Drive angehalten habe, und wundere mich über alte Londoner Busse, die um die Ecke ächzen, so überladen, dass die untersten Trittbretter fast über den Boden schleifen.

Die Fahrgäste scheint das nicht zu kümmern; sie halten sich irgendwo fest und lesen weiter in ihrer Zeitung. Autos und kunstvoll dekorierte Trucks lassen ihre Hupen erklingen, aber das hilft nicht und trägt zu einer erbarmungslosen Kakophonie bei, während Motorroller und Fahrräder dazwischenpreschen – viele von ihnen haben nicht einen Mitfahrer, sondern zwei, drei oder vier: Mum, Dad und ein paar Kinder.

Nach einiger Zeit erkenne ich, wie sinnlos es ist, bewegungslos in der Rikscha zu sitzen. Ich zahle den Fahrer und lege ein Trinkgeld drauf, und der Ausdruck auf seinem Gesicht sagt mir, dass es viel zu hoch ist. Ich gehe die kurze Entfernung zum Gateway of India zu Fuß.

Das koloniale Wahrzeichen der Stadt ist von einer sich träge bewegenden Menschenmasse umgeben, als ob es nur für die Kameratouristen erbaut worden wäre. Schlangenbeschwörer, Luftballonverkäufer und aufdringliche Schlepper aller Sorten, sie alle bestimmen die Atmosphäre eines Basars. Ich nehme ein paar Fotos mit meiner neuen Digitalkamera auf – auch ein Geschenk von Dad – und schlendere dann hinauf zum Chhatrapati-Shivaji-Maharaj-Museum, einem herrlichen Kuppelbau mit britisch-gotischen Ergänzungen. Ein paar Stunden verliere ich mich da, unter all den jahrhundertealten Statuen orientalischer Götter, den exquisiten Miniaturgemälden, wovon viele erotischer Natur sind, und den erstaunlichen dekorativen Objekten aus Jade, Elfenbein und anderen wertvollen Materialien, von Dolchen bis zu Schmuckkästchen.

Später wandere ich hinauf zum Chhatrapati Shivaji Terminus, einem weiteren gotischen Gebäude, das eher an eine Kirche oder einen Palast erinnert und nicht an einen Bahnhof. Natürlich habe ich nicht vor, mit dem Zug zu fahren, aber ich schlendere etwa eine Stunde herum, sauge alles in mich auf, die Atmosphäre und die geschnitzten Affen, Löwen, Pfauen und Wasserspeier.

Eigentlich wollte ich versuchen, eine preiswerte Fahrkarte für Studenten im Bombay-Einkaufszentrum oder auf dem Crawford Market zu erstehen, aber dann merke ich plötzlich, wie hungrig und durstig ich bin. Also ziehe ich mein Notizbuch heraus und finde eine Adresse ganz in der Nähe, zurück in Richtung Hotel. Die Mokka-Bar hört sich sehr europäisch an, aber als ich dort eintreffe, finde ich alles in einem arabischen Stil.

Dankbar lasse ich mich auf einem der großen Kissen auf dem Boden nieder und bestelle eine Panini und einen jamaikanischen Blue-Mountain-Kaffee, der meine Lebensgeister weckt. Erst danach schaue ich mich um. Junge, modische Kundschaft mit Wasserpfeifen und Musik, die man überall auf der Welt hören kann. Ich glaube, ich könnte auch überall auf der Welt leben. Mir würde es nur schwerfallen, mich loszureißen, um einen anderen Teil zu entdecken.

Nicht lange danach, während ich noch den Kaffee schlürfe und wegen weiterer Inspirationen durch mein Notizbuch blättere, fühle ich, dass Augen auf mich gerichtet sind. Als ich aufschaue, starrt mich ein gut aussehender Mann aus einer anderen Ecke der Bar an. Unsere Blicke treffen sich, aber dann schaut er wieder in seine Zeitschrift. Kurz darauf starrt er mich wieder an, als hätte er eine Entscheidung gefällt. Er schlägt seine Zeitschrift zu, steht auf und kommt direkt auf mich zu.

Ich beobachte ihn, wie er sich bewegt. Er ist groß und athletisch, und wie ich sieht auch er nicht »richtig indisch« aus; die Tönung seiner Haut erinnert eher an Milchkaffee. Ich nehme an, dass er halb und halb ist wie ich, und ich hätte gern gewusst, ob er das manchmal auch desorientierend findet – das hängt weniger mit mir und damit, wie ich mich fühle, zusammen, als damit, wie andere Leute auf mich reagieren.

Er aber sieht in seiner Designerjeans, dem frischen weißen Hemd, das am Hals offen steht, völlig zufrieden mit sich aus und in seiner Haut zu Hause.

»Manju«, sagt er, als er vor meinem Tisch stehen bleibt. Er streckt eine Hand aus. Während ich sie schüttle, fragt er: »Was dagegen, wenn ich mich setze?«

»Nein, bitte sehr.«

»Du wartest doch auf keinen?« Sein Akzent ist indisch, aber sein Englisch klingt tadellos.

Ich schüttle den Kopf.

Er lächelt und hält eine Hand hoch, um den Kellner aufmerksam zu machen. »Noch einen Kaffee?«

»Ja, gern.«

»Bist du hier im Urlaub?«

»Ja, ich bin gestern erst angekommen.«

Er lacht. »Es wird eine Zeitlang dauern, bis du dich ein bisschen auskennst. Mumbai macht dich wirr im Kopf.«

»Das habe ich auch gehört. Wahrscheinlich nicht die ideale Stadt, um eine Rundreise zu beginnen, was?«

»Nun, es gibt jedenfalls nichts Vergleichbares. Futuristische Fünf-Sterne-Restaurants, die Kricket-Millionären gehören, verkommene Slums ... Eine verwirrende Stadt. Kommst du aus London?«

»Sheffield.«

»Ah, ja, das kenne ich. Nicht aus erster Hand, aber ich habe Freunde und Verwandte da.«

»Ja, es gibt viele Gegensätze bei uns, aber die gibt es wohl überall.«

»Natürlich. Aber in Mumbai ist alles extremer und irrer als irgendwo sonst.« Er schaut verstohlen auf seine Uhr. »Was machst du jetzt? Hast du Lust auf eine Tour durch die Stadt?«

Ich schaue auch auf die Uhr. Eigentlich sollte ich zurück zum Hotel, um herauszufinden, ob Mum wieder aufgetaucht ist, aber während ich darüber nachdenke, weiß ich, dass ich es nicht tun werde. Warum soll ich meine Chance sabotieren, von diesem netten, gut aussehenden Mann eine persönliche Stadtführung zu erhalten – erst recht, wenn ich daran denke, was Mum sich letzte Nacht geleistet hat? Nein, Mum kann warten.

Draußen überrascht mich Manju, als er auf ein offenbar PS-starkes Motorrad zugeht und ein Bein über den Sattel schwingt. Er dreht sich um und lächelt mich an. Er klopft auf den Platz hinter seinem. »Worauf wartest du noch?«

»Auf einen Helm?«

Er lacht und schüttelt den Kopf. »Tut mir leid.«

Einen Moment lang überlege ich, sein Angebot abzulehnen. Auf den Straßen hier geht es verrückt zu. Aber dann stelle ich mir vor, wie ich allein zurück zum Hotel gehe, mich mit Mum streite, wie ich schmollend in einer Ecke sitze und mich dann mit ihr versöhne, bevor wir einen Platz zum Essen finden – zur Hölle damit, sage ich mir und begebe mich in die Gewalt der Götter, welche Götter es auch immer sind.

Wir biegen auf die Straße ein und bewegen uns im Zickzack zwischen den einzelnen Fahrzeugen. Fahrbahnen scheint es nicht zu geben, man befindet sich zwischen kurvenden, hupenden und Abgas rülpsenden Vehikeln. Ich verziehe das

Gesicht, während ich mich an Manjus Rücken klammere, und begreife, dass mein Leben auf dem Spiel steht. Doch gleichzeitig fühle ich einen seltsamen Thrill in mir, und ich erkenne schnell, dass dieser Thrill mir sagen will: He, du lebst! Soll er dich doch hinfahren, wo er will! Wenn du nicht wegen des Abenteuers nach Indien geflogen bist, warum bist du dann hier?

Nach einer Stadtfahrt, die an den Nerven zehrt und an einen Wirbelwind erinnert, wenn er zwischen den allgegenwärtigen schwarz-gelben Taxis aus den fünfziger Jahren jongliert, bringt er mich zum Chowpatty-Strand, aber vorher zeigt er mir noch das Eros Cinema nahe Churchgate, ein wunderschönes Art-déco-Haus mit der Fassade einer Rakete. Unterwegs zum Strand erzählt er mir, dass er Filmagent ist, und er fragt, ob ich schon viele Bollywood-Filme gesehen hätte.

Ich muss ihm gestehen, dass ich nicht viele gesehen habe, und erkläre ihm, dass mein Vater nichts von Filmen hält und uns deshalb nie ins Kino eingeladen hat, und im Haus hatten wir auch keine indischen Videos – er hatte nie Zeit, weil er immer arbeiten musste.

»Du verpasst was«, sagt Manju und sieht mich an. »Vielleicht sollte ich dir ein oder zwei Filme vorführen. Wie lange bleibst du hier?«

Ich zucke die Schultern. »Ich bin mir nicht sicher, aber höchstens einen Tag oder zwei.«

»Schade. Kann ich dich nicht sonst irgendwie überreden?«

Ich schaue ihn an. Inzwischen ist mir klar, dass er nicht mein Typ ist. Trotz seines guten Aussehens. Es gibt keinen Kitzel zwischen uns. Aber es ist gut, einen Freund zu haben, und es wäre wunderbar, wenn er mir diese faszinierende Stadt mit den Augen eines Einheimischen zeigen könnte.

Er nimmt mein Schweigen für ein Nein, dann zuckt auch er die Schultern und schaut hinüber aufs Wasser. »Nichts für ungut«, sagt er. »Du hast deine Pläne, also machen wir das Beste aus der kurzen Zeit. Komm.« Er steht auf und zeigt auf sein Motorrad, das er geparkt hat. »Es gibt ein paar Leute, die du kennen lernen solltest.«

Wir sind in Seijo in einer Bar in einem Bürotrakt, der sich Bandra West nennt. Nachdem ich die Kunstwerke an den Wänden bewundert habe, rede ich mit Manjus Freund Ajit, das heißt, ich schreie, um die Beschallung der Hausmusik zu überbieten. Ajit ist mir als »Fremdenkoordinator« vorgestellt worden. Jetzt fragt er mich, ob ich schon mal als Model oder Schauspielerin gearbeitet habe, und als ich Nein sage, meint er, das sei nicht schlimm. Mädchen mit meinem guten Aussehen bräuchten keine Erfahrung, sagt er.

Ich teile ihm mit, dass ich nur noch einen Tag in Mumbai bleibe, aber er sagt, das sei nicht von Bedeutung, und das Extrageld könnte ich auf meiner weiteren Reise gut gebrauchen. Und wenn ich natürlich noch einmal nach Mumbai komme, hätte ich einen Stein im Brett, weil ich ja dann bereits Erfahrung gesammelt hätte.

Nach meinen ersten Bedenken und meinem Argwohn, dass er mich reinlegen will, gefällt mir die Vorstellung immer besser. Ich werde zwar kein Star – wovon ich auch nie geträumt habe –, aber vielleicht färbt der Glanz von Bollywood eine Weile auf mich ab. Und selbst wenn nicht, dann habe ich was Interessantes erlebt, das ich meinen neuen Freunden erzählen kann, wenn ich im nächsten Jahr zur Uni gehe.

Während wir die Details besprechen – morgen ist Drehtag, aber nicht für einen Film, sondern für eine Soap Opera, und es geht um eine Szene auf dem Flughafen –, liegt so eine Vibration in der Luft, als ob irgendwas von einem anderen Planeten zu uns gestoßen wäre.

Ich höre Manju sagen: »Nadia, ich möchte dir meine Freundin Asha vorstellen.«

Ich drehe mich um und stehe einer lieblichen Vision gegenüber, einem tollen indischen Mädchen, das die engste aller engen Jeans trägt und ein fabelhaftes Oberteil, rückenfrei und mit Nackenband, geschneidert aus mit Juwelen besetztem Saristoff. Das Oberteil überlässt kaum etwas der Phantasie, und mir fällt ein, dass die meisten Frauen, die ich bisher in Mumbai gesehen habe, eher konservativ gekleidet sind und zu Blusen und Hosen neigen statt zu Röcken oder Kleidern.

Ashas Schultern sind nackt, und im Neonlicht der Bar leuchten sie wie Pfirsiche, die einen fast anbetteln wollen, dass man in sie hineinbeißt. Asha scheint von innen her zu glühen; ihre Haut ist beinahe durchscheinend, so zart, dass man es kaum glauben mag, wie aus einer anderen Welt.

Ich muss schlucken, als sich unsere Blicke begegnen, und sie beschenkt mich mit einem Lächeln.

»Wunderbar, dich kennen zu lernen, Nadia«, sagt sie, die Stimme heiser und überraschend tief. Sie berührt leicht und nur kurz meinen Arm, und es ist, als wäre ein Schmetterling vorbeigeflogen und hätte meine Haut gestreift. Oder als hätte mich jemand aus einer anderen Dimension geküsst, jemand, den ich nicht sehen kann.

Ein Schauer läuft über mich, er schüttelt mich so sehr, dass Asha ihn gefühlt haben muss. Aber sie sagt nichts und wendet sich an Manju und Ajit.

»Karishma und ich«, sagt sie und macht eine Geste zur dunklen Ecke der Bar hin, »wollen zum Juhu-Strand. Da findet eine Privatparty statt, um das Drehende eines neuen Films zu feiern. Was haltet ihr davon?«

Manju sieht mich an, und ich nicke. Das ist besser, als ich

mir erhoffen durfte: Schon am zweiten Tag in Indien prickelt in mir die Aufregung. Alle Gedanken an Mum habe ich aus meinem Kopf verbannt.

»Prima«, sagt Asha, »ich bin in einer Minute wieder zurück.« Sie strahlt mich mit einem Lächeln an, und mir fällt auf, dass ihre Zähne unnatürlich weiß sind. Nun, ob echt oder künstlich, ernstes Mädchen oder Bollywood-Konfektion – Asha ist ein erstaunliches Wesen.

Auf dem Weg zu den Toiletten frage ich mich, warum das immer so ist, warum ich selbst zu Hause, mit den besten Zensuren im College, keinen Kontakt zu den Jungs zustande bringe. Eine Zeitlang habe ich geglaubt, dass es mit meinen Rassemerkmalen zu tun hat, dass die Jungs, die sich von so einem seltsamen Hybrid, wie ich es bin, angezogen fühlen, nicht die Jungs sind, auf die ich abfahre.

Dabei ist meine Haut ein bisschen heller als die der echten Asiaten, aber eindeutig dunkler als die Haut einer echten Angelsächsin. Wenigstens habe ich die blauen Augen von meiner Mutter geerbt.

Nicht, dass ich keine Chance bei den gut aussehenden Jungs gehabt hätte – weit gefehlt. Aber gerade sie haben mich zu Tode gelangweilt. Nach einer Weile lechzte ich nach etwas Interessanterem, und das Äußere war mir egal. Aber die Jungs, die ich wirklich wollte, die langhaarigen Rebellen, die sich in Bands austobten und nicht in Sportgruppen, schauten mich nicht zweimal an. Ich gelangte zu der Überzeugung, dass sie irgendwie Angst vor mir hatten oder dass ich sie einschüchterte oder verwirrte.

Und dann, gelangweilt von meinen zuvorkommenden Charmeuren und meinen Sporthelden, denen ich jeweils nach zwei, drei Wochen den Laufpass gab, bemerkte ich bestürzt, dass ich mich zu Frauen hingezogen fühlte, was ich aber niemandem erzählte. Es hat zu nichts geführt und basiert bisher nur auf meinen Phantasien, aber dieser Wandel hat mein aufgeräumtes Leben in Unordnung gebracht.

Es begann alles in den Umkleideräumen des Hockeyteams, als wir uns an einem Freitag kurz vor dem Essen umzogen. Da sah ich, wie Carla, ein gut aussehendes Mädchen, sich in der Dusche ein bisschen kräftiger als gewöhnlich rieb. Wie gebannt stand ich da, und meine Spalte wurde immer nasser, während sie ihren Muff massierte, die Augen geschlossen, die Lippen geteilt, keine Ahnung von meiner Anwesenheit.

Wir hatten nach dem Spiel mit der Trainerin zusammengestanden, deshalb kamen wir später in die Umkleide, und außer uns war niemand mehr da. Nach einem Moment oder zwei spreizte sie ihre Schamlippen mit Daumen und Zeigefinger der einen Hand, während sie mit den Fingern der anderen Hand ihre Klit massierte.

Ich empfand eine glühende Sensation zwischen meinen eigenen Schenkeln; das war viel stärker und intensiver als das leichte Jucken, das ich spürte, wenn meine kurzfristigen Freunde versuchten, ihre Hand unter meinen Rock zu schieben.

Und dann kam sie mit einem kaum unterdrückten Aufschrei, und während es ihr kam, öffnete sie ihre schönen grünen Katzenaugen und lächelte mich an, als hätte sie die ganze Zeit gewusst, dass ich da war. Oder als hätte sie es sogar für mich getan – und für sich selbst, natürlich.

Zurückschauend und im Licht dessen, was sich danach ereignete, fragte ich mich, ob in diesen glänzenden postorgasmischen Augen keine unverhohlene Einladung an mich lag. Ihre Blicke waren ein einziges Locken.

Was wäre geschehen, wenn ich meine Kleider ausgezogen hätte und zu ihr in die Duschkabine getreten wäre? Es ist eine Frage, die mich bis in alle Ewigkeit verfolgen wird oder zumindest bis zu dem Tag – falls er denn je kommt –, an dem ich eine Frau das erste Mal sexuell erfahre.

Aber ich bin nicht zu ihr in die Kabine gegangen. Stattdessen bin ich geflohen, ignorierte den ursprünglichen Plan, auch zu duschen, und hastete vom Umkleideraum zurück zum Schulbus, ohne meinen Sportdress auszuziehen. Der Lehrerin sagte ich, dass es mir nicht gut ginge. Als Carla kam und in den Bus stieg, starrte ich stur aus dem Fenster, viel zu verlegen, um ihrem Blick zu begegnen.

Als ich an diesem Abend allein auf meinem Zimmer war, ging ich ins Internet und schaute mir Mädchen an. Mädchen aller Größen und Umfänge, Mädchen aller Schattierungen, Mädchen in allen Positionen. Einige mochte ich, andere nicht. In diesem Sinn unterschieden sich meine Gefühle nicht von denen, die ich auch gegenüber den Jungs hatte. Aber bei Mädchen hatte ich einen seltsam anderen Geschmack.

Meine Männer hatte ich gern ein bisschen rau, ein bisschen schmutzig, während die Mädchen, die ein Ziehen in meinen Lenden hervorriefen, frisch geschrubbt waren, eine rasierte Pussy hatten und einfach sauber aussahen. Ich musste an Carla denken, an das große »O« ihres Munds, als der Orgasmus sie vereinnahmte, und an die Art, wie sie mich mit ihrem grünen Starren penetrierte. Gut, wenn das keine Einladung war, bei ihr mitzumachen, dann hatte sie wenigstens ihren triumphierenden Moment mit einer Zuschauerin geteilt.

Ich legte mich zurück, schob die Pyjamahose nach unten, bemerkte den getränkten Stoff und fingerte meine Ritze. Plötzlich, nachdem ich seit Monaten den sexuellen Versuchen der Jungs widerstanden hatte, musste ich mich befriedigen. Ich musste wissen, was für ein Gefühl das war. Und so schob ich eine Hand tief in mich hinein, während ich Carlas Hexenaugen deutlich vor mir sah. Mit der anderen Hand imitierte ich Carlas Massieren der Klitoris.

Innerhalb von Sekunden schwoll die Lust in mir an, und ich wand mich auf dem Bett hin und her und tastete den pochenden Kopf meiner Knospe ab. Ich hörte, wie schwülstige Stöhnlaute aus meinem Mund drängten, und betete, dass der Fernseher im Wohnzimmer meiner Eltern laut genug eingeschaltet war, sonst würden sie hören, wie ich mir die ersten sexuellen Wonnen bereitete.

Ich hatte den Kopf zurück ins Kissen geworfen, und mein Mund schien in einem fixierten Grinsen erstarrt zu sein. Ich fühlte, wie sich mein Geschlecht weitete, als wollte es sich für irgendetwas öffnen. Dann spürte ich plötzlich, wie in mir etwas nachgab, wie die Wände der Pussy sich zusammenzogen und sich entspannten, wieder zusammenzogen und erneut entspannten. Das Gewebe schmiegte sich um meine Hand, und meine Klitoris – es lässt sich schwer beschreiben.

Nachher war ich so durchgeschüttelt, dass ich kam registrieren konnte, wie es gewesen war, aber wenn ich es in Worte hätte fassen sollen, würde ich sagen, ich hätte das Gefühl gehabt, meine Klitoris wäre explodiert, und durch die geschlossenen Augen sah ich tausend verschiedene glitzernde Farben.

All das fiel mir ein, als ich in Seijo auf dem Weg zur Toilette unterwegs war. Ich musste einen Moment stehen bleiben, eine Hand als Stütze an der Wand. Es dauerte ein paar Minuten, ehe ich mich so weit regeneriert hatte, dass ich weitergehen konnte.

Sechstes Kapitel

Ich wache am Nachmittag auf und springe aufgeregt aus dem Bett. Nadia wird sich um mich sorgen. Das arme Mädchen wird inzwischen richtig verzweifelt sein. Ich habe einen trockenen Mund, ein scharfer Schmerz pocht in meiner Schläfe, und ich verfluche den ersten Kater seit Jahrzehnten. Ich sammle die Kleider vom Boden der Suite ein, ziehe mich hastig an und laufe aus dem Zimmer. Charles ist nicht da, aber ich habe keine Zeit, auf ihn zu warten.

Während ich über den Flur zum Lift renne, ist mir bewusst, dass ich wie eine Vogelscheuche aussehe, aber das ist zweitrangig. In diesem Moment kann ich nur daran denken, wie verwirrt und verängstigt Nadia sein muss. Ich kann mir vorstellen, dass sie sogar die Rezeption angerufen hat, um mich auf die Vermisstenliste zu setzen.

Ich werde einiges zu erklären haben, wenn ich mich wieder sehen lasse. Vielleicht gibt es sogar ein paar bürokratische Formalien, die ich zu erledigen habe. Himmel! Was ist, wenn mein Verschwinden sogar bei der Polizei gemeldet wurde und ich eine offiziell vermisste Person bin? Wie demütigend! Ich muss mir eine Geschichte ausdenken: Zeitverschiebung, ein Drink zu viel und eingeschlafen beim Schlummertrunk im Zimmer der Freundin. Niemand wird mir die Geschichte abkaufen, Nadia erst recht nicht, denn sie weiß, dass ich keine Freundin hier habe. Aber ich kann unmöglich die Wahrheit sagen.

Die Wahrheit ... Hm, ich weiß ja kaum, womit ich anfangen soll. Nach dem Bad wird alles ein bisschen verschwommen. Das warme Bad, das mich umhüllte und nach Charles' Ansturm meine Haut liebkoste. Ich blieb etwa eine halbe Stunde im Bad und ließ mich besänftigen, leerte mein Glas und kletterte schließlich aus der Wanne.

Ich hüllte mich in einen dicken, kuscheligen Bademantel. Zu diesem Zeitpunkt ging ich noch davon aus, dass ich mich jetzt anziehen und zurück auf mein und Nadias Zimmer gehen würde. Die Nacht war fast vorüber, auch wenn ich nicht wusste, wie spät es war.

Aber Charles hatte andere Ideen, und ich hatte nichts dagegen. Für einen Mann seines Alters hat er eine unglaubliche Ausdauer. Als ich zurück in sein Zimmer trat, erhob er sich hinter seinem Schreibtisch und kam auf mich zu. Offenbar hatte er am Laptop gearbeitet.

»Fühlst du dich gut entspannt?«, fragte er lächelnd. Ich nickte und dankte ihm für das Bad und den Drink. Er ließ den Bademantel von meinen Schultern rutschen und drückte mich behutsam in den Sessel.

Er teilte meine Schenkel mit den Händen und brachte sein Gesicht zu meiner Pussy. Eine halbe Stunde lang verwöhnte er mich mit einem schwindelerregenden Cunnilingus und erforschte jede winzige Falte mit Zunge und Mund. Er küsste und leckte abwechselnd sanft und wild, dann stieß er die Zunge wieder tief in mich hinein und ließ sie wirbeln, bis ich vor dem ankommenden Orgasmus auf dem Sesselsitz hin- und herrutschte, aber dann ärgerte er mich, zog die Zunge heraus und umkreiste meine Pussy ein ums andere Mal.

Ich lechzte so sehr nach ihm, dass ich vor lauter Frustration hätte schreien können. Und er wusste das. Er brachte mich einige Male an den Rand des Höhepunkts und erfreute sich an meinem lustvollen Stöhnen. In dem Augenblick, in dem er glaubte, dass mein Orgasmus unmittelbar bevorstand, zog er seinen Kopf zurück und brach die Verbindung mit der Klitoris ab.

Als ich es nicht länger aushielt, übernahm ich die Kontrolle. Ich drehte ihn herum und wechselte den Platz mit ihm – jetzt saß er im Sessel. Ich ließ es etwas ruhiger angehen, auch wenn ich ihn so verzweifelt in mir spüren wollte.

Ich kletterte auf ihn und drückte meine Knie auf die Lehnen und löste den Gurt seines Frotteemantels. Ich schob die Mantelhälften auseinander, dann sprang mir im fast komischen Eifer seine Erektion entgegen.

Einen Moment lang starrte er auf seinen Schaft; ich glaube, wir waren beide von unseren Säften überrascht. Meine kullerten auf seinen Schoß, und seine Sehnsuchtstropfen sprühten sogar auf meinen Bauch. Er stöhnte laut, und ich packte seinen Schaft, drückte die Wärme und Glätte gegen meine feuchte Handfläche und bewunderte die stählerne Bereitschaft. Jetzt war es an der Zeit. Ich konnte nicht mehr länger warten.

Er ahnte, was ich wollte, hob seine strammen Gesäßbacken an und sah, wie ich mich langsam auf ihn sinken ließ. Er drang in mich ein, so gewandt und zielsicher wie eine ferngesteuerte Rakete, die zu einem bestimmten Ort unterwegs ist. Ich beugte mich langsam vor und küsste ihn auf den Mund, und während unsere Zungen und Zähne aneinandergerieten, fühlte ich, wie meine Klitoris gegen sein Schambein rieb.

Eine Weile genoss ich seinen leichten nachgebenden Druck, dann erhöhte er das Tempo in mir, und ich setzte mich auf und lehnte mich leicht zurück. Meine Klitoris, nein, die ganze Pussy fühlte sich Charles' neugierigen Blicken ausgesetzt, und während ich mich unerschrocken rieb, schob Charles meine Finger zurück und ersetzte sie durch seine eigenen, ohne den feurigen Blick von meiner weit geöffneten Pussy zu wenden.

Sein genaues Hinschauen entnervte und erregte mich zugleich. Ravi und ich – wenn wir es denn mal taten, was in den letzten zehn Jahren einige Male im Jahr geschah – machten

Liebe unter der Decke und im Dunkeln. Wenn er Bilder von fünf verschiedenen Muschis hätte anschauen müssen, um meine herauszufinden, wäre er erfolglos geblieben, und bei Ravis Schwanz wäre es mir nicht anders ergangen.

Jedes Gefühl des Vertrauten, das sich anfangs vielleicht entwickelt hatte, war im Laufe der Jahre verschwunden, als Hausarbeit, Kinderaufziehen und Ravis Karriere alle Gedanken an ein halbwegs anständiges Sexleben überlagerten. Aber wie ich schon sagte, auch in den ersten Jahren gehörten wir nicht zu den großen Fegern.

Also fühlte ich mich geschmeichelt, als ich beobachtete, wie Charles meine Pussy inspizierte. Er genoss die Art, wie ich sie für ihn spreizte. Es war, als wollte sie auf seine Bewegungen eingehen. Ein letztes Mal kam ich mir ein bisschen verlegen vor. Vielleicht nahm die Wirkung des Alkohols wieder ab.

Ich habe mich nie danach gedrängt, mit meinem Körper Aufsehen zu erregen, und niemand schien sich auch wirklich dafür zu interessieren, deshalb war mir auch unbekannt, den ganzen Körper zu enthaaren, wie es Frauen wohl tun, wenn sie etwas auf sich halten. Okay, ich hatte schon mal vom brasilianischen Wachsen gehört, aber ich hätte nicht genau sagen können, was das war, und jetzt fragte ich mich, ob Charles sich darüber wunderte, wie »ungekämmt« ich da unten war.

Er schien ein Mann zu sein, der sich mit dem Busch einer Frau und nicht nur damit auskannte. Es störte mich nicht, dass er ein ausgesprochener Ladykiller war und wahrscheinlich in jeder Stadt, die er besuchte, eine neue Eroberung machte. Wie ich schon sagte, ich war überrascht und fühlte mich geschmeichelt, dass er mich ausgewählt hatte und dass er solche ausgelassene Freude an meinem Körper fand.

Wir befanden uns jetzt im wunderbaren Einklang. Während er in mich hineinstieß, antwortete ich mit leichten Vorwärtsschüben, und ein herrlicher Rhythmus baute sich zwischen uns auf, begleitet von unserem Stöhnen.

Nach einer Weile nahm er die Hände von meiner Pussy und griff meine Backen. Er schob sie ein wenig auseinander und zog mich noch kräftiger an sich, sodass jeder Stoß voller Wucht in mich drang. Dann ließ er mich zurückschwingen. Während er diese neue Strategie ausführte, krochen seine Finger nach innen, der kleinen verrunzelten Öffnung entgegen.

Ich fühlte, wie eine zusätzliche Lust mich durchlief, als er mit den Fingerspitzen an der pinkfarbenen Rosette spielte. Niemand war bisher auch nur in die Nähe dieser Stelle gekommen, und das fremde Gefühl war berauschend. Ich konnte nicht einmal Verlegenheit empfinden, weil die Sensationen so unwahrscheinlich waren.

Eine Hand auf Charles' Hüfte, brachte ich meine Finger zurück zu meiner Pussy und zwirbelte wieder meine Klitoris, und dann war der Moment plötzlich da. Ich wusste genau, dass niemand von uns sich länger zurückhalten konnte.

Ich lehnte mich noch ein wenig weiter zurück und intensivierte den Druck meiner Finger. Charles begann zu zucken, und er verlor den Rhythmus, den wir die ganze Zeit beibehalten hatten. Als ich zu winseln begann und mich kurz davor befand, mich, so weit es ging, für ihn zu öffnen, stieß er einen Finger in meinen Anus, und ich kam wie nie zuvor, und der Lustschrei drang tief aus meiner Kehle.

Als die Wellen der Wonnen allmählich abebbten und die Zuckungen nachließen, ritt ich weiter auf ihm, bis er seinen eigenen Orgasmus erreichte. Ich war begeistert, seine Nägel im Fleisch meiner Backen zu fühlen und die Grimassen der Ekstase auf seinem gebräunten, gut aussehenden Gesicht zu beobachten. Ich fiel über ihn, als ich mich nicht mehr auf ihm halten konnte, und ich hatte das Gefühl, als könnte ich hundert Jahre lang schlafen.

Die Aufzugtüren öffneten sich, und ich trat in die Kabine, erstaunt und in Hochstimmung über die Geschehnisse der vergangenen Nacht.

Siebtes Kapitel

Die Toiletten der Bar sind schwer zu finden, abgetrennt in kleine Kabinen wie aus *2001 – Odyssee im Weltraum*. Mit seinen futuristischen Bars, den Coffeeshops, die exotische Mischungen verkaufen, und mit den jungen, gestylten Frauen hat Mumbai alle meine Erwartungen übertroffen. Natürlich wusste ich schon vorher durch einschlägige Lektüre, dass dies die Stadt der scheinbar unmöglichsten Widersprüche ist, aber kein Reiseführer hätte mich auf das, was ich vorfand, vorbereiten können.

Ich weiß natürlich auch, dass ich die Stadt – bisher jedenfalls – aus einer privilegierten Perspektive gesehen habe. Obwohl mir bewusst ist, dass dies nicht das »authentische Indien« ist, sondern eines gefärbt mit westlichen Werten und Geisteshaltungen, finde ich es verführerisch, eindringlich und süchtig machend.

Ich will, dass dieser Abend nie vorbeigeht. Ich will mehr über die geheimnisvolle Asha und ihr Leben herausfinden und noch andere Leute aus diesem schicken Milieu treffen.

Als ich eine der Kabinen betrete, den Reißverschluss der Jeans öffne und mich zum Pinkeln hinsetze, höre ich Geräusche in einer Nachbarkabine. Das ist eigentlich nichts Aufregendes, aber es hört sich so an, als wären zwei Personen in der Kabine. Zwei Frauen. Gedämpfte Stimmen reden in einer Sprache, die ich nicht verstehe, aber ich nehme an, dass es Hindi ist. Zuerst glaube ich, dass ich Zeugin eines heimlichen Drogenkonsums bin, aber dann höre ich leise Kicherlaute und

Stöhnen und Keuchen, und ich begreife, dass es um was Schöneres als Drogenkonsum geht.

Ich stehe auf, aber ich drücke nicht ab und lausche, seltsam erregt, noch einen Moment länger. Aber dann wird es mir zu peinlich, und ich haste hinaus, wasche meine Hände und klatsche kaltes Wasser in mein heißes Gesicht.

Ich drehe mich um und will gerade gehen, da höre ich, wie sich die Tür der anderen Kabine öffnet. Ich versuche, einfach weiterzugehen, aber ich kann mich nicht beherrschen und schaue über die Schulter. Staunend sehe ich Asha und eine andere Schönheit aus der Kabine treten. Ihre Gesichter glühen.

»Oh, hallo«, haucht Asha, als sie mich sieht. Keine Spur von Verlegenheit, weder im Gesicht noch in der Stimme, obwohl sie beide wissen müssen, dass ich etwas gehört habe.

Ich zwinge mich zu einem Lächeln, ziehe die Tür auf und gehe zurück an die Bar zu Manju und Ajit.

Während der Party am Juhu-Strand wird schnell deutlich, dass Asha und ihre Freundin gar nicht so außergewöhnlich sind. Sie sehen spektakulär aus, okay, aber in dieser Umgebung von jungen Bollywood-Stars und ihren Fans sind es »normale« Leute wie ich, die auffallen. Kein Wunder, dass ich mich fehl am Platz fühle. Aber Manju und Ajit achten darauf, mich jedem vorzustellen, der bis auf Rufnähe herankommt. Ich trinke jede Menge eines köstlichen fruchtigen Cocktails, entspanne mich wieder und finde, dass alles ein großer Spaß ist.

Aber mit den Blicken verfolge ich immer noch Asha und Karishma, die von einer Gruppe zur anderen huschen und alle bezirzen, mit denen sie in Kontakt kommen. Selbst aus einer Entfernung von sieben, acht Metern kann ich Ashas ungezwungenes Lachen hören. Es muss schnell klar gewesen sein, dass ich besessen von den beiden Frauen bin, denn bald erwidern sie meine Blicke und lassen ihre Lider flattern.

Ich versuche, meine Aufmerksamkeit der Gruppe zu widmen, der ich vorgestellt worden bin. Einer davon, hat Manju mit nicht zu überhörendem Stolz in der Stimme erzählt, ist der kommende Star von Bollywood, Vashu Chopra, ein Herzensbrecher des einundzwanzigsten Jahrhunderts.

Wir reden in der Gruppe, und Vashu passt sich uns an, aber es wird klar, dass er die hohe Meinung der anderen über sich teilt, was mich normalerweise abschrecken würde, aber mit seinen zerzausten Haaren, dem Zwei-Tage-Bart und der Zigarette im Mundwinkel ist er ungemein sexy.

Er hat Haltung, und Haltung zieht mich an. Er sieht aus wie ein Mann, der seine Karriere in die Richtung steuert, die er haben will, statt sich lenken zu lassen. Eine Art indischer Johnny Depp. Vielleicht ist übersteigertes Selbstbewusstsein gar nicht so schlecht; vielleicht ist es sogar die natürliche Konsequenz, wenn du weißt, was du kannst.

Es ist verrückt, aber nachdem ich ein paar Momente in seiner Gegenwart verbracht habe, scheint Vashu seine Aufmerksamkeit auf mich zu konzentrieren – trotz der vielen Models und Filmstars um uns herum.

Der Rest der Menge treibt weiter. Es bilden sich neue, kleinere Cliquen, und wir sind mehr oder weniger allein. Vashu fragt mich über mein Leben in England aus und erzählt von seinen Erfahrungen während einer Promotiontour, die ihn vor Kurzem nach London geführt hat. Es ist natürlich sehr beeindruckend und schmeichelt mir sehr, dass er von mir hören will, wie es in England zugeht.

Trotz seiner Eitelkeiten und seinem Prahlen hält mich sein Böser-Junge-Image an seiner Seite. Ich überlege schon die ganze Zeit, ob heute die entscheidende Nacht ist, und ob es mir bestimmt ist, meine Jungfräulichkeit an einen aufsteigenden Bollywood-Star zu verlieren.

Aber als dieser Gedanke in meinem Kopf kreist, gerate ich in eine noch größere Verwirrung, weil ich mich umschaue und erkenne, dass Asha mich anstarrt. Sie führt ihr Glas an den Mund, und über dem Glasrand sehe ich ihre Augen schelmisch zwinkern. Vielleicht neckt sie mich nur, oder sie will mich daran erinnern, dass sie weiß, was ich gehört habe, als sie und Karishma auf dem Klo waren.

Oder ist das mein Wunschdenken? Liegt etwas ganz anderes in ihrem Blick? Ich erinnere mich an Carla und ihre Einladung. Mein Problem besteht darin, dass ich nie weiß, ob ich eingeladen bin oder nur die Erlaubnis des Zusehens habe.

Vashu ahnt meine Verwirrung und lässt sich auf ein Gespräch mit einem älteren, gebildet aussehenden Mann ein. Ich hätte gern gewusst, ob er ein Regisseur ist – er hat etwas Autoritäres an sich. Ich nehme die Gelegenheit wahr und wende mich von ihnen ab. Ich schlüpfe unbemerkt an der Menge vorbei und hinaus in die Nacht. Die frische Luft könnte mir helfen, meine Gedanken zu ordnen.

Ich sitze am Strand, schaue hinaus auf die Wellen und frage mich, warum ich so viele Probleme habe herauszufinden, was ich will. Wenn ich das wüsste, könnte ich eine Hand ausstrecken und es greifen. Hat es was damit zu tun, dass ich zwischen zwei Kulturen gefangen bin und weder in der einen noch in der anderen zu Hause? Oder liegt es daran, dass ich bisexuell bin, weil ich nicht weiß, ob ich Jungen oder Mädchen mag?

Ich lege mich zurück auf den Sand, starre zu den Sternen hoch und versuche ein Spiel mit mir selbst. In einer idealen Welt – wen würde ich da als Sexualpartner haben wollen? Würde es ein heißes blondes Mädchen wie Carla sein oder eine dunkle Schönheit wie Asha? Oder würde es ein Junge sein, und, wenn ja, würde er dann ein langhaariger Rocker sein, jemand wie Taylor Hawkins, oder ein Hindi-Herzschmerz-Typ?

Natürlich weiß ich inzwischen, dass ich eigentlich keine Entscheidung treffen muss – ich könnte sie alle genießen. Aber manchmal fühle ich mich wie betäubt, und ich kann nichts unternehmen und auch nicht die einfachsten Entscheidungen treffen. Ich fühle, dass meine sexuelle Desorientierung der Grund dafür ist; deshalb muss ich mich bald festlegen.

Es ist nicht so, dass ich sesshaft werden will, heiraten und Kinder kriegen, obwohl ich das für die Zukunft nicht ausgeschlossen habe.

Nach einer Weile wird mein Grübeln von Stimmen unterbrochen. Ich schaue über meine Schulter und sehe Asha, die mir entgegenkommt. Sie scheint mich nicht gesehen zu haben, und sie ist nicht allein. Diesmal ist es nicht Karishma, die bei ihr ist, sondern ein anderes Mädchen, das ich im blassen Mondlicht aber nicht erkenne. Asha geht vor und hält die Hand des Mädchens, als sie es hinaus zum Wasser führt.

Ich schaue wie gebannt zu und traue mich kaum zu atmen, damit sie meine Anwesenheit nicht ahnen, die den Zauber brechen könnte. Asha führt ihre Freundin zur Wasserlinie, dann stehen sie ein paar Minuten Hand in Hand da und schauen hinaus auf das Arabische Meer. Sie unterhalten sich leise.

Asha wendet sich dem anderen Mädchen zu, streicht die Haare mit beiden Händen aus dem Gesicht und kommt mit dem Kopf näher, kussbereit. Das andere Mädchen reagiert gierig, und mein Bauch schlägt einen Salto, als ich sie beobachte, wie sie sich gegenseitig aufessen, als hätten sie großen Hunger. Es ist schwer zu glauben, dass Asha vor einer Stunde schon eine Mädchen-Ration gehabt hat.

Sie zerren sich gegenseitig an den Kleidern, und ich stöhne leise, als ich ein Kleidungsstück nach dem anderen in den Sand fallen sehe. Obwohl der Mond nicht sehr hell leuchtet, kann ich ihre Muskatnusshaut sehen.

Das Mädchen, dessen Haar ziemlich kurz geschnitten ist, das dafür aber einen langen Pony hat, ist zuerst nackt. Asha hat noch die dünne Jeans an, aber sie hat die Sandalen mit den Keilabsätzen abgestreift. Ihre Brüste sind fest und lieblich; sie scheinen sich aufzurichten, um den Brüsten des Mädchens zu begegnen. Mit einer Hand langt sie zwischen die Beine des Mädchens und streichelt über den Venushügel.

Asha zieht das Mädchen vom Wasser weg, den Strand hinauf. Näher zu meinem Platz. Sie lässt sich in den Sand fallen und zieht das Mädchen über sich, dann schält sie sich aus der Jeans. Das Mädchen fällt hungrig über Asha her, saugt geräuschvoll an ihren Brüsten und taucht zwischen ihre Schenkel.

Ich greife an meine eigene Spalte und drücke die Finger gegen meine Klitoris, während ich zuschaue, wie sie sich im Sand wälzen und tiefe Laute der Lust ausstoßen, die sich wie das Knurren verspielter Bärenbabys anhören. Sie raunen sich Anweisungen zu, die ich nicht verstehe.

Asha ringt das Mädchen auf den Rücken und wirft sich jetzt in den Sattel, und ich sehe zu, wie sie ihre Schamberge gegeneinanderreiben und gegenseitig ihre Brüste drücken und packen. Ich würde alles dafür geben, Ashas Gesicht zu sehen, wenn es ihr kommt, aber ihre Haare bedecken das Gesicht wie ein undurchdringlicher Vorhang.

Plötzlich kommt es ihnen gemeinsam, und ich reibe wütend über meine Klitoris, obwohl ich eigentlich keinen Orgasmus haben will, um meine Anwesenheit nicht zu verraten. Asha wirft sich über ihre Freundin, und als sie von der Ekstase gepackt wird, bäumt sie sich auf. Wie ich gehofft habe, wirft sie den Kopf zurück, und die Haare fliegen mit, sodass ich die Verzerrungen ihres schönen Gesichts erkennen kann.

Sie fällt von dem Mädchen weg und liegt keuchend auf dem Rücken. Das Mädchen ist entweder verlegen oder hat es aus irgendeinem Grund sehr eilig. Vielleicht will sie nicht von einem Freund erwischt werden, der drinnen auf sie wartet, denn sie bückt sich rasch nach ihren Klamotten, die noch näher beim Wasser liegen.

Asha hat es nicht eilig. Sie bleibt, wo sie ist, und nach einer Weile bin ich sicher, dass sie eingeschlafen ist, und ich traue mich, aufzustehen und an die Stelle zu schlendern, wo sie liegt. Im milchigen Mondschein betrachte ich ihren festen, makellosen Körper, und bei mir prickelt es, als ich den kleinen Haarstreifen auf dem Schamberg sehe, und zwischen den immer noch geschwollenen Labien glitzert etwas wie ein Diamant – sie ist gepierct.

Obwohl ich weiß, was richtig und falsch ist, falle ich neben ihr auf die Knie und lange mit einer Hand zu ihrer Spalte. Ich habe mich noch nicht zum Orgasmus gebracht, und ich fühle, dass ich das auch nicht brauche: Wenn ich sie berühre, wird meine Muschi sofort Feuer fangen. Aber Asha regt sich, stößt einen Seufzer aus, hat die Augen aber noch geschlossen. Ich mache einen Rückzieher und erhebe mich.

Ich will mich gerade abwenden, als ich ihre Hand auf meinem Knöchel spüre. »Bleib«, murmelt sie, die Stimme noch heiserer als zuvor. Aber ich habe Angst. Der Moment ist vorüber, wie er immer vorbeizieht, weil ich meine Nerven verliere.

Ich gehe in die Bar zurück und bitte Manju, mir ein Taxi zu rufen. Er gibt mir seine Telefonnummer und sagt mir, dass ich ihn anrufen soll, wenn ich das nächste Mal in der Stadt bin. Ich danke ihm für alles und verspreche es ihm.

Als ich gerade zur Tür hinauswill, holt Vashu mich ein und zeigt Erstaunen, dass ich gehen will. »Die Nacht ist noch so jung«, sagt er, und für einen Moment bin ich versucht, auf sein Werben zu antworten. Aber eben nur versucht.

Ich ärgere mich jetzt schon, dass ich Asha einen Korb gegeben habe, und ich fürchte, später könnte ich mir einen Tritt geben, wenn ich mir ausmale, wie es mit Vashu hätte sein können. Irgendwas an ihm, vielleicht sein Selbstbewusstsein, sagt mir, dass er unglaublich gut in der Kiste ist.

Dann schüttle ich den Kopf. »Es tut mir leid«, sage ich, und er hebt die Schultern und geht zurück zu seiner Gruppe. Vielleicht hat er ja schon die Fährte einer frischen Eroberung aufgenommen. Ich habe nie die Illusion gehabt, dass ich etwas anderes gewesen wäre. Und auf Asha trifft das auch zu. Sie ist offenbar eine Frau mit einem immensen Appetit, und ich wäre nur eine Kerbe in ihrem metaphorischen Bettpfosten gewesen. Aber das hält mich nicht davon ab, als ich zurück ins zentrale Mumbai fahre, meine Spalte zu drücken und mir zu überlegen, was hätte passieren können.

Achtes Kapitel

Nadia ist nicht auf unserem Zimmer, aber als ich mich zur Rezeption traue und ein paar diskrete Fragen stelle, finde ich heraus, dass sie mich nicht als vermisst gemeldet hat. Das Mädchen am Empfang sagt mir, dass Nadia am späten Vormittag das Hotel verlassen hat. Sie hat sich mit ein paar Stadtplänen eingedeckt, die das Hotel den Gästen zur Verfügung stellt, und gleich vor dem Eingang hat sie eine Rikscha genommen. Offenbar hat sie beschlossen, sich schon mal ein paar Sehenswürdigkeiten anzuschauen. Nun, wer könnte ihr das verübeln? Aber es ist schon ein bisschen seltsam, dass sie nicht besorgter um mich gewesen ist.

Ich zucke die Achseln, gehe nach oben und beschließe, auf dem Zimmer zu warten, statt selbst aktiv zu werden. Um ehrlich zu sein, ich bin ein bisschen wund – solche Aktivitäten habe ich seit langer Zeit nicht mehr erlebt, nicht mehr seit Ravi, und deshalb fürchte ich auch, dass ich lange Fußstrecken an diesem Tag nicht schaffen werde.

Oben setze ich mich aufs Bett und blättere in den Hochglanzmagazinen, die das Hotel in den Zimmern auslegt. Ich erwische mich dabei, die männlichen Models zu studieren und mit dem Finger über die Körper auf dem Glanzpapier zu streichen. Ich überlege, wie gut sie wohl im Bett sind und was sie mit mir anstellen würden. Ja, wie würde es sich anfühlen, mit so einem Mann zusammen zu sein?

Nicht, dass Charles nicht mithalten könnte – er mag zwar in den späten Fünfzigern sein, aber sein Körper ist fest und hager, und man sieht ihm an, dass er sich regelmäßig streckt und trimmt und pflegt. Und für ihn spricht seine Erfahrung. Das ist wahrscheinlich auch der Grund, warum alles, was er tat, meine Stellen so wunderbar getroffen hat.

Ich stoße eine Hand in mein Höschen und denke an Charles und wie er mich verführt hat, aber ich blättere mit der anderen Hand weiter durchs Magazin, schaue mir das Männerfleisch an und stelle es mir auf meiner Haut vor. Ich reibe mich sanft, aber mir ist bewusst, dass ich übertreibe. Es ist wie eine Sucht, die über mich gekommen ist, denn Charles hat die Lust in mir neu geweckt, die offenbar so lange tief in mir geschlummert hat.

Die Flut steigt unerbittlich in mir an, und ich lege mich hechelnd zurück, werfe das Magazin zur Seite und spreize lüstern meine Schenkel.

Das Telefon klingelt. Ich reibe mit den Fingern über meine Labien, und mit der freien Hand greife ich nach dem Hörer des Telefons.

»Val, ich bin's. Charles.« Die vertraute Stimme klingt so, als wollte sie sich in meine Gedanken einschmeicheln.

»Hallo, Charles«, sage ich zurückhaltend.

Es gibt eine kurze Pause am anderen Ende der Leitung, dann: »Bist du okay? Was machst du?«

Ich weiß nicht, was dieser Mann an sich hat, aber er bringt eine Lüsternheit in mir hervor, von der ich nicht wusste, dass ich sie überhaupt habe. »Ich spiele mit mir selbst«, sage ich.

Ich glaube, ich habe ihn sprachlos gemacht. Dann fragt er: »Und woran denkst du?«

»An dich«, hauche ich. »Du besorgst es mir und stößt mich immer fester.«

Ich schließe die Augen und sehe, wie er meine Backen spreizt und seine Finger in mein Fleisch gräbt. Ich stöhne. »Oh, Mann«, ächze ich. »Ich komme jetzt. Oh, Charles, ich bin so nah dran, jetzt ...«

Ein Stöhnen am Ende meiner Aussage überlappt sich mit seinem Stöhnen, und das sagt mir, dass auch er zum Orgasmus gekommen ist. Allein die Vorstellung, wie er an seinem Marmorschreibtisch sitzt, den Schaft in der Hand, während er mir zuhört und mir dabei den nächsten Höhepunkt besorgt, ist überwältigend. Ich lasse mich zurück aufs Bett fallen, presse den Hörer noch fester ans Ohr und lausche, wie er keucht. Ich warte, dass er etwas sagt, irgendwas, aber noch herrscht keine Normalität.

Ich bin erleichtert, als er sich räuspert und dann fragt. »Abendessen?«

Ich lächle. »Ja, gern.«

Ich würde gern sagen, dass ich Charles bei Risotto und rotem sizilianischen Wein in einem Restaurant des Hotels besser kennen lerne, aber er behält seine geheimnisvolle Aura und weicht meinen persönlichen Fragen aus. Er öffnet sich nur, wenn das Gespräch auf generelle Themen kommt – Indien und die zukünftige Entwicklung, Flugreisen erster Klasse, Irak und Amerika.

Aus Infofetzen, die er fallen lässt, schließe ich, dass er geschieden ist, zwei Kinder hat, die fast zwanzig sind und schon ein wenig aus der Spur geraten sind, aber persönliche Bekenntnisse sind rar.

Ich will natürlich auch nicht zu viel bekennen. Ich erzähle ein bisschen von Nadia, dass dies eigentlich ihr Urlaub ist, bevor sie zur Universität geht und Medienwissenschaft belegt. Ich sage ihm, dass ich die meiste Zeit meines Lebens mit einem Mann namens Ravi verheiratet war, aber ich nenne keinen Grund für die Scheidung, denn er erzählt ja auch nichts über seine.

Tatsache ist, dass mir immer noch nicht klar ist, was mit

Ravi geschah. Ich schätze, wir haben uns einfach auseinandergelebt, kaum merklich im Laufe der Jahre, und als die Kinder unabhängig wurden, verlor ich jedes Gefühl für mich und die Rolle, die ich nun spielen sollte.

Ich glaube, das ist der Grund, warum ich die Chance ergriffen habe, mit Nadia nach Indien zu fliegen. Weiß der Himmel, was ich stattdessen tun würde, wenn sich diese Gelegenheit nicht eröffnet hätte. Mitgliedschaft in einer Bibliothek, Yoga- und Aerobic-Kurse, die Wiederholungen der Soaps im Fernsehen. Wie eintönig mein Leben war, und schau mal, was in weniger als vierundzwanzig Stunden passiert ist!

Nach dem Essen besteht Charles darauf, dass wir einen Schlummertrunk am Pool auf dem Dach nehmen. Natürlich habe ich nichts dagegen. Wir strecken uns auf bequemen Liegen aus, streifen die Schuhe ab und sprechen einen Toast auf Mumbai aus und auf die Abenteuer, die es bietet.

»Auf viele Wiederholungen«, sagt Charles, und er wendet sich mir im Mondlicht zu. »Hör zu, Val, ich weiß, dass du mit deinem Mädchen hier bist, aber ich habe den Eindruck, dass du mit deinen Plänen ziemlich flexibel bist. Warum kommst du nicht morgen mit mir nach Rajasthan? Ich habe ein paar Tage lang geschäftlich da zu tun, und ich würde dir die Stadt gern zeigen. Es ist eine unglaubliche Stadt.«

Ich sehe ihn an, ganz gerührt, dass er überhaupt daran denkt, mich mitzunehmen. Dann seufze ich und schaue über das glitzernde Arabische Meer. »Das würde ich gern«, sage ich, »aber was ist mit Nadia?«

»Sie kommt auch mit«, legt er unbeschwert fest. »Ihr wird es auch gefallen. Und Himmel – ich zahle das Zimmer für sie, falls dir das Kopfschmerzen bereitet.«

In meiner Kehle zuckt es. Er geht also davon aus, dass er und ich uns ein Zimmer teilen? Wieder bin ich gerührt, geehrt sogar, dass er uns nach einer Nacht und einem Tag schon als

Paar sieht. Ich rolle mich auf der Liege herum, lege eine Hand auf seine Hüfte und schiebe sie langsam zum Reißverschluss seiner Hose. Behutsam hole ich seinen Penis heraus.

Eine Weile liegen wir da und sehen uns gegenseitig in die Augen, während ich ihn langsam fertigmache, aber bevor es mir gelingt, ihn zum Orgasmus zu bringen, schiebt er mein Kleid von den Schultern, dann erhebt er sich und zieht auch mich hoch, sodass ich in der Unterwäsche vor ihm stehe. Ich sehe mich verlegen um, aber offenbar sind wir unter uns; der Pool liegt verlassen da.

Er hebt die Hände, um meinen BH zu öffnen, und mir wird fast schwindlig. Er bückt sich, streift mein Höschen ab und drückt auf dem Weg nach oben einen Kuss auf meine Pussy. Er nimmt mich auf die Arme und wirft mich ins Wasser.

Ich stoße einen Schrei aus, als ich prustend und lachend wieder hochkomme und Charles in gespieltem Ärger meine Faust zeige. Er ist jetzt auch ausgezogen und steht am Beckenrand; der Penis steht aufrecht, als wolle er salutieren. Er legt die Hände zusammen und streckt die Arme, dann taucht er elegant ins Wasser. Ich stoße den nächsten Schrei aus, noch bevor er wieder auftaucht, denn ich fühle seinen Mund unter Wasser auf meiner Pussy. Seine Zähne knabbern verspielt an meiner Klitoris. Als ihm die Luft ausgeht, taucht er auf, zieht mich an sich, und scheinbar ohne jede Mühe dringt sein Schaft in mich ein.

Einen Moment lang stehen wir nur da und sehen uns im fahlen Licht an. Dann zieht er mich auf eine Seite des Pools, und während ich mich mit beiden Händen am Beckenrand abstütze und ihm meinen Po zuwende, pflügt er hart in mich hinein, und meine Brüste pendeln schwer hin und her.

Fiebrig fährt er in mich hinein. Sein Mund bohrt sich so fest in meine Schulter, dass seine Zähne Spuren hinterlassen werden. Allmählich ermüden wir im Wasser; wir klettern hinaus und legen uns hin wie gestrandete Wesen aus dem Meer. Charles dreht mich auf den Bauch und dringt wieder in mich ein, und wir kommen beide und geben Laute von uns, als hätten wir Schmerzen.

Wir haben uns auf einer Liege eingerichtet; ich sitze zwischen Charles' Schenkeln und stütze den Kopf gegen seine nackte Brust, als Nadia plötzlich auftaucht. Die Sittlichkeit ist wiederhergestellt, wir sind teilbekleidet, ich mit meinem Kleid und Charles mit seiner Hose. Zuerst gerate ich in Panik und denke, dass wenigstens einer gewusst haben muss, wo wir waren – und dann also auch, was wir dort getrieben haben –, sonst hätte ihr doch niemand den Weg weisen können.

Aber bald sehe ich an ihrem überraschten Gesicht, dass sie niemals damit gerechnet hat, mich hier zu finden. Dann bemerke ich, dass sie ein zusammengerolltes Badetuch unter dem Arm trägt. Sie wollte also auch ein paar nächtliche Runden im Pool auf dem Dach drehen. Was für ein Glück, dass sie nicht eine halbe Stunde früher heraufgekommen ist.

Auf der anderen Seite muss es sie schockieren, dass ich hier mit Charles kuschele, den sie noch gar nicht kennt. Ich springe auf und gehe ihr entgegen. Ich will sie umarmen, aber sie scheint zu schmollen, deshalb breche ich meinen Versuch ab.

»Hast du einen schönen Tag erlebt?«, frage ich.

Sie nickt und sagt eingeschnappt: »Du ja auch, wie es aussieht.«

»Nadia, es tut mir leid …«, beginne ich, aber dann wollen keine Worte mehr kommen, und ich starre sie nur an und überlege, wie sich das aus ihrer Sicht darstellt.

Sie winkt ab, setzt sich auf eine Liege in der Nähe und fängt an, sich auszuziehen.

Ich zeige auf Charles, der sitzen geblieben ist und sein Glas leert. Er hebt eine Hand und winkt Nadia zu.

»Nadia, das ist Charles Hoffmann«, sage ich. »Er hält sich geschäftlich im Hotel auf.«

Sie nickt und erhebt sich in ihrem Bikini. »Schön, Sie kennen zu lernen«, murmelt sie, dann hält sie sich die Nase zu und springt ins Wasser, ohne vorher die Temperatur zu testen.

Charles und ich tauschen einen Blick. Unsere Reise nach Rajasthan ist bedroht, wenn es mir nicht gelingt, das Eis zu brechen. Ich habe mir schon genug Freiheiten herausgenommen; ich kann nicht ein paar Tage mit Charles in den Norden gehen, während ich Nadia allein zurücklasse.

Während Nadia ihre Runden zieht, bleibt Charles auf der Liege sitzen und scheint über irgendwas nachzudenken. Schließlich steht er auf und kommt auf mich zu, während ich dastehe und meiner Tochter zuschaue.

»Ich wollte mit ihr reden«, sagt er. »Aber sie sieht wild entschlossen aus, ihr Ding durchzusetzen. Ich halte es für besser, wenn ich mich zurückziehe und euch beiden die Lösung überlasse.« Er drückt diskret meine Hand. »Ich möchte, dass du mitkommst. Mein Flug geht kurz nach Mittag.« Er drückt wieder meine Hand. »Schlaf gut«, sagt er, und schon jetzt muss ich an die Nacht ohne ihn denken. Ohne seinen großen, schönen Schwanz.

Als Nadia einen Teil ihrer Wut im Pool abgearbeitet hat, gehen wir gemeinsam auf unser Zimmer, und während sie duscht, bestelle ich beim Zimmerservice zwei heiße Kakao. Ich will sie nicht überfahren, aber ich kann mir diese Gelegenheit mit Charles nicht entgehen lassen.

Ich war noch nie von einem Mann derart gefesselt wie von

Charles, abgesehen vielleicht von den Zeiten als Teenager. Wenn ich auf diese paar Tage mit Charles verzichte, werde ich es ein Leben lang bereuen. Die Vorstellung, ohne die Emotionen und Sensationen zu leben, die er seit der letzten Nacht in mir geweckt hat, macht mich krank.

Nadia kommt aus dem Badezimmer, eingehüllt in einen Bademantel. Sie glüht rosa von der Dusche, und ich betrachte sie und bin hingerissen von ihrer Schönheit. Das sollte mich nicht wirklich überraschen, schließlich habe ich sie seit achtzehn Jahren fast täglich gesehen. Aber wenn ich sie so ganz ohne Make-up sehe, wenn die nassen Haare ihr Gesicht offen lassen und nichts Künstliches an ihr dran ist, kann selbst ich verwundert sein.

Verwundert bin ich auch über die Tatsache, dass sie nie einen Freund gehabt hat oder zumindest einen, der länger als eine Woche gehalten hat. Es waren einige dabei, die unglaublich gut aussahen, ordentlich frisiert und gekleidet und höflich – der Traum einer Mutter. Aber Nadia scheint keine Verbindung eingehen zu wollen, wenn ich das aus ihrer kühlen Reaktion schließen darf, sobald die Bekanntschaft ihr Ende findet. Ich habe sie wegen eines Jungen noch nie weinen sehen.

In ihrem Alter war ich ein wildes Mädchen, es war meine sexuell aktivste Zeit. Wenn ich darüber nachdenke, staune ich sehr über das, was danach geschah, und wie mein Appetit nachließ, als ich Ravi heiratete.

Ich liebte ihn, schätze ich mal, und deshalb akzeptierte ich auch, dass Sex keine große Sache für ihn war. Oder vielleicht hoffte ich, ihm beizubringen, dass es eine große Sache war. Aber dann kamen die Kinder bald, rasch hintereinander, und die Erschöpfung ließ mich vergessen, wie schön Sex sein kann.

Jetzt bin ich gezwungen zuzugeben: Ich bin ein sexuelles

Wesen, das Bedürfnisse hat, viele Bedürfnisse. Und Charles ist der Mann, der sie stillen kann. Ich kann ihn nicht gehen lassen, nicht jetzt. Ich muss eine Brücke zurück zu Nadia bauen – aus selbstsüchtigen Gründen natürlich, aber auch weil sie meine Tochter ist, weil ich sie liebe und möchte, dass sie auch ihren Spaß hat. Wer weiß, vielleicht findet sie sich auf dieser Reise, sexuell und auch sonst.

»Mum?«

Ich starre Nadia immer noch an, aber ich muss an Ravi denken und bekomme nicht mit, dass sie mit mir spricht. Ich setze mich aufrecht im Sessel hin. »Ja, Liebling?«

»Ich habe dich gefragt, wer der Kerl ist, der bei dir war.«

»Ich habe dir doch gesagt, dass er ein Geschäftsmann ist, der im Hotel wohnt.«

»Und du ... Hast du die Nacht mit ihm verbracht?«

»Liebling, es tut mir leid. Ich hätte es dir sagen sollen oder einen Zettel schreiben. Es ist unentschuldbar. Aber um ehrlich zu sein, ich war wie ein dummes Mädchen und habe zu viel getrunken. Ich hatte nicht vor, in der Nacht nicht mehr zurückzukommen. Und als ich endlich zurückkam, warst du nicht mehr da.«

»Ich hatte keinen Bock, auf dich zu warten.«

»Ja, das habe ich mir gedacht; ich habe auch nicht damit gerechnet. Aber es tut mir leid, dass ich dir Sorgen bereitet habe.«

»Und was ist mit diesem Typ, diesem ... Charles?«

»Was willst du hören?«

»Ach, nichts, glaube ich. Es ist dein Leben. Du bist alt genug zu wissen, was du tust.«

»Da bin ich mir nicht mehr so sicher«, sage ich kichernd und wünschte, Nadia würde mit mir kichern. Aber als sie nicht darauf anspringt, fahre ich fort: »Er ist ein guter Mann, und ich mag ihn. Vielleicht habe ich zu schnell auf ihn reagiert, aber ... Nun ja, dies ist mein Urlaub, unser Urlaub. Wir werden nicht lange hier sein, deshalb konnte ich mir den Luxus der Zeit nicht erlauben. Ich meine, wir haben keine zwei Wochen, in denen wir uns verabreden und prüfen können, ob wir zueinanderpassen.«

Ihr Gesicht ist nicht mehr ganz so verspannt. »Ja, klar«, sagt sie, »das kann ich verstehen.« Sie blickt auf ihre Nägel, und ich hätte gern gewusst, woran sie denkt.

»Was ist mit dir?«, frage ich. »Was hast du den ganzen Tag und am Abend gemacht?«

»Ach, nicht viel. War spazieren, habe Museen besucht.« Sie hat von den Nägeln noch nicht hochgeschaut, und ich ahne, dass ihre Gedanken sich mit irgendetwas beschäftigen. Das wird auch der Grund sein, warum sie mir nicht sagt, was sie gesehen und gemacht hat. Ich will sie nicht weiter bedrängen. Ich kenne sie gut genug, um zu wissen, dass ich erfolglos bleiben würde. Sie wird nur reden, wenn sie will, und nicht unbedingt mit mir.

Ich spüre einen Stich von Schuld. Vielleicht ist das alles meine Schuld. Man kann mir kaum vorwerfen, dass ich Katies Krankheit verursacht habe, aber Nadia wollte mit einer Frau ihres Alters unterwegs sein, einer Seelenverwandten. Stattdessen muss sie sich mit mir herumschlagen, und ich bin mir nicht sicher, ob wir jemals so eng miteinander waren, dass sie in mir eine Kandidatin für eine Vertraute sehen kann. Ich möchte natürlich nicht, dass sie sich einsam fühlt.

Ich lehne mich vor in meinem Sessel und blase über meinen heißen Kakao. »Nadia«, sage ich, »die Sache ist die, dass ich Charles wirklich mag. Ich fühle, dass sich daraus was ergeben könnte. Und ... äh ... er muss morgen Nachmittag für zwei Tage nach Rajasthan fliegen, und er hat mich eingeladen, mit ihm zu fliegen und ...«

Nadia setzt sich und sieht mich verdutzt an. »Rajasthan

steht nicht auf unserem Plan«, sagt sie. »Jedenfalls jetzt noch nicht. Wir waren uns einig, dass wir nach Delhi und Agra reisen, dann nach Varanasi.«

»Ja, wir haben darüber geredet, aber es war doch nicht in Stein gemeißelt.«

»Nein, es war nicht in Stein gemeißelt, aber ...« Sie schüttelt den Kopf. »Du stiehlst mir meine Reise.« Sie sieht sich im Zimmer um. »Ich habe nie so wohnen wollen. Das ist kaum das ›wahre Indien‹, nicht wahr?«

»Du weißt nicht einmal, wie das wahre Indien aussieht.«

»Das weiß ich besser als du. Schließlich habe ich schon einiges draußen unternommen, seit wir im Hotel eingetroffen sind. Ich habe mich nicht in einem Hotelloch vergraben und mich von einem Wildfremden aufs Kreuz ...«

Ich hebe abwehrend eine Hand. »Nadia, bitte.«

»Okay, es tut mir leid.« Sie sieht tatsächlich ein wenig zerknirscht aus, und einen Moment lang beobachte ich sie, wie sie sich im Zimmer umschaut, in Gedanken verloren. »Ja, gut«, sagt sie schließlich, »wir wollten sowieso nach Rajasthan, da wäre es Unsinn, aus Prinzip dagegen zu sein, nur weil es der falsche Zeitpunkt ist. Wenn dir die kleine Affäre so viel bedeutet, dann gehen wir jetzt.«

Ich zucke, als ich das Wort der »kleinen Affäre« höre. Ist es wirklich nicht mehr? Aber ich will darüber nicht diskutieren, denn mir ist klar, dass man es von außen so sehen muss. »Du bist ein Engel«, sage ich stattdessen. »Ich verspreche, dass wir eine gute Zeit haben werden. Charles wird tagsüber geschäftlich zu tun haben, deshalb bleibt Zeit für uns beide. Ich verspreche auch, dass ich nicht wieder verschwinde. Und er ist wirklich ein Schatz, Nadia. Er hat sogar gesagt, dass er für dein Hotelzimmer zahlen will.«

Wolken ziehen über Nadias Gesicht. »Das möchte ich nicht, Mum. Ich bin nicht nach Indien gereist, um in Fünf-Sterne-

Hotels abzusteigen. Und ich will keine Wohltätigkeit von deinem ... äh ... Geliebten. Oder soll ich lieber ›Erpressung‹ sagen? Ich komme mit, weil wir gemeinsam reisen und weil ich dir den Spaß nicht verderben will. Aber ich werde mir eine Herberge suchen – trotzdem vielen Dank.«

»Fein. Ich sage Charles Bescheid.«

»Was ist denn abgemacht mit Charles? Ich meine, wenn er geschäftlich hier ist, wird er ja nicht ewig bleiben. Habt ihr beide weitergehende Pläne? Was läuft nach Rajasthan – steht das schon fest?«

»Aber nein, Nadia. Glaubst du nicht, dass ich dir das erzählen würde, wenn es solche Pläne gäbe? Wir haben darüber noch nicht gesprochen. Aber aus dem, was er gesagt hat, schließe ich, dass er nächste Woche in New York sein muss, deshalb weiß ich, dass er nicht mehr lange im Land sein wird.«

»Wenn das so ist, dann zügle deine Hoffnung«, sagt meine Tochter. »Ich will nicht, dass er dich sitzen lässt.«

Ich verziehe das Gesicht und amüsiere mich darüber, dass meine Tochter mir Ratschläge in Sachen Romantik gibt. »Das ist alles okay«, sage ich. »Ich habe ein sehr gutes Gefühl, was Charles angeht.«

Neuntes Kapitel

Ich sitze im Flugzeug, nachdem ich Charles' Angebot eines Flugtickets widerwillig angenommen habe – die einzige Alternative wäre eine lange nächtliche Busfahrt gewesen, die mich gerädert hätte – und blättere im Magazin der Fluggesellschaft, voll mit Anzeigen für Dinge, die keiner braucht.

Charles arbeitet an seinem Laptop. Mum sitzt neben ihm und liest einen Thriller, eine Hand auf seinem Schenkel, ziemlich hoch und in Schoßnähe. Sie kann wohl die Finger nicht von ihm lassen. Obwohl Charles viel zu alt für mich ist und auch nicht mein Typ, kann ich mich eines leichten Neids nicht erwehren, dass Mum so schnell jemanden gefunden hat, dem sie gefällt.

Solche Liebesbeweise habe ich bei uns zu Hause nie gesehen. Nach allem, was sie für uns getan hat, verdient sie jetzt solche Momente. Sie scheint vernarrt in Charles zu sein, aber ich betrachte seine Absichten mit Skepsis. Er ist ein glatter Typ, und das könnte ein Teil seines Charmes sein. Oder ist er noch glitschiger, als es den Anschein hat?

Ich denke an die letzte Nacht zurück. Es war wie im Traum. Als ich schließlich einschlief, nachdem Mum und ich uns geeinigt hatten, kehrten die Bilder von Asha und Vashu zurück. Von Asha am Strand, wie sie über dem anderen Mädchen grätscht und den Kopf voller Wonne in den Nacken wirft. Asha, die vor sich hin döst, ein glitzernder Diamant zwischen den Labien. Ihre Hand auf meinem Knöchel – noch eine Einladung, die ich nicht wahrnehme. Danach träumte ich von Vashu, der neben mir liegt, eine Hand um den Schaft, der sich nach mir streckt, ein paar glitschige Tropfen auf der Eichel. Aber als ich mit zitternder Hand danach greifen will, steht Asha in der Tür, lächelt, schlendert zum Bett und pfählt sich mit einem Schrei auf Vashus Penis. Wieder habe ich eine Chance verpasst.

Ich wache mit Wellen der Lust auf, die meinen Körper schütteln, da merke ich, dass ich es mir im Schlaf besorgt habe. Träge schiebe ich meine Finger zur tropfnassen Spalte und fange wieder damit an, langsam, aber fest, bis ich einen weiteren Orgasmus erlebe, doch diesmal ziehe ich den Moment in die Länge; ich genieße jedes Zucken, jedes Pochen der Klitoris und bin erleichtert, dass Mum so tief schläft.

Das Flugzeug landet, und innerhalb von Minuten sitzen wir im Taxi zu meiner Herberge, die ich gebucht habe, bevor wir Mumbai verließen. Da lassen sie mich raus, ich winke ihnen zu. Wir sind zum Abendessen verabredet.

Das Panorama sieht so aus, wie es auf den Webseiten beschrieben wurde, und ich finde es sauber und gemütlich. Und voller Backpackers. Sofort fühle ich mich besser als in dem riesigen Ding in Mumbai. Nachdem ich mein Zimmer besichtigt habe – die Einrichtung karg, aber mit einer Hängematte –, steige ich aufs Dach und genieße den erstaunlichen Blick über die Stadt und den Pichola-See, den größten in dieser Gegend. In der Mitte des Sees erkenne ich das Hotel, zu dem Mum und Charles unterwegs sind, das Lake Palace, das tatsächlich als Palast gebaut worden ist, nur aus Marmor errichtet, der wie ein Wunder auf dem Wasser schwimmt.

Ich muss verrückt sein, dass ich das Angebot abgelehnt habe, eine Nacht oder zwei in so einem Märchenschloss zu verbringen, aber dann drehe ich mich um und sehe die anderen Reisenden hier auf der Dachterrasse, und ich erinnere mich, warum ich hier bin. Mum und ich haben im Moment unterschiedliche Pläne, und während sie ihren Fünf-Sterne-Luxus genießt und sich verwöhnen lässt, werde ich die Stadt entdecken.

Einer der anderen Reisenden, neunzehn oder zwanzig Jahre alt, mit schulterlangen blonden Rasta-Haaren, lächelt zu mir herüber. »Gerade erst angekommen?«, fragt er im sonnigen australischen Dialekt.

Ich erwidere sein Lächeln. »Sieht man das so gut?«

Er kommt auf mich zu, die Hand ausgestreckt. »Christian.«

Wir setzen uns. Er fragt mich, wo ich herkomme und welche Pläne ich habe, bevor er mir von seinen sechsmonatigen Reisen durch Indien erzählt. Ich sauge alles auf und notiere mir ein paar besondere Tipps in mein Buch.

Ohne zu sehr ins Detail über das sexuelle Wiedererwachen meiner Mum zu gehen, halten wir beide fest, dass ich so gut wie allein in dieser Stadt bin, und Christian schlägt vor, da er schon seit einer Woche hier ist und einiges gesehen hat, dass er mich am Nachmittag herumführt.

Während er erzählt, betrachte ich ihn insgeheim, und mir gefällt, was ich sehe. Okay, er mag ein bisschen rau und kantig aussehen mit seinen schmutzig blonden Locken und der zerrissenen Jeans, und sein Gesicht ist eher hübsch als männlich; volle Lippen und große blaue fragende Augen. Aber er bringt begeistert herüber, wovon er erzählt.

Nur die Zeit wird zeigen, ob ich ihn genug schätze, um mit ihm zu schlafen, aber als Führer in den Nachmittag kann ich mir keinen attraktiveren Mann vorstellen.

»Wir sollten am besten mit dem indogermanischen Jagdish-Tempel anfangen«, sagt er. »Da gibt es herrliche Schnitzereien zu bestaunen. Danach können wir uns die Kristallgalerie ansehen mit der unglaublichen Sammlung von Kristallstühlen,

Kristallsofas, Kristalltischen und sogar Kristallbetten.« Er atmet durch und fährt fort: »Wir könnten am wunderschönen Fateh Sagar Lake spazieren gehen und sogar ein Boot zum Nehru-Park nehmen. Da gibt es ein Café, das die Form eines Bootes hat.«

Ich sage ihm, dass sich das alles großartig anhört und ich alles mitmachen würde, was er empfiehlt, und dann danke ich meinen Glückssternen, dass ich Charles' Angebot nicht wahrgenommen habe.

Zehntes Kapitel

Das ist weit über das hinaus, was ich mir je erträumt habe und auch weit über die Grenzen dessen hinaus, was ich in meinem zugegeben limitierten Sexualleben gemacht habe. Ich traue mich kaum zu glauben, dass mir das widerfährt, dass ich wirklich hier bin, in diesem fabelhaften Marmorpalast mitten im See, in der Begleitung dieses Mannes.

Er sitzt nackt vor mir auf der privaten Terrasse unserer Royal Suite, und spricht ins Handy. Ich selbst bin auch nackt. Nachdem wir mit dem Boot angelegt und einen Willkommenstrunk im Innenhof des Lily Ponds genommen haben, sind wir aufs Zimmer gegangen und haben uns auf dem Himmelbett anstrengend geliebt. Die opulente Einrichtung und die farbenprächtigen Stoffe schienen alles noch sinnlicher zu machen.

Ich fühlte mich wie ein wildes Tier, als ich die Nägel in Charles' Rücken versenke und in seine Pobacken. Ich zog ihn noch tiefer in mich hinein, als er mich in der Hundestellung nahm, während ich mit einer Hand die Klitoris fingerte und mit der anderen seine Hoden drückte.

Er denkt vermutlich, dass ich erschöpft und dankbar für die Pause bin, aber in Wirklichkeit betrachte ich ihn, bewundere seinen langen, kräftigen Rücken und die Kurven seines Hinterns. Ich plane schon meinen nächsten Schritt, denn ich will nicht bis zum Ende des Gesprächs warten. Ich krieche auf meiner Liege näher an ihn heran, lange um ihn herum und lege eine Hand um seinen Schaft. Sein Körper versteift sich, und dann fangen seine Schultern an zu zittern. Ich spüre die

Kraft, die es ihn kostet, nicht aufzuschreien. Jetzt beginne ich, den Schaft zu pumpen, und lege eine Hand unter seine Bälle. Dann fühle ich, wie meine Pussy die Liege unter mir überflutet.

Charles beendet sein Telefongespräch mit einer Entschuldigung und sagt, dass die Verbindung plötzlich nicht mehr gut ist und er nicht alles versteht. Er wendet sich mir zu, aber statt Lust sehe ich nur Wut in seinem Gesicht.

»Was bildest du dir ein, verdammt?«, schnarrt er und reißt meine Hand von seinem Schoß. »Das war ein wichtiges Gespräch mit einem großen, potenten Kunden! Das könnte mich Millionen kosten!«

Ich zucke zusammen und fürchte einen Moment lang, dass sein Zorn ihn zuschlagen lässt, aber dann steht er auf und schaut auf mich hinunter. »Du hast absolut keine Ahnung, was da auf dem Spiel steht«, sagt er, dreht sich auf dem Absatz um und stakst fluchend ins Zimmer.

Wie benommen sitze ich da und habe seit seinem Ausbruch kein Auge mehr für den unglaublichen Blick über den See. Ich sage mir, dass ich ihn so lange ja noch nicht kenne, dass ich ihn falsch gesehen und den Ernst der Situation nicht begriffen habe. Er hat mich wie ein Kind behandelt, und es ist ein unangenehmes Gefühl, wenn man in meinem Alter derart ausgeschimpft wird. Ich wollte nur etwas zu lachen haben, und seine Nacktheit hat mich ermutigt.

Wenn es so ein bedeutungsvoller Anruf war, warum hat er sich dann nicht angezogen und das Gespräch vom Schreibtisch aus geführt, statt seinen attraktiven Körper vor mir zur Schau zu stellen?

Natürlich muss ich ihm das alles sagen, aber noch während ich darüber nachdenke, weiß ich, dass ich es nicht tun werde, weil eine Hausfrau wie ich keine Diskussion mit einem Geschäftshirn seines Kalibers gewinnt. Nein, ich habe meine Lektion gelernt, und ich habe auch etwas mehr über Charles Hoffmann gelernt – und darüber wie er tickt.

Nadia nutzt das Hotelboot, als sie zu uns kommt. Wir wollten uns ursprünglich auf dem Festland treffen, aber dann beharrte Charles darauf, im Lake Palace zu bleiben, und nach dem Krach zwischen uns traute ich mir keinen Widerspruch zu.

Nadia schien es nicht zu stören. Sie fragte nur, ob sie einen Freund mitbringen könnte. Sie sagte mir noch, dass sie nicht lange bleiben würden, weil auf dem Dachgarten ihrer Herberge der Film *Octopussy* gezeigt würde. Einige Szenen dieses Bond-Films wurden in der Stadt gedreht, erklärte sie, deshalb würde der Film oft in Bars und Hotels gezeigt.

Das Abendessen in einem der weniger eleganten Restaurants des Hotels ist eine nüchterne, sogar steife Angelegenheit – trotz der Anwesenheit von Nadias neuem Freund, einem munteren Australier, den sie in der Herberge kennen gelernt hat. Er ist ein netter Junge, oder sollte ich junger Mann sagen, und er ist es, der das Essen vor der Katastrophe bewahrt.

Meine Tochter hat sich immer noch nicht mit Charles angefreundet, und die gespannte Atmosphäre zwischen ihnen trägt nur dazu bei, dass sie ihm mit noch mehr Misstrauen begegnete. Charles hat es satt, ihrer Frostigkeit ausgesetzt zu sein. Seine Verärgerung über mich erschwert es ihm, sich damit abzufinden, dass ihm Mutter und Tochter die kalte Schulter zeigen.

Ich bin froh, dass alles vorbei ist, aber mir graut davor, allein mit Charles zu sein. Während Nadia und Christian zurück zum Boot gehen, schaue ich ihnen neidisch und hoffnungsvoll nach. Vielleicht wird er derjenige sein, der schließlich das Herz meiner Tochter zum Schmelzen bringt oder sie wenigstens für eine kurze Zeit glücklich macht.

Manchmal glaube ich, dass sie mehr als nur ein bisschen verloren ist, ohne sagen zu können, was ihr fehlt. Sie ist schön, klug und zieht attraktive Jungs an. Warum also diese Traurigkeit, die sie umgibt?

Auf unserem Weg zurück zur Suite legt Charles seinen Arm um mich und zieht mich an sich. »Hör zu, Val, es tut mir leid, dass ich dich angeschrien habe. Das gehört sich nicht.« Er bleibt auf dem Flur stehen, sieht mich an und nimmt mich in die Arme. »Ich schätze das, was du getan hast, wirklich«, fährt er fort. »Du bist eine unglaublich sexy Lady, und ich liebe es, dass du nicht genug bekommen kannst. Das ist wahnsinnig geil. Aber bitte – da sind ein paar Dinge, die verdammt wichtig für mich sind.«

Ich nicke und lächle ihn an. »Es tut mir leid«, sage ich. »Ich habe nicht nachgedacht. Es wird nicht wieder vorkommen.«

»Oh, das ist schade«, sagte Charles. »Ich dachte nämlich …«

Er langt um mich, packt meine Backen und zieht mich an sich, sodass ich die Härte seines Schafts spüre. Ich greife nach seinem Gesicht, aber wir küssen uns nicht lange; es zieht uns beide in die Suite und ins Himmelbett.

Elftes Kapitel

»Deine Mutter ist nett«, sagt Christian auf dem Weg zurück über den See. »Aber der Kerl gefällt mir nicht.«

»Nein?«

»Gefällt er dir denn?«

Ich verziehe das Gesicht. »Ich mag ihn nicht«, gebe ich zu, »aber ich weiß nicht, warum. Und er macht Mum glücklich, also ...«

»Beim Essen schien sie aber nicht sehr glücklich zu sein.«

»Du hast Recht. Sie war nicht wie sonst. Ich glaube, sie haben sich gestritten.«

»Ich bin sicher, dass sich das wieder klärt«, meint Christian. »Du sagst, sie haben sich gerade erst kennen gelernt?«

»Ja, vor zwei Tagen, als wir in Mumbai eingetroffen sind. Sie hat ihn in der Hotellobby gesehen, und er hat sie angequatscht.«

»Oder sie ihn?«

Ich sehe Christian scharf an. »Meine Mutter ist nicht so eine«, sage ich, und er entschuldigt sich, tätschelt meine Hand und sagt, er hätte sich bei der Frage nichts gedacht.

Er ist ein süßer Junge, und als er meine Hand streichelt, nehme ich seine Hand und drücke sie, und dann sitzen wir schweigend da und schauen aufs glitzernde Meer. Nach ein paar Minuten schaue ich mich zu Mums Hotel um, das von den Lichtern angestrahlt wird und deshalb noch außerirdischer aussieht. Ich hoffe, dass sie glücklich ist und dass sie und Charles sich versöhnt haben, obwohl ich mit Christian übereinstimme – der Typ gefällt uns nicht.

Ich wünschte, sie hätte ihn nie kennen gelernt. Trotzdem hoffe ich, dass sie entspannen und sich im Hotel amüsieren kann. Er ist nicht nach meinem Geschmack und das Hotel auch nicht, aber Mum hat sich angesichts des Lebens, das sie bisher geführt hat, einen Lover und den Luxus verdient.

Das Boot legt am Ufer an, und wir steigen aus. Ich will gleich in die Richtung unserer Herberge, aber Christian hält mein Handgelenk, dreht mich an der Schulter herum und zieht mich in seine starken Arme. Einen Moment lang steht er nur da und schaut mich an, und seine Augen glänzen.

»Du bist eine erstaunliche Frau, Nadia«, sagt er schließlich und beugt sich näher, wie zum Kuss.

Ich weiche zurück, mein Gelenk noch in seiner Hand, und versuche, meine Gefühle zu diesem Zeitpunkt zu begreifen. Ein Teil von mir will, dass er mich zur Herberge führt, mir die Kleider auszieht und mir meine Jungfernschaft nimmt, damit ich das verdammte Häutchen endlos los bin.

Ich weiß, dass er sanft und voller Respekt sein wird. Aber wie immer zögere ich: Bin ich nicht doch lesbisch? Und will ich braune oder weiße Haut?

Ja, ich könnte mit ihm schlafen, und danach könnten wir wieder getrennte Wege gehen, ganz egal, wie schön es war. Wir werden uns voller Liebe daran erinnern. Aber ist er es, auf den ich gewartet habe? Wenn sich diese Frage überhaupt stellt, muss die Antwort wohl »nein« lauten.

Er ist nicht der Typ, der schnell einschnappt oder seine Geduld mit mir verliert, so gehen wir also zurück zur Herberge, freundlich und nicht verlegen. Auf der Treppe zu meinem Zimmer wende ich mich ihm zu, weil ich glaube, dass ich ihm eine Erklärung schuldig bin.

»Ich kann es selbst nicht verstehen«, sage ich. »Du bist ein attraktiver Junge, und es ist nicht so, dass ich den ganzen Tag nicht daran gedacht habe, aber ...«

»Schon gut«, sagt er, eine Hand auf meiner Schulter, nicht bedrohlich, eher eine Geste des Vertrauens. »Wir bleiben nicht lange hier, und wenn wir keine Zukunft haben ...«

»Es ist nicht mal das«, sage ich bedauernd. »Ich habe im Prinzip nichts gegen One-Night-Stands, aber ich bin verwirrt über mich selbst.«

Er runzelt verdutzt die Stirn, dann neigt er sich zu mir und küsst mich leicht auf die Wange. Er wuselt durch meine Haare. »Du bist ein großartiges Mädchen«, sagt er. »Ich hoffe, du findest jemanden, der dich glücklich macht.«

»Das wünsche ich dir auch«, sage ich und lächle bedauernd. »Danke für alles. Vielleicht sehen wir uns morgen früh?«

Er hebt die Schultern. »Ich glaube nicht, dass ich hier noch länger herumhänge«, sagt er. »Ich bin hier fertig.«

»Und wohin dann?«

»Das lege ich fest, wenn ich auf dem Bahnhof bin«, sagt er grinsend und hebt wieder die Schultern.

Ich sehe ihn bewundernd an. Es muss wunderbar sein, so spontan entscheiden zu können, sich in die Hand des Schicksals zu begeben, denke ich und gehe nach oben. Wunderbar, nicht an Konsequenzen zu denken und Dinge nicht im Voraus zu planen.

Trotz meiner Erschöpfung denke ich an alle Leute, die ich in den letzten Tagen kennen gelernt habe. An alle Chancen, die ich ausgeschlagen habe. Ich bin vor mir selbst nach Indien geflohen – und auch, um mich hier zu finden.

Es klingt paradox, aber ich fühle, wenn ich meine Haut abstreife, wenigstens die äußere Schicht, die ich in England zu meinem Schutz brauche, dann könnte das wahre Ich enthüllt werden, und meine Nöte und Wünsche kämen ans Tageslicht. Aber stattdessen merke ich, dass ich unverändert bin, ratlos, konfus, ängstlich, unfähig, eine Entscheidung zu treffen. Wer muss mich schütteln, damit ich endlich frei werde?

Ich lege mich hin. Den Film haben wir verpasst, aber das ist kein großer Verlust. Christian hat den Prozess des Vergessens schon begonnen. Nicht, dass ich mir einbilde, er hätte sich in mich verliebt, aber er war schon sehr angetan von mir. Ich ziehe mein Oberteil aus, dann den BH, lasse meine Brüste schwingen und nehme sie in beide Hände. Mit den Daumen streichle ich über die cremig braunen Nippel und schaue zu, wie sie lebendig werden und sich recken.

Ich ziehe den Rock hoch, bis er wie eine Rolle um meine Taille liegt. Ich lasse die Brüste los, schiebe mein Höschen auf eine Seite und streichle über Labien und Klitoris. Ich denke an Carla und an Asha. So verschieden – und doch beide schön mit ihren kleinen, nassen Schößen.

Eine Zeitlang habe ich Mühe zu kommen, egal, wie intensiv ich an sie denke und wie detailliert ich mir die tropfenden Spalten vorstelle. Ich rede mir ein, dass sie so nass sind, weil sie auf mich warten. Mein Orgasmus setzt erst ein, als ich mir vorstelle, dass sie auf meinem Bett sitzen, sich gegenseitig streicheln und mir zuschauen, wie ich mich fertigmache. Ich schreie in die Nacht hinaus und fühle mich einsamer als je zuvor.

Zwölftes Kapitel

An diesem Morgen will ich mich mit Nadia zum Frühstück treffen, und anschließend wollen wir uns die Gegend ansehen. Aber als Charles' Wecker um halb acht schrillt, beschließe ich, noch ein paar Stunden im Bett zu bleiben. Der gestrige Abend hat mich schwer mitgenommen – nicht nur körperlich. Charles hat mich auf Ebenen geführt, von denen ich bis dahin nicht wusste, dass es sie überhaupt gibt. Es kommt mir so vor, als hätte ich die letzten zwanzig Jahre in einem Traum gelebt. Oder vielleicht auch mein ganzes Leben lang. Aber jetzt bin ich hellwach.

Irgendwie waren Schmerzen mit dem Erleben gestern Abend verbunden gewesen. Lust durch Schmerz. Zwei Gesichter einer Erfahrung. Aus Charles' Reaktion schloss ich, dass er den Höhepunkt seiner eigenen Lust nur mit einem hohen Anteil von Schmerz erreichte.

»Ein exquisiter Schmerz«, nannte er das in einem der kurzen Momente, als er das Kinn anspannte, den Kopf zurück ins Kissen drückte, die Augen fest schloss und mit den Fäusten aufs Bett schlug. »Verdammt feiner, exquisiter Schmerz.«

Nach unserer Rückkehr in Charles' Suite dauerte es nicht lange, bis mir bewusst wurde, dass sich die Dinge zwischen uns veränderten und sich auf eine neue Ebene verlagerten. Wenn ich heute darüber nachdenke, glaube ich, dass Charles noch wütend war über den Zwischenfall auf der Terrasse. Er wollte mich bestrafen.

Aber noch während ich das denke, schüttle ich den Kopf.

Es wäre so oder so passiert. Es gibt Dinge in Charles, die schnell herausmüssen. Unser kleines »Missverständnis« mochte zwar der Auslöser gewesen sein, aber diese Begierde ist ein Teil von Charles. Das sehe ich heute viel klarer als damals.

»Zieh dich aus«, brüllte er sofort, als wir das Zimmer betreten hatten. Meine Pussy begann zu schmelzen. Aber während ich meine Bluse öffnete und ihn anschauen wollte, war ich überrascht – er hatte mir den Rücken zugewandt und entfernte sich von mir. Er ging zur Minibar und verhalf sich zu einem Drink. Mir bot er keinen an. Er stand vorm Fenster und starrte hinaus.

Mir war klar, dass ich mit diesem Ausblick nicht konkurrieren konnte. Die Lichter am Ufer sahen wie die Beleuchtung in einem Märchen aus, aber seine Gleichgültigkeit schockierte mich.

Schließlich fragte er, ohne sich umzudrehen: »Bist du endlich fertig?«

Tatsächlich war ich zu diesem Zeitpunkt nackt; meine Kleider lagen verstreut um mich herum. Ich zitterte ein wenig, eine Mischung aus Verlangen und Angst. Mein Mund war ausgedörrt. Was würde er mit mir anstellen? Es lag was anderes in der Luft, eine Art Bedrohung, aber eine, die mich auch erregte. Mit einer Hand griff ich an meine Pussy, denn ich fürchtete, dass meine Säfte tropfen könnten.

Endlich drehte er sich um. Im Zimmer war es immer noch dämmrig. Ich konnte nur seine Silhouette im Fenster sehen; sein Gesicht lag im Schatten, und der Ausdruck war nicht zu entziffern. »Aufs Bett«, befahl er. »Auf alle viere!«

Ich antwortete nicht, weil ich Angst hatte, meine Stimme könnte zu schrill oder zu mädchenhaft klingen und den Zauber zerstören, also ging ich durchs Zimmer und nahm die Position ein, die er verlangte.

Ein paar Momente herrschte Stille, nichts außer dem Plätschern der Seewellen gegen die Mauern der Terrasse. Dann näherten sich seine Schritte. Charles trug noch Schuhe und Anzug.

Er teilte meine Backen mit seinen festen Armen, als wollte er eine Frucht auf den Reifegrad testen, dann brachte er sein Gesicht an meins. Ich stieß einen Schrei aus, als ich seine Fingerspitzen in der Kerbe spürte, und dann noch einmal, als seine Zunge den Eingangspunkt fand.

Ich brachte eine Hand zu meiner Klitoris und begann mit frenetischen Bewegungen, wobei ich meinen eigenen Jammerlauten lauschte. Ich wusste nicht, ob ich wollte, dass es aufhörte, oder ob es ewig so bleiben sollte.

Als Charles auftauchte, wusste ich, dass es nichts gab, was ich nicht für ihn tun würde. Ich würde mich auch erniedrigen, um sicherzugehen, dass er weitermachte. Aber er hatte nicht die Absicht aufzuhören. Während ich über die Schulter schaute, sah ich, dass er seinen Gürtel aufschnallte und dann den Knopf seiner teuren Hose öffnete.

Das gute Stück, das er enthüllte, war stolz und majestätisch, und plötzlich kam es mir so vor, als hätte ich ihn gar nicht verdient. Meine Pussy schien so zurückhaltend zu sein, nichts Besonderes, ganz normal eben.

Charles hätte überall hundert bessere Pussys finden können, erst recht an einem solchen Ort, an dem es von müßiggängerischen, gelangweilten Ehefrauen nur so wimmelte, deren Tätigkeitsfeld sich darauf beschränkte, den Nachmittag über im Schönheitssalon zu verbringen – Zupfen, Wachsen, Bleichen.

Aber dann erinnerte ich mich, dass er mich ausgewählt hatte, mit ihm auf diese Spritztour zu gehen. Ich spreizte meine Knie, um ihn wissen zu lassen, dass ich willig und bereit war, dass ich allem zustimmte, was er sich vorgenommen hatte. Innerhalb weniger Sekunden fühlte ich, wie sein Penis gegen meinen Po drückte. Charles' Daumen pressten gegen mein Fleisch, streckten und kneteten es. Es schmerzte höllisch, aber es war ein süßer Schmerz.

Ich hörte Charles spucken und begriff, dass er den Penis mit Speichel einrieb. Mein Herz pochte schwer. Mir grauste davor, was gleich passieren würde. Ich fürchtete, es nicht aushalten zu können, und doch wollte ich mehr als alles andere herausfinden, wie es sich anfühlte. Ravi und ich waren selten von den konventionellen Positionen abgewichen, und die Idee des Analsex war nie aufgekommen.

Im Nachhinein scheint das schwer glaubhaft, weil wir eben so lange zusammen waren. Ich nehme an, dass in jeder Beziehung die Gesetze früh festgezurrt werden, und meistens werden sie später nicht mehr in Frage gestellt.

Die Eichel stieß wieder gegen mich, diesmal ein bisschen fester, und ich fühlte, wie ich nachgab, wie meine Muskeln lockerer wurden. Es war, als erlaubten sie Charles die Übernahme. Instinktiv drückte ich dagegen, aber nur zaghaft, und dann langte ich mit meinen Händen nach hinten, um meine Backen weiter zu teilen, denn ich spürte, dass Charles immer noch an meiner Öffnung fingerte.

Dann zwängte er sich plötzlich hinein, und ich kreischte vor Schmerz und Verzückung. Da war eine unglaubliche Enge, mit der ich seinen Schaft umgab, und diese Enge fühlte sich gefährlich und zugleich mit einem ungeheuren erotischen Potenzial an. Du konntest das Gefühl der Enge nicht ignorieren, es drängte sich dir auf.

Er begann zu stoßen, zuerst sanft, als wollte er den rechten Weg finden und das Terrain sondieren, aber wahrscheinlich wollte er nur sehen, was er mir zumuten konnte. Ich wollte gern mit der Reibung der Klitoris weitermachen, aber ich wusste, dass es mir dann sofort kommen würde, und wenn ich kam, würde er auch kommen. Von den Grunzlauten, die er ausstieß, den Kopf auf meiner Schulter, wusste ich, dass es ihm jetzt schon schwerfiel, sich zurückzuhalten. Ich begann, nach hinten und nach vorn zu drücken, und passte mich seinem Rhythmus an. Ich akzeptierte seine Stöße und ließ ihn wissen, dass ich bereit für ihn war, falls er das Tempo erhöhen wollte. Prompt stieß er härter zu, und jedes Mal drang er ein bisschen tiefer in mich ein, weil mein Widerstand geschwunden war.

Zwischen meinen gespreizten Beinen fühlte ich, wie seine Hoden gegen mich klatschten. Ich spürte den weichen Pelz, der sie umgab. Mit meiner freien Hand langte ich zwischen meine Schenkel, griff die Hodenbälle und massierte sie behutsam. Charles stöhnte und hörte auf zu pumpen.

»Nein«, hörte ich ihn murmeln, und ich wusste, dass er seinen Orgasmus nicht mehr hinausschieben konnte, sobald er wieder mit dem Pumpen begann.

Ich spreizte die Beine noch ein bisschen weiter, bis es weiter nicht mehr ging, und nun konnte ich seine ganze Länge in mir aufnehmen. Charles nahm das als Signal und stieß voller Wucht zu. Einen Moment verharrte er und keuchte schwer in mein Ohr. Mit einer Hand griff er in meine Pussy, schob drei Finger hinein, und begann dann wieder zuzustoßen, tief und schnell hinein und langsam hinaus.

Ich brauchte mich gar nicht mehr um meine Klitoris zu kümmern; die kombinierte Aktion seiner Finger in meiner Pussy und des Schafts im Anus brachten mich immer höher, bis ich das Gefühl hatte, über dem Bett zu schweben, jeden Kontakt mit der Erde zu verlieren und mich für den größten Orgasmus meines Lebens zu öffnen.

Und das war er auch. Ich zerrte mit den Händen an den Bettlaken, ließ meine Klit endgültig los und spüre die Tränen, die mir über die Wangen laufen. Ein seltsamer tierischer Laut entwich meiner Kehle, als ich fühlte, wie sich Pussy und Anus öffneten und um Charles verkrampften.

Auch er verlor die Kontrolle und ritt meine bockende Gestalt wie der erfahrenste Reitersmann. Er packte meine Hüfte mit einer Hand. Eine Weile schien es, als könnte er gar nicht aufhören zu kommen. Dann aber brach er auf mir zusammen, und ich fiel aufs Bett und weinte stille Tränen des Glücks.

Ich weiß nicht, wie lange wir dort reglos lagen oder ob ich schließlich unter dem Gewicht von Charles' Körper einschlief. Als ich mich später aufrichtete, war er nicht mehr da. Ich konnte ihn nirgendwo im Zimmer sehen, aber da mir ein dünner Lichtstrahl unter der Badezimmertür auffiel, nahm ich an, dass er duschte oder badete.

Ich kniete mich hin und schlang das Bettlaken um mich. Wenn Ravi mich jetzt sehen könnte! Ich musste oft an ihn denken und empfand so etwas wie Schmerz. Ich hoffte, dass er nicht einsam war. Hätte unsere Ehe überlebt, wenn er die Dinge mit mir angestellt hätte, die Charles mir jetzt zeigte? Ravi hätte bestimmt empört abgelehnt, wenn ich versucht hätte, ihm die neuen Positionen und Techniken nahezubringen. Ich hätte gern mit Ravi experimentiert, dachte ich, während ich über die Vergangenheit nachgrübelte.

Es machte mir nichts aus, dass ich ein bisschen wund war, ein bisschen zerquetscht und zerknittert aussah. Charles hatte mir eine neue Quelle der Lust gezeigt, von der ich bisher keine Ahnung hatte. Es hatte wehgetan, ja, aber auf eine eigene bezwingende Art, und eigentlich hatte sie dazu geführt, dass ich die ganze Zeit weitermachen und noch ein bisschen mehr Schmerz empfinden wollte. Es war ein Testen der eigenen Grenzen, aber auch der Beweis dafür, dass Grenzen ausgelotet werden müssen. Das nächste Mal – und ich hoffte sehr, dass es ein nächstes Mal geben würde – sollte mich Charles noch weiter testen, damit ich es mit einer neuen Herausforderung aufnehmen konnte: Ich wollte herausfinden, was alles möglich ist.

Ich spielte träge und schläfrig mit meiner Klitoris. Die Wiederbelebung meines Appetits erstaunte mich. Dann war es so, als hätte Charles meine Gedanken erraten, jedenfalls trat er aus dem Schatten, und mir wurde klar, dass er schon die ganze Zeit dort auf der anderen Seite des Zimmers gestanden hatte, während ich geglaubt hatte, dass er sich im Bad aufhielt.

Was hatte er die ganze Zeit gemacht? Hatte er mich beobachtet? Er trat vor; offenbar wartete er darauf, dass ich wach wurde. Auch jetzt konnte ich sein Gesicht nicht sehen, aber ich sah, dass er etwas in der Hand hielt. Zunächst ahnte ich nicht, was es sein könnte, aber dann trat er näher, und ich konnte es als einen Dildo identifizieren, der an verschiedenen Bändern befestigt war. Ein Dildo, murmelte ich. Er hat einen Dildo.

Ich dachte an meinen Vibrator bei mir zu Hause, versteckt in einem Schuhkarton im untersten Fach des Kleiderschranks. Das Sexspielzeug wurde selten benutzt, aber im Laufe der Jahre hatte es mich vielleicht gerettet, wenn die Frustration immer schlimmer geworden war.

Gewiss, es hatte Tage gegeben, an denen ich durch das graue Sheffield gefahren war, nachdem ich die Kinder zur Schule gebracht hatte, oder an denen ich meine wöchentliche Supermarktrunde gedreht hatte oder an denen ich den Staubsauger ausgeschaltet hatte und gedacht hatte: Und was jetzt?

Mit gespreizten Beinen hatte ich auf dem Sofa gelegen, den Slip zur Seite gezogen, und mir selbst einen Orgasmus verschafft, um mich in Stimmung zu bringen. Gewöhnlich war das der Ausgangspunkt, dann folgten ein kurzes Reiben, eine ekstatische Explosion, die alle Spinngewebe aus dem Kopf fetzte und mich für die Plackerei entschädigte.

Manchmal wurde deutlich mehr daraus. Dann ließ ich mir ein Bad mit stark duftenden Ölen einlaufen, und eine Hand voll Öl rieb ich in meine Pussy, behutsam zuerst, dann zog ich es immer länger hinaus, bis ich damit aufhören musste, weil ich den Vibrator brauchte.

Ich stieg ins Bett und verbrachte eine halbe Stunde damit, mir selbst Lust zu verschaffen. Oft wäre es um Zentimeter passiert gewesen – ich ließ das Wasser überlaufen, weil mein Kopf an nichts anderes denken konnte als an das köstliche Reiben des Vibrators.

Die Hälfte der Zeit verbrachte ich damit, die Klitoris zu reizen, und wenn ich spürte, dass der Orgasmus nahte, erforschte ich die nassen Labien mit dem Vibrator und manchmal auch das feste Fleisch meines Pos. Schließlich, wenn ich es mir nicht länger versagen konnte, schob ich das Gerät in mich hinein und stellte den G-Punkt-Stimulator an. Ich erlebte einen gewaltigen Orgasmus, und danach waren die Hausarbeiten viel leichter zu ertragen.

Sexspielzeug war mir also nicht unbekannt. Ich wusste nur nicht, was Charles vorhatte. Er näherte sich dem Bett, und ich konnte seine Augen sehen, denn Mondschein fiel durch das Fenster. Ich sah ein gefährliches Glitzern in seinen Augen. Sein Gesicht wirkte sehr ernst. Dies war kein Mann, der seine sexuelle Befriedigung auf die leichte Schulter nahm, wie ich zuerst gedacht hatte, als er meine Pussy am Abend unserer ersten Begegnung so großartig fertiggemacht hatte.

Er reichte mir den Dildo, und ich begriff sofort. Ich kniete mich hin und betrachtete den Dildo. Ich fragte mich, ob er mir passen würde. Die Bänder legte ich um die Hüften und zurrte sie fest. In der Zwischenzeit sah sich Charles suchend am Bettende um. Nachdem er fündig geworden war, winkte er mir zu. Ich kroch ihm entgegen. Der Dildo hing schlaff unter meinem Bauch. Charles hielt mir seinen Gürtel hin. Auf seinem Gesicht erkannte ich einen befehlenden Ausdruck, der keinen Widerspruch duldete, aber ich erkannte auch noch etwas Bettelndes in seinen Augen, eine bestimmte Art von Not.

Ich griff nach dem Gürtel, packte Charles an den Schultern und führte ihn rückwärts zu einem der vier Bettpfosten. Er legte seinen Kopf dagegen, das Kinn in die Luft gereckt, die Augen geschlossen. Sein Atem kam in schnellen, flachen Zügen. Er hob die Arme, und als sich die Handgelenke trafen, band ich sie mit dem Gürtel fest.

Sein Penis war erigiert. Einen Moment rutschte ich auf dem Bett von ihm weg, um ihn besser sehen zu können, dann bewunderte ich ihn im Mondschein, nackt, die Augen geschlossen, die Lippen leicht geöffnet, als gäbe er lange, stumme Seufzer von sich. Er war eine Pracht.

Ich trat vor und brachte die Spitze des Dildos mit seiner Penisspitze zusammen; ich ließ sie flirten. Er atmete tief ein, krümmte den Rücken gegen den Pfosten, und als ich mich mit dem Dildo zurückzog, versuchte er, mir zu folgen. Auf der Eichel glänzte Flüssigkeit. Ich langte mit der Hand danach, drückte ihn für einen Moment und war verwundert, dass ein Schwanz so schön sein konnte. Ich musste mich wirklich beherrschen, sonst hätte ich meine Aufgabe vergessen und mich stattdessen lustvoll gestreichelt.

Aber dies war nicht für mich. Ich hatte mein Vergnügen gehabt, mehr Vergnügen, als viele Frauen ein ganzes Leben bei ihren sexuellen Begegnungen auskosten werden – wenn sie mit dem falschen Mann zusammen sind. Dies war für Charles und für die Not, dass er einmal die Kontrolle verlieren wollte. Eben hatte er geherrscht, jetzt wollte er sich erniedrigen.

Ich ging zu ihm, schlürfte ihn in meinen Mund, stieß ihn mit der Zunge an, nahm die Hoden abwechselnd in den Mund und dann zusammen, während ich eine Hand an seinem Stamm entlangfahren ließ.

Doch dies war nicht, was er brauchte, das wussten wir beide. Bäuchlings lag ich auf dem Bett, stieß Charles' Beine weit auseinander und zog seine Knie an. Jetzt erst öffnete er die Augen; er schaute auf mich, und ein seltsames Halblächeln spielte um seine Lippen. Unsere Blicke trafen sich, bis ich mich auf die neue Aufgabe konzentrierte.

Meine Hände glitten zwischen seine Beine, dann drückte ich eine Backe auseinander und schaute seinen Anus an. Wie alles an ihm war er hübsch und sauber. Es schien das Natürlichste von der Welt zu sein, ihn aus der Nähe zu sehen und zu fühlen. Außerdem wollte ich mich für das revanchieren, was er mit meiner hinteren Öffnung angestellt hatte.

Ich leckte die Finger einer Hand und schob sie ganz nahe. Ich ließ sie um die Öffnung flattern, damit er sich an den Gedanken gewöhnen konnte. Dann schob ich sie langsam hinein. Er grunzte, und sein Körper hob sich an. Ich nahm den Schaft wieder in den Mund und saugte in dem Rhythmus, in dem die Finger zustießen. Charles zuckte wie eine Marionette gegen den Bettpfosten.

Bevor er in meinem Mund die Erleichterung fand, langte ich nach oben und band ihn von seinem Gürtel los. Da er meinen nächsten Schritt offenbar vorausahnte, drehte er sich gehorsam um und kniete sich hin. Ich band die Hände jetzt einzeln um den Pfosten. Charles hatte den Kopf gesenkt wie ein gescholtener Hund, aber der Bogen seines Rückens und die nach oben gereckten Backen verrieten seinen Stolz.

Ich speichelte ihn mit dem Mund ein. Schade, dass wir kein Gleitmittel hatten, was mich wunderte, denn wer mit Dildo reist, sollte nicht ohne Gleitcreme sein. Natürlich musste ich an seine anderen Sexualpartnerinnen denken, die diese Spiele schon mit ihm getrieben hatten. Wer waren sie? Hatte er sie mit auf die Reise genommen, oder waren sie zufällige Barbekanntschaften gewesen?

Ich spürte, wie Ärger in mir aufstieg – Ärger, dass ich Charles nicht für mich allein haben konnte. Ich würde ihn immer mit anderen Frauen teilen müssen, wenn ich überhaupt noch eine Rolle in seiner Zukunft spielte. In den letzten Tagen hatte ich mir etwas vorgemacht und mir eingeredet, dass wir zusammengehörten und dass eine lange Beziehung vor uns lag. Wie das Leben als Globetrotter zu einer engen Beziehung passte, das hatte ich noch nicht zu Ende gedacht. Irgendwo in meinem Hinterkopf lauerte der Gedanke, dass ich geschieden war und keinen Job hatte – was lag also näher, als bei Charles zu bleiben?

Ich liege auf dem Bett, erschöpft und ein bisschen traurig. Neben mir liegt ein Zettel von Charles: *Treffen und Konferenzen den ganzen Tag. Bin zum Abendessen zurück, hoffe ich. Ich habe dir ein Wellness-Paket für den Nachmittag gebucht – viel Spaß!*

Nadia ist sauer auf mich und hat einfach aufgelegt. Ich kann sie gut verstehen – ich habe sie wieder im Stich gelassen – und wieder wegen Charles. Sie nannte ihn »diesen Bastard« und warf mir vor, mich wie ein Teenager zu benehmen. Sie fühlte sich verletzt; sie war den ganzen Weg mit mir gekommen, und dann wurde sie wegen eines Fremden in die Ecke gestellt.

Wie konnte ich ihr erklären, was mir die letzten Tage bedeuteten? Dann müsste ich ihr auch aus dem Intimleben ihres Vaters erzählen oder besser, dass ein Intimleben nicht stattgefunden hatte.

Ich würde alles für meine Tochter tun, und sie weiß das auch. Aber vor uns liegen noch viele Tage für Besichtigungen, und heute – puh, heute kann ich mich kaum bewegen. Mein Körper ist an solche Exzesse nicht gewöhnt. Die Aussicht auf ein Wellness-Programm bringt mich schließlich aus dem Bett.

Aber ich kann Nadia unmöglich erzählen, warum ich so erschöpft bin, und wenn ich es ihr sagte, würde sie mir wahrscheinlich nicht glauben. Deshalb musste ich meinen Zustand auf den Alkohol zurückführen. Okay, Nadia wird noch bis heute Abend sauer sein, aber sie ist achtzehn und wird einsehen, dass Mums auch mal über die Stränge schlagen müssen.

Dreizehntes Kapitel

Ich fühle mich so schrecklich allein. Christian ist weg, in aller Frühe hat er ausgecheckt, sagt die Frau am Empfang. Obwohl er mir gesagt hat, dass er abreisen würde, macht mich seine Abwesenheit trauriger, als ich gedacht habe. Ich muss an das Essen gestern Abend in Mums Hotel denken und wie wunderbar leicht er mit Mum und Charles umging, trotz der gedrückten Stimmung zwischen den beiden, die wie schaler Dunst über dem Tisch hing.

Er war wie eine frische Brise in meinem Leben. Er hätte das Zeug zum Freund gehabt. Und was mache ich? Ich zeige ihm die kalte Schulter – wie immer, wenn es ernst wird, verdammt noch mal. Stattdessen gehe ich auf mein Zimmer und onaniere wie verrückt, den Kopf voller Bilder von ein paar Mädchen, die ich nie wiedersehen werde.

Mir wird schlecht bei dem Gedanken, dass ich jetzt in seinem Zimmer sein könnte, in seinem Bett, meine Haut an seinem festen, gespannten Körper – endlich mal von etwas anderem befriedigt als von der eigenen Hand.

Aber Mum ist ja noch da. Wir hatten die lockere Vereinbarung eines gemeinsamen Frühstücks, und danach wollten wir uns in Udaipur umsehen, denn Charles hatte beim Abendessen erwähnt, dass er den ganzen Tag in Konferenzen sein würde.

Doch nein, es ist zu viel verlangt, dass sie ein paar Stunden in der Gesellschaft ihrer Tochter verbringt, mit der sie zehntausend Kilometer gereist ist. Als ich mit ihrem ihr Zimmer verbunden werde, meldet sie sich mit krächzender Stimme und sagt, sie fühle sich nicht gut. Ich frage wieso, und sie sagt, sie hätte es mit dem Schnaps übertrieben.

Natürlich wusste ich sofort, dass das nur die Hälfte der Story war. Vielleicht hatte sie einen oder zwei zu viel gekippt, aber ich bin sicher, dass hinter ihrer Mattigkeit mehr steckt. Aber mir ist schon ganz lieb, dass ich von nichts etwas weiß. Es tut weh, dass ihr die Affäre mit Charles wichtiger ist, als Zeit mit ihrer Tochter zu verbringen.

Wenn ich jetzt darüber nachdenke, frage ich mich, ob ich nicht ein bisschen zu schroff war. Schließlich habe ich nicht erwähnt, dass Christian abgereist ist, deshalb hat sie vielleicht geglaubt, dass es keine große Sache ist, mich an diesem Morgen allein zu lassen. Aber wie hätte ich ihr erklären können, was gestern Abend geschehen war? Wie ich zusammenzuckte, als er mich anmachen wollte? Wie ich mich auf mein Zimmer verdrückte und wie ich am anderen Morgen erfuhr, dass ich ihn nie wiedersehen würde. Es ist idiotisch.

Wer bin ich, dass ich meine Mutter verurteile, weil sie sich Charles verschrieben hat? Sie packt eben die Gelegenheit beim Schopf, was ich von mir nicht behaupten kann.

Ich bereue nicht, was ich ihr über Charles gesagt habe, auch wenn es ziemlich barsch war. Er hat etwas Kaltes und Berechnendes an sich, selbst für einen Geschäftsmann, dem Wohlstand und Status und Macht über Mitmenschen wichtig sind. Ich fürchte, dass sie sich in ihn verliebt und er sie schwer hängen lässt. Je schneller es zwischen ihnen vorbei ist, desto besser.

Udaipur ist umwerfend schön, aber da Christian nun weg ist, kommt mir Udaipur wie tot vor. Natürlich gibt es Armut überall in Indien, aber die Sehenswürdigkeiten sind atemberaubend schön und unvergesslich.

Ich packe meine Sachen und schultere meinen Rucksack. Mal sehen, wo ich ein Frühstück finde. Danach mache ich mich auf den Weg zu Mums Hotel, um ihr mitzuteilen, dass wir heute weiterreisen.

Vierzehntes Kapitel

Während ich im Schatten des Mangobaums sitze und eine Hand im Wasser des Pools wedelt, während ich Champagner schlürfe und Erdbeeren koste, bin ich froh, dass ich mit Nadia nicht zu den Sehenswürdigkeiten unterwegs bin – auch wenn meine Schuldgefühle bleiben. Ich muss mir in Erinnerung rufen, dass ich diesen Luxus um mich herum verdient habe und bis heute nicht oft verwöhnt worden bin. Und falls Charles und ich Geschichte sind, was wohl bald der Fall sein wird, dann ist es klug und richtig, alle Großzügigkeiten von ihm anzunehmen, bis sich unsere Wege trennen.

Ich habe noch nicht darüber nachgedacht, wann das sein wird. Viel hängt davon ab, was mit Nadia und diesem netten Jungen Christian geschieht, den sie zum Essen mitgebracht hat. Wenn sie scharf auf ihn ist, wird sie vielleicht eine Weile mit ihm zusammen in Udaipur bleiben wollen – was mir natürlich gelegen käme. Ich bin sicher, dass es viel zu sehen gibt und ich gut beschäftigt bin, während sie ihre Dosis an Romantik genießt – oder auch Sex. Wer weiß, was zwischen Christian und meiner Tochter abläuft. Lauter Schönes, hoffe ich.

Charles wird bald abreisen. Er hat sich nicht klar ausgedrückt, als er mich einlud. Ein paar Tage sollten es sein, aber ich habe so eine Ahnung, dass er morgen abreisen will. Ich habe keine Ahnung, wohin – er hat noch gar nicht über die Zukunft gesprochen. Es würde mich nicht überraschen, wenn er mich fragt, ob ich weiter mit ihm reisen will. Trotz seines Wutausbruchs schien er vergangene Nacht sehr zufrieden mit mir zu sein. Ich glaube, ich habe den Test bestanden. Und er mag mich offenbar, sonst würde er mir nicht so exklusive Geschenke wie das Wellness-Programm anbieten.

Und was für ein Geschenk! Der Raum war umgeben von erotischen Fresken badender Prinzessinnen. Überall flackerten Kerzen. Charles hatte eine Spezialität für mich ausgesucht, die sich *mewar khas* nannte. Die Masseurin erzählte mir, dass diese Spezialität von einem Ritual abgeleitet ist, das die Herrscherfamilien für ihren Hochzeitstag ausführen.

Es beginnt mit Sandelholz, der Turmeric-Wurzel und einer Kräutermischung, die meine Poren öffnen sollen, dann folgt eine Aromatherapiemassage – genau das, was mein müder, schmerzender und geschundener Körper brauchte, obwohl mir die Ironie von Charles' Wahl nicht verborgen blieb – eine Brautmassage für eine Frau, die eigentlich auf dem Sprung ist, ihn zu verlassen.

Ich bin keine Frau, die den ganzen Tag auf die Rückkehr ihres viel beschäftigten, erfolgreichen Mannes wartet – auch wenn die Massage göttlich war. Ich könnte so nicht jeden Tag leben, ich habe es nicht im Blut. Häusliche Unterwürfigkeit ist nicht das, was ich begehre. Und ich will beschäftigt sein. Ich kann nicht träge herumsitzen und auf den Mann warten.

Ich komme mir wie eine Geisha vor oder wie eine Mätresse – ich bin da, um den Mann zu bedienen, wann immer er sich sehen lässt, wann immer er Zeit für mich hat. Den Rest des Tages muss ich mich selbst unterhalten. Oder ich lasse mich für viel Geld von anderen verwöhnen. Das ist nicht das, was ich will und was ich brauche.

Auch jetzt, während ich unter dem Mangobaum sitze und Champagner schlürfe, komme ich mir wie eine Schwindlerin vor, wie ein Eindringling in eine Welt, in die ich nicht gehöre. Ich bin vielleicht verrückt, aber ich habe erkannt, dass ich nicht das Leben an Charles' Seite haben will.

Mit diesem Gedanken stehe ich auf und gehe zurück in

unsere Suite, damit ich Nadia anrufen kann. Ich hoffe, dass ich sie auf ihrem Handy erreiche. Wenn das nicht gelingt, packe ich meine Sachen und versuche, sie in ihrem Gästehaus zu finden. Es heißt »The Panoramic«, das hat sie mal erwähnt. Ich kann mich nicht mehr an die Lage erinnern, obwohl wir mit dem Taxi hingefahren sind, aber ich war mit anderen Dingen beschäftigt. Der Betreiber der Fähre wird mir vielleicht etwas sagen können.

Ich nähere mich gerade der Suite und entwerfe in meinem Kopf den Brief an Charles, bedanke mich für die Massage und für alles andere, und dann sehe ich eine Gestalt über den Flur schleichen. Die Gestalt dreht sich um, und ich erkenne Nadia. Sie kommt mir entgegen, und als sie sich gegen die Wand lehnt, sehe ich ihren Rucksack.

Ich muss lächeln. »Ich muss nur noch packen«, sage ich. »Das dauert höchstens fünfzehn Minuten.«

Sie grinst und nimmt mich in ihre Arme.

Fünfzehntes Kapitel

Mum blüht auf, als wir durch Rajasthan fahren und uns die blaue Stadt von Jodhpur mit der Anhäufung von traditionellen Häusern ansehen, mit blassem Indigo bemalt, ursprünglich als Hinweis darauf gedacht, dass Brahmanen in diesen Häusern wohnen. Danach sehen wir uns die rosa Stadt von Jaipur an, die im neunzehnten Jahrhundert angestrichen worden war, damit Jaipur es mit dem hellroten Sandstein in anderen Städten aufnehmen konnte.

Mum ist begeistert von den lebhaften Farben, nicht nur von den Häusern, sondern auch von den Saris der Frauen und von den funkelnden Stoffen, die auf den vielen Märkten angeboten werden, gleich neben den stark beißenden roten Chilis, ganz oder in Pulverform auf dem Bürgersteig ausgelegt oder in Säcke abgefüllt.

Mit ihrer kleinen Digitalkamera nimmt sie Tausende Fotos auf, und ihre rollende Tasche quillt bald von Stoffmustern über, und beim Essen redet sie endlos über ihren Jugendtraum, Designerin zu werden, der von Ehe und Mutterschaft wohl erdrückt wurde, obwohl sie das nicht ausspricht.

Es stört mich nicht, dass sie munter drauflosplappert. Ich bin dankbar, dass sie sich aus Charles' Klauen befreit hat, und dass ich sie nicht dazu zwingen musste. Sie hatte die Entscheidung selbst getroffen, obwohl sie mir noch nicht gesagt hat, warum. Und ins Detail ist sie auch nicht gegangen. Sie hat mir nur gesagt, dass sie nicht glaubt, die Frau zu sein, die ein träges Leben als Ehefrau oder Geliebte führen kann. Ich ahne, dass mehr dahintersteckt, schließlich hätte niemand sie zwingen können, so zu leben. Und auch wenn sie bei ihm geblieben wäre, hätte sie ihren Platz schon gefunden, vielleicht sogar als Designerin.

Nein, irgendwas muss zwischen ihnen geschehen sein, was sie zum Rückzug bewogen hat. Aber ich will sie nicht bedrängen. Das ist ihre Sache. Und vielleicht gibt es Dinge im Leben deiner Mutter, die du besser nicht weißt.

Was mich betrifft, so fange ich an, ein paar Entscheidungen zu hinterfragen, die ich über mein Leben gefällt habe. Nächstes Jahr soll ich in London ein Diplom in Medienstudien erlangen, aber seit Indien bin ich mir nicht mehr sicher. Hier in Rajasthan gibt es einen chronischen Wassermangel, und ich habe gelesen, dass die Hälfte aller Kinder unter drei unterernährt und die Hälfte aller Frauen anämisch ist.

Ich weiß nicht, was man gegen die entsetzliche Dürre unternehmen kann, die in dieser Region herrscht, aber wenn ich darüber nachdenke, kommen mir mein Leben und meine Zukunft in England unwichtig vor. Obwohl Medienstudien nicht mehr der Studiengang ist, über den man sich noch vor zehn Jahren lustig gemacht hat, frage ich mich, welche Bedeutung das Studium für die Welt hat, mal abgesehen davon, dass es mich darauf vorbereiten soll, einen Job in Marketing, PR oder Journalismus zu übernehmen. Und ist es das, was ich mit meinem Leben anfangen will?

Ich versuche, die Reise zu genießen, und Mum und ich erleben eine gute Zeit zusammen, aber all das trägt auch nur zur Konfusion bei. Ich weiß einfach nicht, wer ich bin. Ich überlege, mit Mum darüber zu reden, aber es ist mir peinlich, besonders, wenn es um sexuelle Dinge geht. Wie kann ich ihr sagen, dass ich zwischen Jungen und Mädchen hin- und hergerissen bin, dass ich nicht weiß, ob ich Spalten oder Schwänze lieber mag, dass ich vielleicht bisexuell bin?

Dass ich mich nicht entscheiden kann, ist der Grund für

meine miese Laune und für meinen Frust, und ich verliere Menschen, die mir lieb geworden sind. Mum hat ein ziemlich prüdes Leben geführt, und ich bin ziemlich sicher, dass sie nie eine bisexuelle oder lesbische Freundin hatte.

Dann gibt es auch noch die Frage der Hautfarbe. Ich sehe nicht, dass sie mir bei diesem Problem weiterhelfen kann. Ich meine, weil ich zwischen allen Stühlen sitze. Okay, sie hat als weiße Frau einen Inder geheiratet, und das zu einer Zeit, als solche Dinge viel seltener waren als heute. Ich bin sicher, dass sie ihr Quantum an Vorurteilen abbekommen hat, und sie hatte bestimmt manche Schlacht zu schlagen. Aber sie blieb weiß, sie hat nie versucht, sich indisch zu kleiden oder indisch zu leben. Deshalb glaube ich nicht, dass sie mir helfen kann, wenn ich fühle, dass ich weder hierhin noch dorthin gehöre.

Wir beschließen, Jaisalmer zu besuchen, die »goldene Stadt«, erbaut auf einem honigfarbenen Sandstein und bewacht von einer Festung. Von dort, so haben wir gehört, können wir eine Kamelsafari in die Thar-Wüste unternehmen und unter freiem Himmel schlafen.

Im Reise-Chat im Internet habe ich gelesen, dass die Stadt langsam zusammenfällt; die historischen Gebäude bröckeln wie Biskuit, nachdem unterirdische Wasserleitungen gelegt wurden und auch ein Abwasserkanal, Zugeständnisse an die wachsende Bevölkerung und an die steigenden Touristenzahlen. Monsunregen und ein gewaltiges Erdbeben vor ein paar Jahren hatten zu Sickerstellen geführt, und jetzt waren die Fundamente instabil, was beinahe den Verlust des ältesten Palasts der Stadt zur Folge gehabt hätte.

Es ist die perfekte Gelegenheit, Mum über ein paar Übel der Fünf-Sterne-Hotels aufzuklären, die sie so sehr liebt, und darauf zu bestehen, dass wir irgendwo übernachten, wo man ökofreundlicher ist – nämlich im Stadthaus Killa Bhawan, das von den Grünen empfohlen wird.

Als wir da eintreffen, ist Mum überhaupt nicht entsetzt – die Zimmer sind hell in zartem Rot, Limonengrün und Orange gestrichen, und von den drei Terrassen hat man spektakuläre Ausblicke, besonders bei Sonnenuntergang, wenn die Sonne die ganze Stadt anmalt.

Die Zimmer haben kein eigenes Bad, aber Mum sagt, damit kann sie leben, besonders, wenn die freundlichen Männer und Frauen des Personals uns etwas über die geplanten oder schon begonnenen Restaurationen erzählen. Sie scheint endlich zu begreifen, dass man, wenn man solche Gegenden besucht, nicht nur nehmen kann, sondern Menschen und Gebäude mit Respekt behandeln muss. Sie greift sogar nach einem Prospekt mit der Schlagzeile *Jaisalmer in Gefahr*. Vom Personal erhalten wir auch die Adresse eines gut beleumundeten Betriebs, der von zwei Brüdern geleitet wird und Kameltouren anbietet. Es gibt viele Firmen, die solche Buchungen anbieten, aber die Qualität ist sehr unterschiedlich.

Wir gehen glücklich zu Bett. Es scheint, dass Mum ihren Charles vergessen hat oder, wenn nicht vergessen, zumindest bei der Erkenntnis bleibt, dass sie die richtige Entscheidung getroffen hat.

Was mich angeht, so denke ich voller Zuneigung an Christian, aber da wir uns nur so kurz kennen gelernt haben, kann ich ihn nicht wirklich vermissen. Außerdem komme ich zu dem Schluss: Wenn ich es wirklich gewollt hätte, wären wir in dieser Nacht zusammengeblieben. Ich sollte meinen Kopf nicht belasten mit all den verpassten Gelegenheiten – wenn der Richtige kommt, werde ich ihn erkennen.

Wir haben uns für die kurze Tour entschieden, was bedeutet, dass wir nur eine kurze Strecke in die Wüste zurücklegen und auch nur eine Nacht unter den Sternen verbringen. Es gibt auch längere Safaris, aber wir müssen bald schon weiter. Mum hat sich mit jemandem in Goa verabredet, und diesmal werden wir nicht fliegen, also werden wir ein paar Tage für die Reise brauchen.

Unser Kameltreiber heißt Rajesh und holt uns nach dem Mittagessen im Hotel ab. Am Morgen haben wir die Straßen rund um die Festung abgelaufen, die zu den ältesten bewohnten Festungen der Welt gehört.

Rajesh führt uns auf den trottenden, furzenden Kamelen hinaus in die Sanddünen, während sein Bruder Abhay in einem Jeep vorausfährt zu der Stelle, an der am Abend das Lager aufgeschlagen wird. Er hat nicht nur Bettzeug dabei, sondern auch einen kleinen Herd und entsprechende Zutaten, mit denen die Brüder uns ein Abendessen zaubern wollen.

Rajesh hat kein eigenes Kamel bei sich, stattdessen geht er neben oder zwischen uns und treibt die Kamele an, oder er setzt sich abwechselnd hinter mich oder Mum. Das ist jedenfalls die Theorie, aber er bleibt deutlich länger und öfter hinter mir, da mein Kamel störrischer ist und immer wieder droht, in einen Galopp zu fallen.

Da er sieht, dass ich Mühe habe, das Tier zu kontrollieren, und sogar ein wenig in Panik gerate, klettert er hinter mich, legt die Arme um mich und nimmt die Zügel in die Hand. Es braucht nicht viel, um dem Kamel zu zeigen, wer die Autorität hat. Sein Englisch ist nicht großartig, aber jedes Mal, wenn das Kamel einen stinkenden Furz in die Welt bläst, lachen wir gemeinsam, und Mum, die ein paar Meter vor uns reitet, dreht sich um und lacht mit.

Rajesh muss Ende zwanzig sein, schätze ich, während sein Bruder gute fünf Jahre älter ist. Aber ihre Gesichter sehen ziemlich verwittert aus – wie die Gebäude der Jaisalmer selbst –, deshalb kann es sein, dass sie ein paar Jahre jünger sind, als sie auf den ersten Blick scheinen.

Sie sind beide hager und fit von ihren Ausflügen in die Wüste. Ich denke über ihr seltsames Leben nach. Sie führen Touristen hinaus in die schier endlosen Sanddünen, Tag für Tag, und verbringen die Nächte unter freiem Himmel. Haben sie Familien in Jaisalmer? Womit beschäftigen sich ihre Gedanken, wenn sie zu Fuß neben den Kamelen herlaufen oder zum tausendsten oder fünftausendsten Mal auf ihnen reiten, einem sich immer weiter zurückziehenden Horizont entgegen?

Man sollte glauben, dass man auf einer solchen Tour entspannt, aber da man von den meisten Geräuschen und anderen Stimuli abgeschottet ist, überschlagen sich meine Gedanken. Ich sehe die Frauen, die immer noch ihre farbenprächtigen, aber zerschlissenen Saris tragen und weite Strecken zurücklegen müssen, um Wasser in ihren Tonkrügen zu sammeln, die sie auf ihren Köpfen balancieren. Ich sehe andere Frauen, die gewaltige Bündel Wäsche tragen – auch auf dem Kopf – und hinunter zum Fluss gehen, wo sie den ganzen Tag lang ihre Wäsche schrubben. Plötzlich muss ich an mein komfortables Leben im Westen denken.

Bei vielen Gelegenheiten komme ich mir wie ein Voyeur vor: Schließlich habe ich den Mann bezahlt, um mich herzubringen, um mir diesen Ort zu zeigen. Ich frage mich, ob ich überhaupt ein Recht habe, hier zu sein, wenn ich das Los dieser Frauen nicht verbessern kann. Wie kann ich es wagen, herzukommen und das Wasser zu nehmen, für das sie jeden Tag viele Meilen gehen müssen?

Natürlich ist nicht alles Angst und Schuld: Unterwegs sehe ich unglaubliche Schönheit, besonders in der Form von einigen verlassenen Dörfern, die wir uns aus der Nähe ansehen wollen. Ich mache viele Fotos und überlege, ob ich eine E-Mail an die Studentenzeitschrift des Colleges schicken soll, das ich nächstes Jahr besuchen werde. Ich würde sie gern auf die Kampagne *Jaisalmer in Gefahr* hinweisen und auch einen

Artikel darüber schreiben. Ich habe für meine Schülerzeitung geschrieben, und ein Artikel über die untergehende Stadt Jaisalmer könnte helfen, dem Land etwas zurückzugeben.

Wir treffen an unserem Ziel ein, als die Sonne gerade untergeht, und während Rajesh und Abhay ein kleines Feuer bauen, auf dem sie wiederbelebende *chai* aufbrühen wollen, gehen Mum und ich hinauf zu den Dünen, die von den Winden wie Wellen geformt sind. Als die Sonne sich zum Horizont neigt, verändern die Dünen ihre Farbe, und wir halten die Luft an, fasziniert von den Bildern einer anderen Welt.

Hier draußen gibt es nicht viel zu tun, und nachdem wir unser *chai* getrunken haben, können wir mit den Brüdern reden, aber aufgrund ihres begrenzten Englischs und unseres absoluten Mangels an Hindi- und Marwari-Kenntnissen beginnen sie mit der Vorbereitung des Abendessens. Mum und ich sitzen neben ihnen im Sand, schauen ihnen zu, wie sie Gemüse schnipseln, und helfen, soweit wir können.

Als das Licht schwindet und die Sterne uns von oben zuzuwinken scheinen, schaue ich Rajesh zu, der in den Kartoffeln rührt und die grünen Bohnen mit dem Curry würzt. Mit den Händen formt er kleine Rollen aus den Kartoffeln und den Bohnen. Obwohl die Hände vom Zügeln bei den Kameltouren knorrig und schwielig sind, sind sie geschickt. Wie sein Gesicht ist auch der Körper ein Beweis dafür, dass er die meiste Zeit im Freien lebt. Auf eine Art beneide ich ihn: Okay, jeder hat sein Päckchen zu tragen, aber sein Leben scheint so unkompliziert zu sein, hauptsächlich frei von materiellem Besitz, der uns im Westen so wichtig scheint.

Ich fühle mich zu diesem vom Wetter gegerbten, stillen Mann hingezogen, wie er da über dem Feuer hockt, ganz konzentriert auf die Aufgabe, unser Abendessen zuzubereiten. Etwas Geheimnisvolles umgibt ihn, etwas Undurchdringliches, das mich erregt. Ich brauche mich nicht mit Rajesh zu unterhalten; wir können auf die üblichen Sprüche verzichten. Es würde genügen, wenn ich meine Hand auf seinen starken drahtigen Arm lege, und er würde sofort verstehen und sich in den Sand legen, nachdem er sein hemdähnliches *dhoti* von den Hüften gezogen und die braunen schlanken Schenkel entblößt hätte.

Im Sand kniend, zöge ich mich langsam aus und genösse das Gefühl des Wüstenwindes auf meiner nackten Haut. Das Gefühl, mit meiner Umgebung zu kommunizieren.

Im Mondschein würde sein Schaft sich nach mir recken, und nachdem ich ihn in den feuchten Mund genommen habe, würde ich mich über ihm spreizen und ihn durch die Nacht reiten, wortlos, aber jede Sensation intensiv genießend. Dass andere Stimuli fehlen, erhöhte den Reiz noch, und unsere Kopulation würde zu einer Hymne an die Natur.

Mums Stimme holt mich in die Realität zurück. Ich schaue zu ihr hinüber. Sie akzeptiert von Abhay eine Schüssel Curry und dankt ihm in langsamem Englisch und betont übertrieben jedes Wort. Ich nehme dann auch eine Schüssel, und wir sitzen schweigend da und essen zusammen mit den Brüdern. Wir hören die Rufe und Schreie der Tiere der Nacht, aber wir können sie nicht identifizieren. Mum sieht plötzlich besorgt aus, aber da Rajesh und Abhay auf die Tierlaute nicht reagieren, kann nichts Bedrohliches damit verbunden sein.

Nach dem Essen zeigt uns Rajesh unser »Bett«, das er auf der Spitze einer hohen Düne aufgeschlagen hat. Mum und ich lachen nervös; es scheint fast absurd zu sein, die Nacht auf diese Weise zu verbringen, den Elementen ausgesetzt und kein Dach überm Kopf.

Die Brüder ziehen sich zurück, und während wir uns ausziehen und in der Dunkelheit in unsere Pyjamas schlüpfen, sehen wir sie im Jeep sitzen. Die Zigarettenglut ist zu sehen, wenn sie den Rauch einziehen, dann verglimmt sie bis zum nächsten Zug. Ihre leise Unterhaltung hat was Beruhigendes. Wir steigen ins Bett, ziehen die Decke hoch und wünschen uns gegenseitig eine gute Nacht.

Es dauerte lange, bis wir Schlaf finden; da sind einmal die Rufe der Tiere und gleich darauf eine fast unheimliche Stille. Und dann ist über uns ein Himmel, der so atemberaubend wirkt, dass ich es kaum ertragen kann, die Augen zu schließen.

Mum, die neben mir liegt, ist auch ruhelos, aber wir sprechen nicht. Jetzt, da wir die Albernheiten hinter uns haben, erleben wir unsere Erfahrung fast wie etwas Religiöses, und keiner von uns will den Zauber brechen.

Aber irgendwann muss der Schlaf mich übermannt haben, denn ich wache verdutzt auf und strecke den Arm nach Mum aus. Sie ist nicht da. Ich drehe fast durch – vielleicht waren die Tiere, die wir gehört haben, doch nicht so harmlos. Wer sind diese Leute, mit denen wir in diese Wildnis gefahren sind?

Unser Gästehaus hat sie empfohlen, aber das bedeutet nicht viel; sie konnten trotzdem noch unerfahrene Leute sein, die sich in der Wüste nicht auskannten.

Ich springe hoch, sehe mich um und warte, dass sich meine Augen an die Dunkelheit gewöhnen. Ich sehe, dass die Holzscheite im Feuer noch glühen und gehe darauf zu. Nicht weit davon entfernt erkenne ich den wuchtigen Klotz des dunklen Jeeps. Ich drehe mich um.

Ich will nicht rufen, weil ich fürchte, ich könnte unerwünschte Aufmerksamkeit erregen. Also krieche ich durch den Sand und überlege, wo Mum sein könnte. Vielleicht hat sie ja nur ein natürliches Bedürfnis verspürt.

Nach fünfzig Metern oder so halte ich inne. Mum hat ein natürliches Bedürfnis gespürt, aber nicht das, woran ich gedacht habe. Auf dem Rand einer Nachbardüne sehe ich die Silhouetten zweier Gestalten, die sich in einer leidenschaftlichen Umarmung durch den Sand wälzen. Ich kann sogar ihr Stöhnen hören. Ich drehe mich um und renne zu unserem Bett zurück. Ich will nichts mehr sehen.

Sechzehntes Kapitel

Ich habe seit Jahren nicht geraucht, aber als ich Nadia schnarchen höre und somit weiß, dass sie endlich im Land der Träume angekommen ist, stehe ich auf und gehe hinüber zum Jeep, um eine Zigarette zu schnorren. Der ältere Kameltreiber sitzt hinter dem Steuer, also klettere ich auf den Beifahrersitz. Abhay deutet mit dem Kopf in den Fond, und als ich nach hinten schaue, sehe ich seinen kleinen Bruder auf der Rückbank. Er hat eine Decke über sich geworfen.

»Nicht schlafen?«, fragt Abhay, und ich schüttle den Kopf und mache eine allumfassende Geste.

»Zu schön«, sage ich, und er scheint zu verstehen, lächelt und nickt.

Eine Weile, bis ich meine Zigarette geraucht habe, sitzen wir schweigend da. Ich denke an Charles und frage mich, was er jetzt gerade macht und was er beim Lesen meines Abschiedsbriefs gedacht hat. Nannte er mich ein verräterisches Luder, oder – und das nehme ich eher an – tat er den Vorfall mit einem Schulterzucken ab? Wahrscheinlich hatte er gleich danach irgendeine Freundin im nächsten Hafen angerufen.

Schlief er jetzt schon, oder wohnte er in einer anderen Suite in einer anderen Stadt? Nahm er gerade den Dildo aus seiner Tasche und reichte ihn seiner Gespielin, die Blicke befehlend und zugleich bettelnd? Hatte er überhaupt schon einen Gedanken an mich verschwendet?

Ich schaue hinüber zu Abhay und bemerke, dass er mich ansieht. In seinem Ausdruck liegt nichts Befehlendes, und mir wird klar, dass das, was mich zuerst an Charles gefesselt hat, nämlich wie er in Sekunden festlegte, was er haben wollte, und wie er dieses Ziel sofort verfolgte, genau der Grund war, der mich zum Schluss gegen ihn aufgebracht hatte. Er bestimmte, wo es langging, und ich war nur seine Marionette.

Ich lege meine Hand auf Abhays Schenkel, ziemlich weit unten, etwa auf Kniehöhe. Ich will ihn ja nicht verscheuchen. Er soll wissen, dass er mir trauen kann und dass ich nicht weiter dränge, wenn er das nicht will. Er legt seine Hand auf meine, schaut auf die Hand und nicht in mein Gesicht, und ich fühle seine Finger zittern. Dann scheint er eine Entscheidung getroffen zu haben.

»Nicht hier«, sagt er, und sein Kopf weist zum schlafenden Bruder. Er lässt meine Hand los, und dann steigen wir aus dem Jeep. Er kommt an meine Seite, nimmt wieder meine Hand und führt mich ohne weiteres Wort über die Dünen. Eine Weile bleiben wir stehen und küssen uns. Seine Hände drücken meine Brüste, und die Finger flitzen über die Nippel, die unter dem dünnen Pyjamatop längst steif geworden sind. Plötzlich empfinde ich ein immenses Verlangen nach ihm; ich streife das Top über den Kopf und schlüpfe aus der Hose, dann lasse ich mich in den Sand sinken.

»Nein«, murmelt er. »Warten.«

Ich schaue zu, wie er sein *dhoti* entfaltet, bis es fast die Ausmaße eines Lakens hat. Seine Schenkel sind schlank und muskulös von den Fußmärschen und den Kamelritten. Aus der Mitte ragt sein Schaft empor, er hüpft ein wenig, offenbar ist er scharf auf mich. Ich lege mich auf sein *dhoti* und reibe meine Pussylippen. Ich habe es eilig, ihn endlich in mir zu spüren.

Das letzte Mal ist erst ein paar Tage her, aber ich fühle jetzt schon, dass ich etwas entbehre. Ich brauche eine Befriedigung fern der eigenen Hand.

Abhay schlüpft leicht in mich hinein. Ich hebe die Pobacken ein wenig an, um seinen kraftvollen Stößen zu begegnen. Er schiebt seine Hände unter meine Backen, hebt sie ein bisschen höher, dann viel höher, hebt sie über seine Schultern, sodass er nun kniet und ich nur noch mit den Schultern im Sand liege. Diese Position kenne ich noch nicht, aber sie erlaubt ihm, richtig tief einzudringen, und außerdem hat er meine Klitoris im Blick.

Er bewundert sie einen Moment lang, seine Augen werden größer, dann drückt er den Daumenballen auf die zarte Knospe und schiebt den Daumen hin und her.

Plötzlich bricht er ab und schaut zur Seite, als hätte er etwas gehört. Einen Moment lang blinzelt er in die Dunkelheit, einen Finger über den Lippen, aber dann schüttelt er den Kopf, als hätte er sich irgendwas eingebildet.

Ich habe keine Ahnung, welche Tiere nächtens durch die Wüste streifen, und ich will es auch gar nicht wissen.

Ich nutze die Gelegenheit des Abstands zwischen uns und lasse meine Hüften langsam sinken. Selbstbewusster, als ich mich je in meinem Leben gefühlt habe, führe ich Abhay auch nach unten, bis er eine sitzende Position eingenommen hat, dann klettere ich auf seinen Schoß und fädele mich bei ihm ein. Ich lehne mich zurück, und das Licht der Sterne funkelt in meinen Augen.

Der Orgasmus überkommt mich, und durch mein Zucken ist Abhay Sekunden später auch so weit.

Schon auf dem Weg zurück ins Bett weiß ich, dass ich die Nacht in der Wüste mit meinem heißblütigen Kameltreiber nie vergessen werde.

Siebzehntes Kapitel

Ich wache auf, und Mum liegt wieder neben mir. Einen Augenblick frage ich mich, ob alles nur ein Traum war, aber dann sehe ich den Knutschfleck an ihrem Hals, und ich weiß, dass es stimmt – Mum hat einen der Kameltreiber verführt. Natürlich wäre es auch möglich, dass sie von ihm verführt worden ist, aber das kann ich mir nicht vorstellen. Die Brüder kommen mir sehr zurückhaltend vor, und während des Abendessens hatte ich nichts von einem Flirt bemerkt.

Sie sieht wunderschön aus, wie sie da liegt, die Haare ums Gesicht auf der dünnen Matratze verteilt, die Rajesh auf dem Sand ausgebreitet hatte, und obwohl ich mich noch leicht schüttele, wenn ich daran denke, was ich in der Nacht von ihr gesehen habe, sind andere Emotionen stärker: Ich bin glücklich, dass sie glücklich ist oder wenigstens ihren Spaß hat nach all den Jahren der Beinahe-Sklaverei. Ich bin neidisch und zugleich verärgert – nicht nur, weil das meine Zeit der Entdeckungen sein sollte, nicht ihre, aber auch wegen der Tatsache, dass sie ihr Verlangen ausleben kann und ich nicht.

Es ist sogar so, dass ich meine Sehnsüchte hier noch weniger ausleben kann als zu Hause, und ein Teil von mir fragt sich, ob das an der Anwesenheit meiner Mum liegt. Wenn ich allein reisen würde oder mit Katie, würde ich mich dann freier fühlen und meinen eigenen Impulsen folgen? Halte ich mich zurück, weil ich unterstelle, dass sie erfahren würde, was ich getan habe, und das missbilligt?

Ich sage nichts, als sie aufwacht, aber als wir unser kleines Lager zusammenpacken und zum Jeep bringen, während

Rajesh die Kamele tränkt und füttert, damit sie für die Rückreise nach Jaisalmer gerüstet sind, fange ich einen Blick zwischen Mum und Abhay auf, der mir alles sagt, was ich wissen muss.

Es war wenigstens nicht Rajesh, und irgendwie tröstet mich das.

Unsere kombinierte Reise nach Goa über Delhi dauert ein paar Tage, obwohl wir einen »Express« genommen haben, deshalb stimme ich Mum zu, dass wir uns Tickets für die erste Klasse leisten. Mum mag zwar recht lebhaft für ihr Alter sein – wie sich jetzt herausstellt, lässt sie nichts anbrennen –, aber selbst ich muss zugeben, dass die Einrichtung der zweiten Klasse mehr als nur gewöhnungsbedürftig ist. Und auch die erste Klasse ist nicht so, als wären wir im Hilton.

Ich war überhaupt nicht scharf auf Goa, weil es voller Hippies sein soll, und überall gibt es Rave-Partys, habe ich gehört. Jetzt fallen auch noch die Pauschaltouristen ein. Aber seit Mum sich meiner Reise angeschlossen hatte, war sie heiß darauf, einen Kollegen ihres Yogalehrers zu besuchen. Christopher Mulholland besitzt so etwas wie ein Fitnesscenter am Strand.

Und nun bin ich hier und froh, dass ich zugestimmt habe. Zu meiner Schande muss ich gestehen, dass ich nie Yoga betrieben habe, aber bei Christopher in der Küche seines alten portugiesischen Hauses im südlichen Calangute zu sitzen, steigert meine Hoffnung, dass Yogaübungen mir helfen werden, meinen geistigen Frieden zu finden. Ich erhoffe mir das Ende meiner inneren Unruhen und Verwirrungen. Und ich verspreche mir eine gesundheitliche Verbesserung durch die Behebung meiner Haltungsprobleme.

Während Chris – er hat gebeten, dass wir ihn Chris nennen – Tee von wildem Fenchel einschenkt, erklärt er, dass sein Iyengar-Yoga, das er unterrichtet, helfen kann, emotionale Spannungen zu lösen, wodurch ein tieferes Wissen über sich selbst gefördert wird und natürlich auch ein größeres Selbstbewusstsein.

Es hilft auch, dass Chris ein zum Hinknien schöner Mann ist. Er muss Anfang dreißig sein, also etwa zwischen Mums und meinem Alter, und er strömt ein Charisma aus, das ich nicht definieren kann, aber ich schätze, so ist das eben mit dem Charisma – ein geheimnisvolles Extra, das man nicht zu deuten versteht. Er ist groß und gertenschlank, ohne dürr zu sein, und man sieht aus seinen ganz normalen Bewegungen – wenn er sich streckt, um die Teedose von einem hohen Regal zu holen, oder wenn er sich bückt, um einen Schnürsenkel zu binden –, wie geschmeidig er ist.

Seine Haare, die er in einem kurzen Pferdeschwanz gebunden hat, sind vorzeitig ergraut, aber das Grau trägt noch zu seiner Attraktivität bei; es verleiht ihm Autorität und Würde. Sein Gesicht ist ernst und nachdenklich, aber da gibt es ein Zwinkern in den Augen, ein schelmisches Aufblitzen, das nur darauf zu warten scheint, sich zu zeigen.

Ich fühle, dass er ein Seelenverwandter ist. Voller Leidenschaft spricht er über die gewaltigen Umweltprobleme, die auch hier existieren. Es gibt einen bedrohlichen Wassermangel, der durch die Überbevölkerung immer drastischere Folgen annimmt. Weitere Probleme entstehen durch ein Überfischen und durch die Verhüttung der Eisenerzminen.

Er ist nicht beleidigt, als ich ihn frage, ob er sich nicht mitschuldig fühlt, wenn er Touristen anlockt, die sich für seine Workshops bewerben. Er stößt einen Seufzer aus, lehnt sich im Stuhl zurück und runzelt die Stirn.

»Ich gestehe«, sagt er, »dass ich über dieses Thema meine Gewissensbisse hatte, meine schlaflosen Nächte. Aber ich bin vor langer, langer Zeit als Hippie hergekommen, als vieles, was ihr heute seht, noch gar nicht vorhanden war. Ja, ich habe meinen Anteil an psychedelischen Drogen genommen, habe unter dem Vollmond am Strand getanzt und mich unter dem Deckmantel des freien Geistes wie der stereotype Arsch aufgeführt. Aber das wird schneller langweilig, als du dir denken kannst. Ich wollte bleiben – wer nicht? Aber ich erkannte, dass ich Teil der Gemeinde sein und ihr irgendwas geben musste. Also ging ich nach Pune, um Iyengar-Yoga zu lernen, dann kam ich zurück und habe mich hier niedergelassen. Ich habe euch noch nicht durchs Haus geführt«, fährt er fort, »aber ich nehme die Umweltprobleme sehr ernst. Das benutzte Wasser wird aufgefangen und so lange geklärt, bis man es wieder als Trinkwasser verwenden kann. Die Lampen und Duschen werden durch Solarkraft betrieben, und dann haben wir auch Öko-Klos. Die Gästezimmer sind teils mit kolonialen Antiquitäten eingerichtet und teils von einheimischen Schreinern mit Bambusmöbeln ergänzt. Die Teppiche sind aus Kokosfasergarnen gewebt, und es gibt keine Klimaanlage – man kann das Fenster öffnen, wenn man frische Luft braucht. Ah, noch was, das Essen ist organisch und vegetarisch.«

Ich höre ihm beim Reden zu, nicke zustimmend und fühle, dass ich vielleicht dabei bin, mich in ihn zu verlieben. Was ich genau weiß: Sobald Chris einen Annäherungsversuch unternehmen würde, wäre alles Zögern vorbei, und ich würde alles tun, was er von mir verlangen würde, mehr noch, ich würde mich ihm ausliefern und nichts zurückhalten. Das Wissen, einen solchen Mann kennen zu lernen, fasziniert mich unbändig. Ich fürchte natürlich, dass ein süßer Terror vor mir liegt – ein überwältigendes Gefühl von hohen Erwartungen und einem puren körperlichen Verlangen.

Chris wendet sich an Mum. »Val, ich weiß, dass du nur ein oder zwei Tage bleiben willst, aber wenn ihr keine dringenden Termine im Anschluss habt, dann habe ich noch ein paar Plätze im Kurs dieser Woche frei. Zwei Ladys haben in letzter Minute abgesagt. Ich berechne euch den Kurs nicht – er geht auf mich.« Er lächelt, und ich schwebe wie auf Wolken. »Aber wenn ihr mitmacht, müsst ihr auch – wie die übrigen Kursteilnehmer – bei den anderen Aufgaben dabei sein, Kochen und so.«

Mum schaut mich an. »Was meinst du?«, fragt sie, und ich sehe am erregten Ausdruck ihres Gesichts, dass sie gern dabei wäre. Seit ein paar Jahren hat sie Yoga-Kurse in Sheffield belegt, und schon oft hat sie mir gesagt, wie gut sie sich dabei fühlt, geistig und körperlich. Mir fällt ein, als ich sie jetzt so gelassen und entspannt sehe, dass es vielleicht kein Zufall war, dass sie mit den Yogakursen nicht lange vor dem Auseinanderbrechen ihrer Ehe begonnen hat. Hat Yoga ihr die mentale Klarheit gebracht, die Möglichkeiten in Erinnerung gerufen, die eine häusliche Routine seit fünfundzwanzig Jahren verschüttet hatte?

»Ich bin dabei«, sage ich lächelnd, »wenn du dabei bist.«

Chris klatscht in die Hände und steht auf. »Großartig«, sagt er. »Wenn ihr nichts dagegen habt, schaue ich kurz nach, ob es Buchungen übers Internet gibt, und erledige ein paar andere Dinge, die ich noch regeln muss. Aber ich sehe die Damen spätestens mit den anderen Gästen beim Essen.«

Wir fangen jeden Morgen früh an; der Tag beginnt mit Meditationen am Strand, um die aufgehende Sonne zu begrüßen. Es folgt eine Yoga-Session im kühlen Studio mit dem Boden aus Kuhdung. Das Gespräch beim Essen gestern Abend wurde von einigen amerikanischen Frauen dominiert, die Christopher mit Beschlag belegten. Ich bin erpicht darauf, ihn wiederzusehen, um seinen herrlichen Körperbau bewundern zu können, während er mit seiner leisen, beruhigenden Stimme mit uns spricht.

Von Zeit zu Zeit geht er durch die Reihen, flüstert hier Ermunterungen zu oder verbessert da eine Position durch eine leichte Bewegung seiner Hand. Mit voller Absicht positioniere ich ein Bein oder einen Arm ein bisschen schief, weil ich hoffe, dass ich dann in den Genuss seiner Berührung komme, aber sie kommt nie. Mir geht durch den Kopf, dass die anderen Kursteilnehmer – nur Frauen – dieselbe Strategie fahren, um seine Aufmerksamkeit zu erhalten.

Danach frühstücken wir im Hof, im Schneidersitz auf tiefen Kissen, während blaue Eisvögel auf den Zweigen über unseren Köpfen hocken. Wir laben uns an den frischesten, süßesten Payayas und Wassermelonen und kleinen Bananen. Es gibt hausgemachtes Müsli mit Quark von einheimischer Büffelmilch, dazu gibt es organischen Kaffee sowie *masala chai.*

Während ich esse, versuche ich einige Male, Chris' Aufmerksamkeit zu erregen. In erster Linie will ich ihm meine ehrliche Bewunderung für das mitteilen, was er hier aufgebaut hat, und für die Werte, an die er glaubt. Aber wie schon im Yoga-Studio wahrt er die Distanz, ohne etwas von seiner freundlichen Art zu verlieren. Ich sage mir, dass er sich nur professionell verhält und dass es nicht gut wäre, wenn er den einen oder anderen Gast als seinen Liebling zu erkennen gibt.

Aber diese Zurückhaltung entflammt mich nur noch stärker, und ich bin froh, dass Mum sagt, sie möchte ein wenig am Strand spazieren gehen. Das bietet mir die Möglichkeit, in unser Zimmer zu schlüpfen.

Ich wälze mich übers Bett, meine Hand zwischen den Beinen, drei Finger in mir, und ich schließe die Augen und stelle mir vor, dass es Christopher ist, der mich befriedigt, Christopher mit seinen nachdenklichen grünen Augen, dessen Hand mich in die richtige Position zum Orgasmus bringt. Wenn ich mir seinen geschmeidigen Körper zwischen meinen Schenkeln vorstelle und das Gefühl seines Mundes auf meinen Brüsten, schmelze ich und komme, zuerst langsam, dann immer heftiger, bis ich mich frage, ob ich das überhaupt aushalten kann.

Danach stehe ich unter der Dusche und pfeife mit einer Fröhlichkeit vor mich hin, die ich lange Zeit nicht empfunden habe. Christopher, rede ich mir ein, ist der Mann, der mich von meinen Hemmungen und den sexuellen Verwirrungen befreien wird. Und heute Abend, wenn wir alle gegessen und uns auf die Zimmer zurückgezogen haben, wenn Mum eingeschlafen ist, will ich auf sein Zimmer schleichen und ihm meine Erwartungen mitteilen.

Es ist elf Uhr am Abend, und im Haus ist es still. Ich drehe fast durch vor Spannung, aber das Essen – ein südindisches Büfett von *channa masala* mit Minze, *bhaji*, Limonenreis und warmem, selbst gebackenem Brot – zog sich endlos hin. Dann brauchte Mum stundenlang, bis sie endlich eingeschlafen war. Auch sie ist ein Fan von Christophers Lehre, und sie hat sich ein Buch von ihm mitgenommen, das sie anfing zu lesen, nachdem sie sich ins Bett gelegt hatte.

Ich schleiche also durchs Treppenhaus, Christophers Zimmer entgegen. Das einzige Geräusch weit und breit ist das Pochen meines Herzens. Ich frage mich, was ich hier eigentlich mache. Was werde ich ihm sagen, falls er plötzlich die Tür öffnet? Welchen Vorwand bringe ich zur Sprache, der mich veranlasst, ihn so spät in der Nacht zu stören? Soll ich damit herausrücken und ihm sagen, dass ich vor ihm stehe, weil ich ihn brauche und fühle, dass ich keinen Moment länger ohne ihn leben kann? Oder soll ich so tun, als wollte ich mit ihm über besondere Aspekte von Yoga sprechen, und ihn verführen, wenn er mich auf sein Zimmer eingeladen hat?

Man hätte glauben können, ich hätte das alles ausgearbeitet, schließlich hatte ich genug Zeit, als Mum am Strand spazieren war. Aber die Wahrheit ist, dass ich viel zu aufgeregt war und das Thema verdrängt habe. Erst jetzt beschäftigt mich die Frage, was ich unternehme, um mein Ziel zu erreichen.

Es stellt sich heraus, dass es vergeudete Zeit gewesen wäre. Als ich vor der Tür stehe und die Hand schon hebe, um gegen das Holz zu klopfen, auch wenn ich immer noch nicht weiß, was ich sagen soll, höre ich von drinnen ein glockenhelles Lachen, das Christophers eigenes Lachen begleitet.

Ich habe Angst, dass sie mich draußen vor der Tür erwischen, deshalb flüchte ich wie eine Närrin. Auf den Zehenspitzen laufe ich den Flur entlang. Wie ein Dieb verdrücke ich mich auf mein eigenes Zimmer und steige neben Mum ins Bett. Meine Enttäuschung ist so bitter wie die dunkelste Schokolade.

Der nächste Tag ist die Hölle. Ich wache auf und weiß, dass ich ihn nicht haben kann. Es ist die Hölle, im Studio seinen schönen Körper zu sehen, sein edles Gesicht, seinen Penis, der die engen Lycra-Shorts ausbeult, wenn er die Positionen einnimmt, und doch zu wissen, dass eine andere Frau ihn beansprucht.

Es ist die pure Ironie, dass er mich an diesem Morgen berührt, dass er sich von hinten nähert, mich zwickt und meine Haltung korrigiert. Innerlich schmelze ich, und ich wünsche mir sehnsüchtig, dass er aufhört, mich zu verspotten.

Als er weitergeht, fühle ich seine Berührungen noch auf meinem Körper. Wie blaue Flecken. Oder wie fluoreszierende

Handabdrücke. Ich fühle mich markiert und zutiefst unbefriedigt. Ich habe keinen Hunger aufs Frühstück. Ich will nur zum Masturbieren zurück aufs Zimmer, solange ich den Geist seiner Hände noch auf mir habe. Aber das tue ich dann doch nicht, weil ich weiß, dass ich mich danach noch schlimmer fühlen würde: eine innere Leere und um das betrogen, was ich mir mehr als alles andere gewünscht habe.

Beim Frühstück knabbere ich am Obst. Ich schaue mir die anderen Frauen in unserer Gruppe an und versuche, einen Blick aufzuschnappen oder eine Geste, irgendwas, um zu wissen, wer es war, den ich gestern Abend beinahe in Christophers Zimmer überrascht hätte.

Keine der Frauen ist ein Supermodel, aber keine von ihnen ist eine Yoga-Novizin, wie ich es bin. Sie sind gut durchtrainiert, und man sieht ihnen an, dass sie sich um ihren Körper kümmern. Sie ernähren sich gesund, was ihre glühende Haut beweist. Keine einzige Frau ist unattraktiv, und mir wird mit einem Schrecken bewusst, dass mein größtes Plus – meine Jugend – in einer solchen Gesellschaft kaum ins Gewicht fällt. Es gibt keinen Grund, warum Christopher mich den anderen vorziehen sollte. Himmel, er hält mich wahrscheinlich für ein albernes Schulmädchen.

Ich bin immer noch auf der Suche nach einem verräterischen Zeichen, aber ich brauche nicht lange, um zu erkennen, dass alle der zwölf Schülerinnen mit ihm flirten, die einen mehr, die anderen weniger, und das gilt auch für meine Mutter. Einige Kursteilnehmer gehen sehr subtil vor, was anderen nicht gegeben ist. Die beiden Amerikanerinnen, die ich für Lesben gehalten hatte, strecken ihre beachtlichen Brüste heraus; sie scherzen und sind verzweifelt um Christophers Aufmerksamkeit bemüht.

Er lässt sich nicht darauf ein und achtet darauf, dass er niemanden bevorzugt. Er widmet sich jeder Frau gleich lange, und wenn er Fragen beantwortet, dann sind die Antworten keine langen Monologe, denn er will nicht das Risiko eingehen, andere Frauen zu ignorieren.

Ich bin sicher, dass alle auf eine bestimmte Weise auf ihn und sein Charisma reagieren, und sie lassen ihn auch alle wissen, dass sie bereit für mehr sind – sie warten nur auf ihn. Ich bleibe mit dem Eindruck zurück, dass es jede sein könnte, die ich gestern auf seinem Zimmer gehört habe. Vielleicht waren es auch zwei, und dabei schleudere ich den Amerikanerinnen giftige Blicke zu. Sie sehen tatsächlich so aus, als wären sie bereit, ihn zu einem Dreier zu überreden.

Ich versuche, nicht verärgert darüber zu sein, dass Mum auch mit ihm flirtet. Sie macht sich nicht so lächerlich wie die Amerikanerinnen, dreht nur ihre Haare wie selbstvergessen um einen Finger und schaut Christopher mit einem glasigen Blick an, als wäre sie hypnotisiert.

Vielleicht irre ich mich, und sie flirtet nicht mal, aber das glaube ich nicht. Sie hat einen verwunschenen Blick auf dem Gesicht – und warum auch nicht? Warum sollte sie als Einzige von uns immun gegen Christophers Reize sein? Auf der anderen Seite: Ich habe gesehen, wie sie sich in den letzten Tagen verhalten hat und wie ihr Appetit ständig größer geworden ist, da sollte ich sie vielleicht warnen, ihr Glück nicht auch bei ihm zu versuchen, weil er schon eine Affäre hat.

Die Gelegenheit ergibt sich an diesem Nachmittag, als wir mit einem Taxi zum berühmten Flohmarkt nach Anjuna fahren. Während wir uns durch die einzelnen Stände schieben, T-Shirts, Sarongs, Juwelen und Schnitzereien und Gewürze anschauen und die Stammesfrauen in ihren feinen Gewändern bewundern, kehrt unser Gespräch zu Christopher und seinem Kurs zurück, und ich frage Mum, was sie von ihm hält.

»Oh«, sagt sie und nimmt ein feines bernsteinfarbenes

Halsband in die Hände. »Ich halte ihn für einen begnadeten Lehrer. Er inspiriert seine Schüler.«

»Aber was ist mit ihm?«

»Wie meinst du das?«

»Magst du ihn?«

»Natürlich. Er ist ein sehr angenehmer Mann. Freundlich und rücksichtsvoll.«

Entweder verbirgt sie ihre wahren Gefühle, oder sie ignoriert seine Reize, was ich aber kaum glauben kann. Ich merke, dass ich nicht mehr aus ihr herausholen kann, sonst laufe ich Gefahr, meine eigenen Gefühle für ihn zu verraten. Deshalb wechsle ich das Thema.

Wir beschließen, zum Essen in der Stadt zu bleiben, damit wir mehr über die Küche von Goa in Erfahrung bringen als das, was in Christophers Gästehaus angeboten wird. In einem Hotel in der Nähe des Marktplatzes gibt es »Grandpa's Inn«, ein wunderbares Restaurant mit Veranda und Garten. Es platzt fast vom Charme des Vergangenen. Eine Weile kann ich Christopher aus meinen Gedanken verbannen und genieße Mums Gesellschaft und das Gefühl, das wahre Indien zu erleben.

Als wir zurück im Gästehaus sind, sind meine Gedanken ihm wieder ausgeliefert. Ich bin so sicher, dass er der Richtige für mich ist. Nicht unbedingt für mein ganzes Leben – ich weiß selbst, dass man mit achtzehn kaum den Partner trifft, mit dem man sein ganzes Leben verbringt, durch all die Wechsel und Aufregungen, die noch auf einen warten. Aber er könnte mir beibringen, mich zu entspannen und mich gehen zu lassen. Nicht nur, weil ich ihm die Hose ausziehen will – aber wenn mich jemand aufschließen kann, dann ist er das.

Ich lasse mich in den Schlaf treiben, Christophers Gesicht dicht vor Augen. Dann bin ich plötzlich hellwach, ohne zu wissen, wie viel Zeit vergangen ist. Ich will ihn unbedingt sehen oder wenigstens herausfinden, welche Kursteilnehmerin er in dieser Nacht zu sich nimmt. Plötzlich fällt mir ein, dass es ja auch eine Freundin sein könnte, die erst ins Haus kommt, wenn die Touristen eingeschlafen sind.

Ich habe keine Ahnung, wie spät es ist, aber ich stehe auf, schlüpfe aus unserem Zimmer und gehe auf den Zehenspitzen über den Flur – genau wie gestern Nacht. Meine Traute erstaunt mich, meine Hartnäckigkeit ebenso, aber ich sage mir, dass das doch der Beweis für meine tiefen Gefühle für ihn sein muss.

Ich stehe vor seiner Tür und bleibe stehen. Tatsächlich verlässt mich der Mut, als ich drinnen wieder eine Frauenstimme höre. Aber diesmal renne ich nicht weg; diesmal werde ich von einer schrecklichen Neugier erfasst. Ich drücke ein Ohr gegen die Tür, halte den Atem an und lausche angestrengt. Gegen den Hintergrund quietschender Möbel und einer Flüssigkeit, die eingeschenkt wird, kann ich einige Fragmente hören.

»... finde dich unglaublich attraktiv ...«

»... zu alt für dich ...«

»... Erfahrung, die jüngere Frauen einfach nicht bieten können ...«

»... Chris ... oh, das ist so ... wunderbar ... oh, bitte, höre jetzt nicht auf ...«

In meinem Kopf dreht sich alles, und voller Entsetzen zucke ich von der Tür zurück. Ich bete, dass ich mich irre, aber noch während ich das denke, weiß ich schon, dass kein Irrtum vorliegt – es ist die Stimme meiner Mutter, die ich gehört habe. Sie hat es wieder getan, aber diesmal ist sie zu weit gegangen.

Diesmal hat sie meinen Mann genommen, der einzige Mann, der mich hätte heilen können, der mich hätte glücklich machen können, wenn wir eine Chance gehabt hätten. Aber nein, sie platzt herein, wie sie auch mit Charles kurzen Prozess gemacht hat und schließlich auch mit Abhay.

Sie verführt jeden Mann, der ihr in die Quere kommt und verhält sich wie eine sexhungrige Verrückte, wie eine Nymphomanin. Und das ist sie auch. Eine einsame alte Frau, die es seit Jahren nicht mehr erlebt hat und die sich jetzt an jeden Mann heranschmeißt, als wäre sie ein Flittchen.

Mum kommt die ganze Nacht nicht zurück. Ich weiß das, weil ich nicht einschlafen kann. Die Wut kocht in mir. Ich wälze mich im Bett, rolle von einer Seite auf die andere, werfe die Laken ab, reiße das Fenster auf und lasse die kühle Nachtluft und die Moskitos herein. Ich kaue auf den Fingernägeln und überlege sogar, ob ich draußen eine Bar finde, die noch geöffnet hat und in der ich mich ins Koma saufen kann.

Als mir klar wird, dass sie die ganze Nacht bei ihm bleibt, also nicht nur Sex mit ihm hat, sondern auch in seinen Armen kuschelt, kommen mir die Tränen. Dann versuche ich, vernünftiger zu denken.

Mum war nicht die Frau, die ich am Abend zuvor in Christophers Zimmer gehört habe, denn da hat sie tief und fest in ihrem Bett geschlafen. Vielleicht hatte die Frau gestern auch keine private Beziehung mit Christopher, vielleicht hatte sie geschäftlich mit ihm zu tun. Aber je länger ich darüber nachdenke, desto dubioser erscheint mir das.

Kann es sein, dass unter dem fürsorglichen Äußeren ein Wolf lauert, ein Schuft, der jede Nacht mit einer anderen Kursteilnehmerin schläft? Obwohl er jetzt mit Mum im Bett liegt und mir schlecht ist vor Neid und Enttäuschung, will ich so etwas Schlimmes nicht von ihm glauben.

Achtzehntes Kapitel

Ich weiß nicht, was oder wer mich geritten hat. Natürlich fand ich Chris vom ersten Augenblick an attraktiv, aber ich ging davon aus, dass er zu jung war für mich und dass ich deshalb keine Chance hätte. Vor Abhay hatte ich nie einen jüngeren Mann gehabt, und er zählt eigentlich nicht, schließlich hingen wir tief in der Wüste herum, und mit einer Frauenhand auf seinem Oberschenkel hatte er nichts zu verlieren.

Aber bei Chris ist das ganz anders; er ist die ganze Zeit von jungen Dingern umgeben, die vor seinen Augen ihre lieblichen Körper recken und strecken. Warum sollte seine Wahl auf mich fallen?

Ich weiß es immer noch nicht. Ich weiß nur, als er mich gestern Morgen im Yoga-Kurs berührte und meine Schenkel in eine Linie mit meinem Torso brachte, war mir, als ginge ein elektrischer Schock durch mich hindurch. Ich stieß ein leises Keuchen aus, und unsere Blicke trafen sich, und da ahnte ich, dass er vielleicht doch an einer alten Frau interessiert sein könnte.

Es war Folter, den ganzen Tag weg vom Gästehaus zu sein, auch wenn mir der Markt und die Gesellschaft meiner Tochter sehr gut gefielen. Als sie vorschlug, dass wir auch noch das Essen außerhalb des Gästehauses einnehmen, war ich ein wenig sauer, aber dann sagte ich mir, falls zwischen Chris und mir was laufen sollte, dann nicht während des Essens vor allen Kursteilnehmern. Ich würde ihn schon allein erwischen müssen, und ich hatte keine Ahnung, wie das geschehen sollte, denn die anderen Frauen schienen immer da zu sein, immer und überall.

Dann fiel mir ein, dass er über geliehene Bücher gesprochen hatte, und mir wurde klar, dass ich einen perfekten Vorwand hatte, später am Abend zu ihm zu gehen, nachdem Nadia eingeschlafen war.

Als Nadia langsam einschlief, lag ich still in meinem Bett und fingerte mich behutsam unter den Laken. Ich hatte Charles überraschend schnell überwunden, und ich war auch stolz auf mich, dass ich die Trennung so glatt vollzogen hatte, aber die Erinnerung an seinen schönen Penis und wie er sich zwischen meinen Lippen angefühlt hatte, war immer noch beinahe zu schmecken.

Charles war älter, und obwohl er sich fit und schlank hielt, konnte sein Körper nicht mit Chris konkurrieren. Ich hatte hohe Erwartungen in Bezug auf das, was passieren würde, wenn Chris mich auf sein Zimmer bat. Aber ich wusste nicht, ob auch er die Elektrizität zwischen uns wahrgenommen hatte.

Ich befürchtete, dass ich bald kommen würde, wenn ich weiter träumte statt handelte, also stieg ich aus dem Bett und tauschte meinen Pyjama gegen Leggings und ein enges Yoga-Top. Seit wir in Indien eingetroffen waren, war ich viel selbstsicherer geworden, was meinen Körper anging – ich glaube, dafür muss ich mich bei Charles bedanken. Er hatte dafür gesorgt, dass ich mich nach über zwei Jahrzehnten wieder für begehrenswert hielt, und damit war eine permanente Geilheit verbunden. Mir war gar nicht aufgefallen, dass ich vorher so frustriert war, so unterdrückt.

Leise öffnete ich die Tür und schlich in die Richtung, in der ich Chris' Zimmer wusste. Ich hatte mir im Kopf alles zurechtgelegt, hatte mir auf der Internetseite des Gästehauses sogar den Titel des Buches gemerkt, das ich ausleihen wollte. Natürlich war ich nervös, aber ich hatte nichts zu verlieren. Wenn Chris mich nicht wollte, würde ich zwar enttäuscht sein, aber ich hatte es wenigstens gewagt. Die Fehler, die man am meisten bereut, sind die Abenteuer, die man nicht wahrgenommen hat.

Ich stand vor seiner Tür und hoffte, dass er nicht schon eingeschlafen war. Es war schon ziemlich spät. Dann hörte ich ein schlurfendes Geräusch, und bevor ich noch mal darüber nachdenken konnte, klopfte ich. Die Tür wurde geöffnet.

»Du bist es«, sagte Chris. »Ich dachte, dass du kommen würdest.« Er trat zurück, damit ich sein Zimmer betreten konnte.

»Wirklich?«

»Heute Morgen«, sagte er. »Es ging mir nicht allein so, nicht wahr? Du hast es auch gefühlt?«

Ich lächelte. »Wie ein elektrischer Schock«, sagte ich scheu.

»Ganz genau.« Er stellte sich vor mich und nahm meine Hände. »Ich finde, dass du wahnsinnig attraktiv bist.«

Ich fühlte, wie ich zu schmelzen begann. Sein Blick war direkt, als wollte er jedes Teil von mir durchleuchten. Ich fühlte mich nackt, noch bevor ich begonnen hatte, mich auszuziehen. Dies war ein Mann, dachte ich, der eine Frau wirklich verstand.

Bei Charles war alles an der Oberfläche geblieben, ein körperliches Feuerwerk, das schneller erloschen war, als ich für möglich gehalten hatte. Chris war ein ganz anderes Kaliber; ich hatte das Gefühl, dass der Sex mit ihm mich auf eine andere Ebene bringen würde.

»Ich bin … überrascht und fühle mich geschmeichelt«, antwortete ich schließlich.

»Wieso das denn?«

»Nun … Ach, ich weiß nicht. Ich dachte, ich wäre zu alt für dich. Du bist die ganze Zeit von wunderschönen jungen Frauen umgeben und …«

Er machte eine wegwerfende Handbewegung. »Schönheit kann langweilig werden«, sagte er, »ich suche etwas anderes, nach den Zeichen eines gelebten Lebens, nach Erfahrung. Erfahrung, die dir eine junge Frau nicht bieten kann.«

Er fuhr mit seinen Händen an meinen Armen hoch, zu Schultern und Hals. Er massierte sie eine Weile und legte den Druck auf die richtigen Stellen.

»Oh, Chris«, murmelte ich, »das tut so gut.«

Dann drehte er mich herum, hauchte Küsse auf meine Haarlinie und massierte meine Schultern jetzt von hinten.

»Chris ... oh, das ist ... hör nicht auf ...«

Ich zog mein Yoga-Top hoch und legte meine Hände auf die Brüste. Die Nippel waren wie kleine harte Nüsse. Ich lehnte mich zurück gegen Chris, der mich weiter küsste und meine Schultern geschickt knetete, während ich mit den Fingerspitzen an den Nippeln zog.

Mir war, als würde ich rückwärts ins Weltall fallen und der köstliche Schmerz, den ich mir auferlegte, die einzige Hilfe wäre, um mich auf der Erde festzuhalten.

Dann drehte Chris mich wieder um, hielt mich an den Schultern gepackt und führte mich hinüber zu einer Chaiselongue unter dem Fenster. Er legte mich sanft hin und blieb einen Moment nachdenklich über mir stehen. Dann half er mir aus Top und Leggings.

»Du hast eine erstaunliche Haut für dein Alter«, sagte er. »Du strahlst.«

Ich wollte ihm sagen, dass meine Haut mit roter Farbe überzogen war, weil ich ihn begehrte. Und dass ich mich alt und grau gefühlt hatte, bevor ich nach Indien kam, zerknüllt wie eine gebrauchte Einkaufstüte. Aber stattdessen hielt ich den Mund und labte mich an seinen Komplimenten und an der Tatsache, dass eine Frau von über vierzig einen fitten jungen Mann wie ihn erregen konnte.

»Wie willst du mich haben?«, fragte ich.

Lächelnd sagte er: »Warum die Eile?« Er drehte sich zu seinem Schreibtisch um und wählte eine kleine braune Flasche aus, eine von vielen, die dort standen. Er kniete sich neben mich und schraubte den Deckel auf.

»Was ist das?«, fragte ich.

»Ayurvedisches Öl«, antwortete er und ließ die goldene Flüssigkeit in die Kelle einer Hand fließen, dann stellte er die kleine Flasche auf den Boden und rieb seine Hände, bis beide voller Öl waren.

»Woraus besteht das Öl?«

»Oh, es hat viele Bestandteile. Sesamöl, Spargelöl, indischer Nachtschatten, Sandelholz, Kardamom, Moschuswurzelöl ... Die Liste ist noch viel länger.«

»Welche Wirkung werde ich spüren?«

»Es wird deine Haut beleben und die Spannkraft deiner Muskeln erhöhen, und außerdem wird es die Symptome des *vayu* mildern, als da sind Nervosität, Schlaflosigkeit, Depression und Ängstlichkeit.«

»Aber darunter leide ich nicht.«

»Ich habe das auch nie behauptet, Val. Aber jeder Mensch kann zusätzliche Kraft gebrauchen, ganz egal, ob es sich um die Gesundheit der Haut geht, um die Intelligenz oder eine Rundumverjüngung.«

»Ja, das stimmt wohl.«

Ich lag auf dem Rücken, die Beine ein wenig gespreizt, während er vollständig angezogen blieb. Er legte seine eingeölten Hände auf meinen Bauch, ließ sie eine kurze Weile ruhen, hatte die Augen halb geschlossen, als wollte er irgendwas einschätzen. Dann begann er, meinen Bauch mit langen, langsamen Bewegungen zu massieren, wobei er nur die Fingerspitzen zu ganz federleichten Berührungen einsetzte.

Ich fühlte wieder einen elektrischen Stromstoß wie am Morgen während des Yoga-Kurses. Ein Teil von mir wollte einfach nur die Beine weiter spreizen und ihn in mich einladen, aber was er mit den Händen tat, fühlte sich so gut an, so neu für mich, dass es Unsinn gewesen wäre, die Dinge voranzutreiben. Ich musste lernen, den Sex hinauszuschieben, ganz egal, wie großartig er auch zu werden versprach.

Nach einer Weile rollte er mich auf die Seite und vergewisserte sich, dass ich bequem lag. Er begann, meine Druckpunkte zu lokalisieren – *marmas* heißen sie, sagte er mir, während er eine Technik anwandte, die er mit »Daumen und Schröpfen« bezeichnete. Letzteres bestand darin, eine Hand über die andere zu halten und damit starken Druck auszuüben. Er konzentrierte sich auf meinen unteren Rücken, während er diese Technik anwandte, die meine Zirkulation verbessern sollte. Die Daumen, die er auf die Schulterblätter fokussierte, waren gut für die Lungen, klärte er mich auf.

Es war interessant, ihm zuzuhören, wie er die Philosophie und die Ziele des Ayurveda erklärte, während seine Hände über meinen Körper rieben. Seine Stimme kam mir manchmal wie eine zusätzliche Hand vor, die mich streichelte, die Ecken und Kanten bügelte, von denen ich gar nicht wusste, dass es sie gab. Nach einer Weile vergaß ich sogar den Sex und überließ mich dem Druck seiner Finger auf meinem Rücken, dann auf Armen, Beinen, Füßen und schließlich auf dem Kopf.

Dann hörte er auf. Ich blieb still auf dem Bauch liegen, das Gesicht zur Seite gewandt, die Augen geschlossen. Ich fragte mich, was als Nächstes passieren würde. Hier lag ich nackt vor ihm, glitschig von den würzigen Ölen und immer noch nass für ihn. Das konnte doch nicht alles sein, oder? Erwartete er, dass ich jetzt aufstand, ihm dankte, mich anzog und ging?

Seine Hand kam zu Besuch. Sie strich zwischen meine Schenkel, und zwei Finger schlüpften hinein. Ich begriff, dass er überprüfen wollte, ob ich bereit für ihn war. Ich kniete mich hin und pfählte mich auf seine Finger, und die Arme ließ ich auf dem Rücken der Chaiselongue liegen.

Er zog seine Hand weg, legte die Arme um meine Hüften und hob mich von hinten in eine stehende Position, sodass sich mein Po in die Luft reckte und meine Arme nach unten hingen. Meine Hände berührten den Boden. Seine eigene Taille wurde von meinen Schenkeln umschlungen.

»Die Schubkarrenposition«, sagte Chris, und ich fühlte, wie seine Penisspitze gegen meine Pussy stieß. Ich rätselte, wie er sich so lange zurückhalten konnte. Ich war fast verrückt vor Gier, ihn in mir zu spüren. Ich schloss die Augen und schwankte vor Verlangen hin und her. Plötzlich stieß er in mich hinein, langte um mich herum und presste gleichzeitig gegen meine Klitoris. Ich kam nicht, aber mir war, als würde mein Gehirn einen Orgasmus erleben. Ich schrie auf.

Chris richtete mich auf, eine Hand an meiner Kopfseite, der andere Arm unter den ersten durchgesteckt, wodurch er mich an sich band, und seine zweite Hand drückte meine Brust. Ich fühlte die sanfte Haut seiner Brust auf meinem Rücken.

»Der Leibwächter«, flüsterte er dicht an meinem Ohr, der Atem heiß auf meiner Haut. Auch wenn er sich unter Kontrolle hielt, so kam sein Atem doch hechelnd, als müsste er sich anstrengen, um nicht zu kommen. Sein Penis steckte immer noch tief in mir. Die Position gestattete nicht, dass er wuchtig zustieß, aber das Gefühl war trotzdem intensiv – fast wie bei der Hundenummer, aber viel intimer.

Plötzlich zog sich Chris aus mir zurück und drehte mich um, damit wir uns ansehen konnten. Mit einer Hand hob er ein Bein von mir an, dann versenkte er den Penis wieder in mir. Wir konnten uns jetzt freizügiger bewegen, und ich fand heraus: Wenn ich mich mit einer Hand an seiner Schulter festhielt, konnte ich mit der anderen Hand meine Klitoris stimulieren. Es fiel mir schwer, den Orgasmus zurückzudrängen, aber dann zog Chris sich wieder aus mir zurück.

»Lass mal sehen, wie elastisch du durch den Yoga-Kurs

geworden bist«, sagte er und hob mein Bein noch höher. Zu meiner Überraschung drückte er es hoch bis zur Schulter. Er stieß erneut in mich hinein, und die Sensationen waren noch wilder und üppiger als vorher. Diesmal brauchte ich gar nicht meine Klitoris zu reiben, da sie gegen Chris' Unterbauch drückte und von seinen Stößen stimuliert wurde.

»Die Tänzerin«, stieß er keuchend hervor. »Ich dachte, dass du es schaffen würdest. Sehr gut. Ich habe euch allen gesagt, dass Yoga euch helfen wird.«

Als sich ankündigte, dass keiner von uns noch lange aushalten würde, brachte Chris mein Bein auf die Höhe seiner Hüfte. Er schob je eine Hand unter meine Pobacken, hob meine Schenkel und faltete sie um seine Taille. Ich schlang meine Arme um seinen Hals, und einen Moment lang küssten wir uns und erforschten unsere Münder mit den Zungen. Wir lösten uns voneinander, um Luft zu schöpfen.

Seine Hände hielten meine Backen immer noch gepackt, und sein Penis steckte noch tief in mir. Er fing an, im Zimmer herumzugehen. Ich quetschte seinen Schaft mit den Wänden meiner Pussy. Dann, als er nicht weitergehen konnte, ließ er mich langsam auf den Boden nieder, auf einen Flokati-Teppich, und begann, mich so hart zu stoßen, dass ich Sterne sah.

Es war, als wäre seine Selbstkontrolle in einer Sekunde verraucht und eine Urkraft hätte von ihm Besitz ergriffen und dieses animalische Verhalten ausgelöst. Seine Erregung erregte mich auch, und ich keuchte und schrie und strampelte mich unter ihm durch den Orgasmus.

Ich hielt mich an ihm fest, als hätte ich Angst, ohne ihn zu ertrinken und nie wieder aufzutauchen. Einige Sekunden nach mir kam es ihm auch; er hielt den Kopf hoch und knirschte wie unter Schmerzen mit den Zähnen.

Er rollte von mir hinunter und lag keuchend auf dem Fußboden.

»Das war unglaublich«, sagte ich, legte mich auf die Seite und schob eine Hand auf seinen Brustkorb. Ich ließ sie langsam über Brust und Bauch kreisen. Er knurrte etwas Zustimmendes, aber er schlug die Augen nicht auf.

Ich erhob mich, ging durchs Zimmer in sein Bad und stellte mich unter die Dusche. Meine Klitoris zitterte noch ein wenig vom Nachglühen; dabei hatte ich gedacht, dass mein ganzes Geschlecht taub geworden wäre. Ich wollte es genauer wissen und strich mit meinen Fingern in die Pussy. Ich könnte gleich noch mal, dachte ich und hoffte, dass er das auch so sah.

Als ich zurück in sein Schlafzimmer trat, lag er noch auf dem Boden. Sein Atem ging tief und regelmäßig, aber ich glaubte nicht, dass er eingeschlafen war. Er hatte seine Hände auf dem Bauch gefaltet. Er hielt die Augen geschlossen, richtete sich auf und nahm die Lotusposition ein. Er meditierte.

Ich stieg in sein Bett und lehnte den Kopf gegen sein Kissen. Ich wollte noch nicht gehen, aber ich wollte auch seine Meditation nicht stören. Da ich nicht wusste, wie lange er meditieren wollte, hielt ich es für eine gute Idee, Schlaf nachzuholen. Okay, ich war immer noch geil, aber müde war ich auch. Dieser zügellose Sex forderte seinen Tribut. Ich schloss die Augen und war bald im Land der Träume.

Ich wachte auf und sah, wie Chris sich auf der anderen Seite des Zimmers ankleidete. Ich setzte mich auf.

»Wie spät ist es?«, fragte ich.

»Zeit, dass wir an den Strand gehen«, antwortete er. Er klang nicht unfreundlich, aber ich glaube auch nicht, dass er begeistert über meine ganze Nacht in seinem Zimmer war. Vielleicht hätte ich ihn vorher fragen sollen. Er gab kurze Antworten, und ich hatte den Eindruck, dass er nicht in der Lage war, irgendwelche Emotionen zu äußern. Es war unmöglich herauszufinden, ob er verärgert war oder nicht.

»Ich wollte dich nicht stören«, sagte ich. »Ich meine, du warst mitten in deiner Meditation, und ich dachte, es wäre unhöflich, dich dabei zu unterbrechen.«

»Ich hätte es dir vorher sagen sollen«, meinte er. »Nachher meditiere ich immer, um die Traurigkeit zu vertreiben.«

»Die Traurigkeit? Aber es war wunderbar!«

»Ein altes lateinisches Sprichwort sagt: Nach dem Sex ist jedes Tier traurig. Und ein anderes heißt: Nach der Ekstase kommt das Erwachen.«

Ich schwang die Beine aus dem Bett, sah mich nach meinen Kleidern um und wollte schnell weg, wenn Chris weiter seine tiefgründigen Gedanken bei mir abladen wollte. Den meisten Dingen, die er sagte, stimme ich ja zu; ich weiß genau, von welcher Traurigkeit er sprach, und ich bewundere ihn dafür, dass er sie positiv bekämpfen will.

Aber ich will nicht, dass die Erinnerung an unsere gemeinsame Nacht von Melancholie verzerrt wird. Chris konnte so lange meditieren, wie er wollte, die Freude am Geschehen der Nacht würde er nicht kleinreden können. Und es würde ihm auch nicht gelingen, dass ich ihn weniger dringend zu einer Wiederholung brauchte.

Neunzehntes Kapitel

Als Mum am nächsten Morgen an Christophers Seite zur Meditation am Strand erscheint, wird sie von anderen Kurteilnehmern mit abfälligen Blicken bedacht. Während der Session öffne ich einige Male meine Augen und erwische zwei oder drei andere Frauen, die sich in einem Zustand befinden, der von Glückseligkeit weit entfernt ist. Beim Frühstück ist die Atmosphäre bleischwer, das Gegenteil vom gestrigen Morgen. Aber Mum scheint das alles nicht wahrzunehmen, sie wandelt wieder auf Freiersfüßen, und ich bin sicher, dass sie glaubt, sie und Christopher seien ein Paar.

In diesem Moment entscheide ich abzureisen, ob mit Mum oder ohne. Ich kann nicht länger bleiben, nicht bei meinen Gefühlen für Christopher. Es wäre schwer genug gewesen, ihn mit irgendeiner der anderen Frauen verbandelt zu sehen, aber dass ich ihn und Mum noch fünf Tage lang zusammen erleben soll, das ist unmöglich.

Und wie soll es danach weitergehen? Ich will nicht dabei sein, wenn sie es herausfindet. Entweder werden sie ein richtiges Paar, wenn Mum sich durchsetzen kann, oder er stellt sich als Weiberheld heraus und trampelt auf Mums Herz herum.

Als wir auf unserem Zimmer sind, teilt sie mir mit, dass sie die Nacht bei ihm verbracht hat.

Ich unterdrücke ein bitteres Lachen. »Tatsächlich? Du bist die ganze Nacht weg und hängst am anderen Morgen wie eine Klette an ihm. Da habe ich mir schon selbst einiges zusammengereimt.«

»Es tut mir leid«, sagt sie. »Ich schätze, ich hätte dich warnen sollen, aber es ist so schnell passiert. Wir wollten …«

»Ich will es nicht wissen«, unterbreche ich sie. »Bitte, hör auf, es zu erzählen. Nur …«

»Nur was?«

»Ach, ich weiß nicht. Pass auf dich auf, das ist alles.«

»Wieso sagst du das?«

»Nun, wegen Christopher.«

»Was ist denn mit ihm?«

»Ist dir nicht aufgefallen, wie alle Frauen in der Gruppe mit ihm flirten?«

Sie öffnet und schließt ihren Mund wie ein Fisch. »Nun, ja …

Ich glaube schon, dass er ihnen gefällt. Er ist ein charmanter Mann und ein großartiger Lehrer. Sie bewundern ihn.«

»Da steckt mehr hinter als Bewunderung, Mum.«

»Wie meinst du das?«

»Nun, ich habe die vorletzte Nacht nicht schlafen können und bin spazieren gegangen. Ich kam an Christophers Tür vorbei und hörte eine andere Frau bei ihm.«

Sie wird blass, starrt mich an, dann hebt sie ihr Kinn, sieht entschlossen aus, kämpferisch. »Das hat nichts zu bedeuten«, sagt sie. »Das kann viele Gründe haben …« Sie unterbricht sich. »Was hast du eigentlich gehört?«

Ich hebe die Schultern. »Lachen. Kichern.«

Sie wirkt erleichtert. »Vielleicht hat jemand ein Buch ausgeliehen, schließlich hat er uns das angeboten.«

»Aber um elf in der Nacht?«

»Nun ja, das ist vielleicht ein bisschen spät, aber hier nimmt man es eben nicht so genau.«

Ich runzle die Stirn. Sie gehört sicher zu denen, die es nicht so genau nehmen.

»Hör zu«, sage ich freundlich. »Ich will nicht länger hierbleiben. Mich stört einiges an diesem Ort. Ich glaube, du solltest mit mir kommen.«

»Was?« Ungläubigkeit verzieht ihr Gesicht. »Ich soll weggehen, nachdem das mit mir und Chris geschehen ist? Du machst Witze.«

»Ich will dich bloß beschützen.«

Einen Moment bleibt sie still, dann werden ihre Augen zu Schlitzen, und sie tritt etwas näher an mich heran. »Das ist Unsinn«, sagt sie, und es ist fast ein Spucken. »Du bist eifersüchtig, das ist alles. Du hast es selbst gesagt – alle Frauen wollen Chris. Du hast dich verraten.«

Innerlich krümme ich mich, weil sie mich durchschaut hat. Mum ahnt, dass ich Gefühle für den Mann habe, mit dem sie schläft.

»Das ist albern. Er ist nicht gut für dich, und ich will nicht, dass er dir wehtut.«

»Du bist die Alberne. Du kannst mich nicht zwingen, diesen Ort zu verlassen. Ich ... bin drauf und dran, mich in Chris zu verlieben, und das lasse ich mir von dir nicht verderben. Es tut mir leid, dass ich dir zuvorgekommen bin, aber du hast nicht wirklich eine Chance gehabt. Er steht auf ältere Frauen.«

»Was soll er auch anderes sagen, wenn er mit dir im Bett liegt? Er sagt dir alles, was du hören willst. Ich wüsste mal gern, was er der Frau gesagt hat, die am Abend vorher auf seinem Zimmer war – und all den anderen Frauen vor ihr?«

»Oh, halt verdammt noch mal den Mund.« Mum hebt eine Hand, und einen Moment lang glaube ich, dass sie mich schlagen will. Ich habe sie in diesem Zustand noch nie gesehen, habe sie auch nur selten fluchen hören. Sie setzt sich auf ihr Bett und fängt an zu weinen.

Ich drehe mich zu meinem Kleiderschrank um, ziehe den Rucksack heraus und beginne, die Kleider auf meinem Bett zu stapeln. Ich habe es jetzt eilig, von hier zu verschwinden. Ich weiß nicht, wohin ich soll, aber je weiter weg von Mum und Christopher, desto besser.

Zwanzigstes Kapitel

Ich fühle so etwas wie Stolz (auch wenn das pathetisch klingt), als ich mit Chris zur Strandsession eintreffe und nicht mit meiner Tochter. Wir legen offen, was mit uns geschehen ist, und mir gefällt das umso mehr, als ich mit Abstand die älteste Frau in der Gruppe bin. Ich geniere mich ein bisschen wegen Nadia. Ich hätte zuerst auf unser Zimmer gehen und sie vorwarnen können, aber auf der anderen Seite hat sie nichts damit zu tun, mit wem ich schlafe. Doch es wäre höflich gewesen, es ihr vorher zu sagen. Sie wird sich vielleicht Sorgen gemacht haben, als sie mein Bett leer vorfand.

Sie sieht unbehaglich und verärgert aus, als ich mich neben Chris sehen lasse. Einige der anderen Frauen sehen mich hasserfüllt an, und diese Blicke zeigen mir, was für einen Fang ich da an Land gezogen habe. Ich schließe die Augen und öffne sie erst wieder am Ende der Session. Ich kann die Blicke der anderen fühlen, während ich eine höhere Ebene des Bewusstseins erreichen will, wo mich niemand angreifen kann.

Nachdem ich beim Frühstück das große Schweigen erlebt habe, gehe ich anschließend mit Nadia auf unser Zimmer, und ich sage ihr, dass Chris und ich ein Paar sind, obwohl mir bewusst wird, während ich das sage, dass ich das mit ihm noch nicht besprochen habe. Ich unterstelle einfach, dass es weitergeht mit uns. Wir haben nicht nur Sex gehabt, sondern die Nacht zusammen verbracht, wenn auch noch nicht feststeht, wie Chris darüber denkt.

Der Ausbruch, der dann folgt, entsetzt mich, und es wird schnell deutlich, dass Nadia, obwohl sie behauptet, mich beschützen zu wollen, genau wie alle anderen Chris' Geliebte sein will. Ich versuche, ihr zu erklären, dass Chris ältere Frauen bevorzugt, aber sie kontert, dass Chris allen Frauen das erzählt, was sie hören wollen. Das kann ich nicht glauben. Ein Mann, der so leidenschaftlich für die Umwelt kämpft, kann nicht so ein Schurke sein, wenn es um persönliche Dinge geht.

Sie erzählt mir auch noch, dass sie einen Abend zuvor die Stimme einer anderen Frau aus Chris' Zimmer gehört hat. Sie irrt sich natürlich; es ist die Eifersucht, die aus ihr spricht. Sie scheint sogar zu glauben, dass sie mich überreden kann, mit ihr das Gästehaus zu verlassen.

So wird es zu einer Wahl zwischen Chris und meiner Tochter, und Chris gewinnt. Das muss auch so sein, schon aus Prinzip. Aber den restlichen Tag fühle ich eine Leere in mir. Vielleicht hat Chris Recht, wenn er vom »Erwachen« spricht. Aber ein Streit mit dem eigenen Kind ist ein bisschen ernster als ein Anfall postkoitaler Melancholie. Und natürlich klopft es unablässig in meinem Kopf: Sagt Nadia die Wahrheit, dass vor zwei Nächten eine andere Frau in seinem Zimmer war, und, wenn ja, wer war sie?

Einundzwanzigstes Kapitel

Es ist ein langes Schleppen zurück, nordwärts in den Kanha-Nationalpark, aber ich habe ja Zeit. Reisen verlaufen in Indien immer langsam, und ich empfinde es als therapeutisch. Ich gehe davon aus, dass mir, wenn ich mich eine längere Zeit von vielen Menschen fernhalte, genug Platz bleibt, um meinen Kopf zu klären. Es wäre wunderbar, hier draußen in der Wildnis ein paar Tiger zu sehen, aber man hat mir gesagt, dass man sie sogar hier höchst selten sieht – dabei war es genau diese Umgebung, die den Autor des *Dschungelbuchs* inspirierte und wo einige der bedeutendsten Tigerforschungen stattfanden.

Da Mum nicht mehr da ist, kann ich mich in eine Holzhütte einquartieren, ohne das Gefühl zu haben, mich unter Wert zu verkaufen. Die Unterkünfte sind auch überhaupt nicht schlecht – in jedem Raum gibt es sechs Schlafstellen mit viel Platz dazwischen, und Duschen und Toiletten sind gleich nebenan. Sie sind sauber und gut erhalten. Es gibt eine breite Holzterrasse, auf der man sitzen und die friedliche Stimmung im Nationalpark bewundern kann.

Ich stelle mir vor, wie ich da mit einem kühlen Getränk sitze und in mein Tagebuch schreibe. Trotz all meiner ausgiebigen Notizen habe ich noch nie ein Tagebuch geführt – mein Leben schien nie interessant genug, um darüber zu berichten. Aber seit ich mich mit Mum wegen Chris gestritten habe und seit meinen jüngsten Erlebnissen in Mumbai – Ashas Gesicht sehe ich immer noch vor mir, besonders wie ihre lieblichen Lippen das kaum hörbare Wort »bleib« formen, während ihre Hand sich um meinen Knöchel legt – frage ich mich das erste

Mal, ob meine Erfahrungen es wert sind, niedergeschrieben zu werden. Es könnte mir helfen herauszuarbeiten, was ich wirklich will.

Ich will mich gerade auf den Weg zum Lebensmittelgeschäft machen, das hinter den Hütten liegt, weil ich mir Schokolade kaufen will, als ein Paar, schwer mit Rucksäcken beladen, hereinkommt und sich umschaut. Das Mädchen, blond und grünäugig wie Carla, lächelt und fragt: »Sind einige dieser Betten frei?«

»Ich bin selbst gerade erst eingetroffen«, sage ich. »Keins sieht belegt aus.«

»Dann riskieren wir es mal«, legt sie fest. »Okay, Dean?«

Der junge Mann in ihrer Begleitung nickt. »Nichts dagegen«, sagt er und lässt den Rucksack von den Schultern gleiten. »Ich bin froh, dass ich dieses Ding endlich los bin.«

Ich schaue ihm zu, wie er sich bewegt, und bewundere seine kräftigen braunen Gliedmaßen. Wie das Mädchen ist auch er blond und tief gebräunt, und auf seinem Körper schimmern kurze blonde Härchen. Er trägt Shorts und ein Unterhemd, und an den Füßen trägt er schwere Wanderschuhe. Seine Haare wischen über sein Gesicht; vorne sind sie von der Sonne gebleicht und leuchten blonder.

Er hat ein kräftiges Kinn, und die Augen haben das Blaugrün der Arabischen See. Er ist ein wunderbarer Mann, und ich bin neidisch auf das Mädchen, das sich einen solchen Preis geangelt hat.

Aber mein Neid verschwindet sofort, als das Mädchen auf mich zukommt, nachdem es seinen Rucksack losgeworden ist. Sie schüttelt meine Hand und sagte: »Ich bin übrigens Sue. Und das ist mein Bruder Dean.«

Ich schaue ihn wieder an und fühle, wie meine Wangen erröten. Jetzt weiß ich, dass er verfügbar ist oder wenigstens nicht mit jemandem reist, der einen Anspruch auf ihn hat, und schon werde ich ganz scheu und kann kaum einen Ton herausbringen. Er lächelt mich an, und mich erfreut die Tatsache, dass er unter dem ungekämmten Haar, unter den Bartstoppeln und unter dem Schmutz der Reise leuchtend weiße Zähne zeigt und ein Gefühl von Reinlichkeit. Wie ich schon sagte, ich mag meine Männer dreckig, aber nur äußerlich. Sonst lege ich Wert auf gepflegte Männer und einen hohen Standard an Hygiene.

»Reist du allein?«, fragt Dean, und ich spüre die Salti in meinem Bauch.

Wenn er mich direkt anschaut und mich mit seiner leicht trockenen, heiseren Stimme anspricht, dann fühle ich mich, als hätten sich meine Seile losgerissen, und ich schaukele zwischen Zeit und Raum. Es ist ein wunderbares Gefühl, ich fühle mich fast so köstlich angeheitert, als hätte ich Champagner getrunken. Ich bin froh, dass jemand gekommen ist, um meine Gedanken von Christopher abzulenken.

Dies ist ein gesunder Enthusiasmus – Dean ist meinem Alter näher, und außerdem ist er nicht von Horden von Studentinnen umgeben, die verzweifelt versuchen, seine Zuwendung zu erfahren. Ich nicke, weil ich keine Lust habe, über Mum zu reden, jedenfalls noch nicht.

»Und willst du nach Süden oder Norden?«, fragt er.

»Eigentlich in den Süden. Aber ich komme gerade aus Goa, deshalb habe ich eine Umleitung in den Norden genommen. Und irgendwann will ich nach Kerala.«

»Das hört sich nicht nach einer rigiden Planung an«, sagt seine Schwester, und das scheint ihr zu gefallen. »Wir haben viele Leute getroffen, die gewaltige Listen über ihre Ziele angefertigt haben, Listen, die sich über sechs Monate erstrecken und alle Sehenswürdigkeiten enthalten, die man nur noch abhaken muss.« Sie sieht Dean an. »Ich glaube, wir sind glücklicher dran, weil wir uns einfach treiben lassen.«

»Habt ihr denn überhaupt keine Pläne?«, frage ich.

Sie hebt die Schultern und fährt sich mit einer Hand über die Haare. Jetzt erst fällt mir auf, dass sie üppige Möpse hat. Wie ihr Bruder trägt sie ein Unterhemd, und als sie den Arm hebt, sehe ich, dass sie keinen BH trägt. Ihre Brüste sind groß und fest. Das Unterhemd macht die Bewegung des Arms mit und entblößt einen flachen braunen Bauch. Sie ist auch ziemlich groß. Ich muss wieder an Carla denken, wie sie unter der Dusche steht und sich vor meinen Augen fertigmacht. Ich muss für einen Moment die Augen schließen und Sue ausblenden, weil ich sonst befürchte, dass meine Augen mich verraten könnten, meine Gedanken und Phantasien.

»Ich schätze, wir lassen uns so grob nach Süden treiben«, sagt sie. »Hin und her. Wir haben nichts zu versäumen, aber gegen ein paar Tage am Strand von Kerala hätte ich nichts einzuwenden. Ich habe gehört, dass es da viel weniger hektisch ist als in Goa.«

Dean hat sich von uns abgewandt; er kramt in seinem Rucksack, den er auf sein Bett gelegt hat. Er richtet sich auf, blickt zu uns und winkt mit einer kleinen Blechdose in der Hand. »Ich ziehe mir noch eine rein, bevor es was zu essen gibt.«

Sue lächelt ihn liebevoll an, und wir schauen ihm nach, als er hinausschlendert, sein Körper so geschmeidig und selbstbewusst wie der einer großen Katze. Als ich mich wieder Sue zuwende, schaut sie mich auf eine seltsame Art an, fast taxierend, die wunderschönen Katzenaugen ein wenig verengt. Aber ich sage mir, dass ich mir das einbilde und sie jeden so anschaut, den sie gerade erst kennen gelernt hat.

Während sie ihre Sachen auspackt, setze ich mich auf mein Bett, und wir plaudern über das, was wir bisher gesehen haben und über unser Leben zu Hause. Sue erzählt, dass sie gerade ein Diplom in digitaler Photographie erhalten hat und hofft, dass sie mit den Bildern von dieser Reise genug Geld verdienen kann, damit sie in der Lage ist, ihr eigenes Studio einzurichten, sobald sie wieder zu Hause ist. Ihr jüngerer Bruder, der ihr oft Modell steht, hat sich ein Jahr von seinem Studium des Sportmanagements befreien lassen.

Es gibt vieles, worüber wir reden können, und nachdem sie ihre Sachen ausgepackt hat, gehen wir gemeinsam zum Restaurant, das einer Kantine ähnlich sieht, um die Themen bei *dhal* und Reis und Gemüsecurry fortzusetzen.

Dean ist viel stiller als seine ältere Schwester. Ohne unfreundlich zu sein: Sie dominiert einfach das Gespräch; und obwohl ich ihr gern zuhöre, hoffe ich auf eine Gelegenheit, mit Dean allein zu sprechen. Erst dann kann ich herausfinden, ob ich eine Chance bei ihm habe.

Wichtig ist mir, mehr über ihre Pläne zu erfahren, auch wenn sie sagen, dass sie keine Pläne haben. Wenn sie auch nach Süden wollen und schließlich in Kerala landen, haben sie vielleicht gegen eine Mitreisende nichts einzuwenden. Ich bin ein wenig besorgt, mich allein auf Tour zu begeben, und wenn ich bei Gleichgesinnten unterschlüpfen kann – umso besser, vor allem, wenn irgendwelche romantische Verwicklungen nicht ausgeschlossen sind.

Aber ich will sie natürlich nicht verscheuchen, und sie sollen auch nicht glauben, dass ich verzweifelt nach Mitreisenden suche. Wenn es passieren soll, muss ich auf ihre Einladung warten. Das ist zwar richtig, doch hält mich nichts davon ab, diesen Gedanken in ihren Köpfen gedeihen zu lassen.

Wir sind früh ins Bett gegangen, erschlagen von der langen Busreise nach Kanya, ermattet vom Bier und im Hinterkopf das Wissen, dass wir früh auf den Beinen sein müssen, wenn wir eine Gelegenheit haben wollen, auf einem Elefanten hinauszureiten, um einen Tiger zu sehen.

Um fünf Uhr am nächsten Morgen stehen wir neben einem solchen Elefanten und schauen zu, wie unser Treiber die Befestigung auf dem Elefantenrücken überprüft. Es ist ein riesiger Klotz, der sechs Personen Platz bietet. Sue, Dean und ich haben das Glück, dass wir eines der Tiere und einen der Treiber für uns allein haben. Obwohl wir verschlafen aussehen mit unseren zerzausten Haaren und uns die Kaffeegier ins Gesicht geschrieben ist, sind wir alle aufgeregt; dabei ist längst nicht sicher, dass wir einen Tiger sehen, aber unser Führer sagt, dass wir vielleicht nach der Auflösung des Morgendunstes Panther, Hyänen, Faultiere, indische Bisons, bellende Hirsche, Stachelschweine, Schleichkatzen, Sittiche und mehr zu sehen bekommen – wenn wir Glück haben.

Beim Finden unserer Plätze auf dem Rücken des Dickhäuters achte ich darauf, dass ich auf der Seite bin, auf der Dean gerade Platz genommen hat. Ich hoffe, dass ich mich mal allein mit ihm unterhalten kann, um ihn ein bisschen besser kennen zu lernen, besonders, weil Sue beschäftigt sein wird, Fotos zu schießen. Sie hat schon die Nikon in der Hand, hat auch nichts von meinem sanften Schieben mitbekommen, also stehen die Chancen ganz gut für mich.

Ich sitze also wie geplant neben Dean. Im Dämmerlicht lächelt er mich an, und ich rieche seinen Morgenatem – wie Honig und nicht säuerlich wie bei einem Kind. Mein eigener Atem fängt sich wegen unserer Nähe in meiner Kehle. Obwohl seine Stoppeln noch mehr sprießen, wirkt er wie ein Gott auf mich. Seine Knochenstruktur ist zum Hinknien schön.

Mir fällt auf, dass er und Sue, obwohl sie beide sehr attraktiv sind, sich nicht ähnlich sehen, mal abgesehen von der gebräunten Haut. Ihre Körperstruktur ist athletisch wie seine, aber ihr Gesicht ist weicher und ein bisschen runder. Ihre großen Brüste sagen mir, dass ihre Schlankheit weniger genetisch bedingt ist, sondern das Ergebnis vieler bezahlter Stunden im Fitnessstudio oder durch regelmäßiges Jogging erzielt.

Dean trägt frische Shorts, und sein Bein neben meinem quält mich und bettelt, von mir gestreichelt zu werden. Ich fühle mich wie eine unterernährte Person, die man in Reichweite einer besonders saftigen, nahrhaften Frucht platziert hat. Wie kommt es, frage ich mich, dass ich so lange ausgehalten habe, ohne mich jemandem an den Hals geworfen zu haben? Ich habe genug Gelegenheiten gehabt, und keiner der potenziellen Partner war schäbig gewesen. Ja, okay, das Onanieren ist gut gewesen, aber es ist nur ein Teil der Geschichte – meiner Geschichte. Was hält mich davon ab, sie jetzt endlich auf den Weg zu bringen?

Die Dämmerung bricht auf wie ein Vorhang, der zurückgezogen wird, und dahinter wird eine Welt des Zaubers enthüllt. Sue ist tief in ihrer Kunst versunken und stöhnt auf, wann immer sie ein neues Tier entdeckt, das sie aus verschiedensten Blickwinkeln festhalten will.

Es kostet sie eine Menge Überwindung, auf dem Elefanten zu bleiben und nicht hinunterzuspringen und ihrer Beute durchs Unterholz zu folgen. Dean und ich sind zurückhaltender, aber auch verzaubert, und wie ich gehofft habe, ergibt sich die Chance auf eine Plauderei mit ihm. Zunächst sprechen wir nur über das, was wir sehen.

Nach ein paar Stunden fällt mir auf, dass unsere Beine sich fester berühren. Mein ganzer Körper prickelt. Er reagiert nicht, aber er zieht auch sein Bein nicht zurück.

Wir kehren zu einem späten Frühstück zurück, ohne einen Tiger gesehen zu haben, aber wir waren trotzdem mit unserem Ausflug zufrieden. Dean und Sue erklären, sie würden sich zum Mittagsschlaf hinlegen, um das frühe Aufstehen zu kompensieren. Eine Weile bleibe ich stehen und schaue zu, wie unser Treiber den Elefanten mit einigen Wasserstrahlen von Staub und Schlamm säubert, dann kehre ich zur Hütte zurück.

Das Etagenbett von Dean und Sue steht auf der gegenüberliegenden Seite von meinem Bett. Ich habe das untere Bett genommen, genau wie Dean. Ich lasse mich leise auf mein Bett sinken und lege mich hin, um ihn im Schlaf zu beobachten. Ein Sonnenstrahl fällt durchs Fenster und erhellt sein Engelsgesicht wie ein Blitz. Ich lange nach unten und massiere meine Spalte durch die Baumwollshorts. Gleichzeitig fühle ich eine unglaubliche Müdigkeit, die mir in die Knochen dringt. Ich will dies nicht mehr tun müssen. Ich will Dean.

Eine Bewegung über Dean lässt mich meine Hand schnell zurückziehen. Ich schaue hoch und sehe, dass Sue mich im Blick hat, einen seltsamen Ausdruck im Gesicht. Wissend, ironisch. Ich erröte und wüsste gern, wie viel sie gesehen hat. Nicht, dass sie irgendwas dagegen unternehmen kann, dass ich scharf auf ihren Bruder bin. Oder dass ihr Bruder scharf auf mich ist – wenn es dahin mal kommen sollte.

Aber ich will keine Närrin aus mir machen, solange ich nicht weiß, ob meine Gefühle erwidert werden. Und wie gesagt, ich will sie nicht verscheuchen, bevor sie mich vielleicht fragen, ob ich mit ihnen in den Süden reise.

»Hi«, sagt Sue nach einer Weile. Sie schwingt ihre Beine übers Bett, dann streckt sie sich und lässt sich auf den Boden fallen, ohne die Leiter zu benutzen. Sie trägt nur ein Höschen, schwarz mit rosa Punkten, und ihre Figur ist in der ganzen Reife zu erkennen. Ich nehme jedes Detail ihres Körpers wahr und sehe, dass ihre Brüste eine dunkle goldene Farbe haben wie der Rest von ihr – ein Hinweis auf Sonnenbaden oben ohne. Ich kann mir nicht helfen, aber ich frage mich, was unter dem Höschen zu sehen ist, ob sie da auch gebräunt ist.

Ich brauche nicht lange zu warten, um das herauszufinden. Ohne jede Vorwarnung beugt sie sich vor und lässt das Höschen ihre langen braunen Beine entlanggleiten. Dann richtet sie sich wieder auf.

Die Schönheit ihrer Muschi raubt mir den Atem. Akkurat getrimmt, erdbeerblond, und ein kleiner frecher Streifen oberhalb der Klitoris. Ich schaue von Sue zu Dean. Er schläft noch. Ich schaue zurück auf Sue und frage mich, was sie von mir will. Zieht sie sich einfach nur vor mir aus, oder stellt sie sich vor mir zur Schau und versucht, mich zu verführen?

Ich denke zurück an unsere Gespräche gestern Abend. Es gab keine Erwähnung eines Freundes, weder aktuell noch in der Vergangenheit, aber ich selbst habe auch nicht über mich gesprochen. Und dass sie nichts von Kerlen erzählt hat, bedeutet ja noch nicht, dass sie lesbisch ist. Und nur weil sie splitternackt vor mir steht, heißt noch nicht, dass sie sich anbietet. Und weil es einen nassen Fleck in meinem Höschen gibt, heißt das noch nicht, dass ich einfach nach ihr greifen kann.

Aber wenn sie mich streicheln wollte, würde sie das hier vor ihrem schlafenden Bruder tun, der jeden Moment aufwachen könnte? Nein, das glaube ich nicht. Egal, wie liberal eine Familie eingestellt ist, und wenn sie zu Hause auch nackt herumläuft, so mag ich nicht glauben, dass sie unter diesen Umständen etwas Sexuelles mit mir anfängt. Ich wälze mich auf den Rücken und schließe die Augen.

»Ich glaube, ich bin doch ziemlich müde«, sage ich und täusche ein Gähnen vor. Als sie nach einer Minute darauf noch nicht reagiert hat, öffne ich vorsichtig ein Auge und schaue zu ihr. Sie steht gebückt da und zieht sich ein frisches Höschen an. Sie hat sich also nur umziehen wollen.

Ich schlafe ein, aber ich habe einen unruhigen Schlaf. Visionen von brauner Haut, von goldenen Haaren. Sie hat mich im Auge und wartet auf meine Reaktion, auf meine Entscheidung. Obwohl ich fühle, dass ich ganz verrückt nach Dean bin, reizt mich der Körper seiner Schwester, als wollte er mich an meine Dualität erinnern. Ist es mir bestimmt, ständig zwischen den Polen zu schwingen, weil ich mich nicht entscheiden kann?

Beinahe bin ich froh, dass sie ohne mich zum Essen gegangen sind, wie ich feststelle, nachdem ich aufgewacht bin. Wir begegnen uns in der Tür zum Restaurant, und ich sage ihnen, dass ich nachher zu ihnen stoßen will. Ich esse allein und versuche, meine Gedanken zu klären.

Soll ich mit ihnen weiterreisen, falls sie das anbieten, oder wird sich dann das Leben erst recht komplizieren? Wie kann ich bei ihnen sein, wenn ich sie beide begehre? Und wenn etwas mit einem von ihnen geschieht, welche Auswirkung wird das auf meine Beziehung zum anderen haben?

Als ich zurück in der Hütte bin, sitzt Sue mit einem Buch und einem Drink auf der Terrasse, die Beine unter sich gekreuzt. Sie trägt ein Bikini-Top und Shorts, und der flache Bauch glüht golden in der untergehenden Sonne. Sie nimmt einen Sarong vom Stuhl neben sich und klopft auf den Sitz.

»Setz dich«, sagt sie. »Tut mir leid, dass wir uns zum Essen verpasst haben. Ich habe überlegt, ob wir dich wecken sollten, aber du hast so süß ausgesehen, wie ein kleines Mädchen.«

Sie schaut mir in die Augen, und ich glaube, ich sehe Zärtlichkeit in ihren. Ist es die Zärtlichkeit der Freundschaft oder etwas mehr? Ich halte ihrem Blick stand und versuche, aus ihr klug zu werden. Ich überlege, alle meine Sehnsüchte zuzugeben, und noch bevor ich etwas sagen kann, hebt sie einen Arm und streckt ihn aus. Ich halte die Luft an. Wird sie mich berühren? Wenn ja, wie werde ich darauf reagieren?

Ich schaue mich um. Es ist niemand da, aber jemand könnte jeden Moment vorbeikommen. Und was ist mit Dean? Wo ist er? Wenn etwas zwischen Sue und mir passiert, möchte ich nicht, dass meine Chancen bei ihm verloren sind.

Aber sie berührt mich nicht; sie lässt den Unterarm und die Hand über die Lehne hängen. Vielleicht spürte sie mein Zögern, meinen inneren Konflikt, und wollte mich nicht bedrängen. Dabei wünschte ich, sie würde genau das tun. Ich brauche jemand, der die Szene herbeizwingt.

Nach einigen Momenten fragt sie mich, ob ich von ihrem Bier trinken will. »Nein danke«, sage ich – und dass ich mich zurückziehen will. Trotz des langen Schlafs fühle ich mich unendlich schlaff.

»Bist du sicher?«, fragt sie. »Dean wird in ein paar Minuten zurück sein. Er spielt Billard mit einem Typen, der in einer der anderen Hütten schläft. Wir dachten, wir könnten vielleicht Karten spielen und uns einen Joint teilen.«

Ich schüttle den Kopf. »Ich fühle mich nicht gut«, sage ich mit schwacher Stimme.

»Wie du willst«, sagt Sue und wendet sich wieder ihrem Buch zu, während ich in die Hütte gehe und mich mit einem schweren Herzen hinlege.

Ich habe keine Ahnung, wie spät es ist, als ich aufwache oder geweckt werde, aber in der Hütte ist es stockfinster. Ich überlege noch, was es gewesen sein könnte, das mich geweckt hat, und dann weiß ich es plötzlich – jemand sitzt auf meinem Bettrand, und eine Hand liegt unter dem dünnen Laken auf meinem Bein. Es ist eine warme Hand, ein wenig klamm. Es ist eine heiße, schwüle Nacht.

Ich setze mich halb auf, spüre meinen trockenen Hals, gerate in Panik und bin voll erregt. Natürlich könnte es jeder sein – die Hütten sind alles andere als einbruchsicher. Aber wahrscheinlicher ist, dass es sich um Sue oder Dean handelt.

Ich schlage das Laken zurück. Darunter trage ich ein langes T-Shirt und sonst nichts. Ich ziehe es hoch, und dabei reibe ich kurz über meine Spalte. Ich bin schon nass.

Nie habe ich mich so bereit für irgendwas in meinem Leben gefühlt. Die Hand gleitet meinen Schenkel hoch. Ich krümme den Rücken und werfe den Kopf in den Nacken; die hohe Erwartung ist fast unerträglich. Ich öffne meine Beine ein bisschen weiter und stelle mir vor, wie meine Pussy sich zeigt, weit geöffnet und saftig. Natürlich kann ich immer noch nicht sehen, wem ich mich auf diese Weise zeige, aber das hindert mich nicht an dieser gewagten Provokation.

Die Hand bewegt sich weiter das Bein hoch, wahnsinnig langsam, und ich lange nach unten und ziehe mich noch etwas weiter auseinander. Fingerspitzen streifen über meine entblößte Klitoris, und ich beginne zu zucken. Mein Gesicht schaut verzerrt in die Dunkelheit. Ich versuche, die Stöhnlaute zu unterdrücken, die tief in meiner Kehle sprudeln.

Im nächsten Moment schlüpfen zwei Finger in meine Öffnung, und ich drücke eine Hand gegen meinen Mund und beiße fest zu, damit ich nicht laut aufschreien muss. Dann nimmt eine fremde Hand meine Hand vom Mund, und ich fühle weiche Lippen auf meinen und gebe mich einem tiefen Kuss hin, als die Zunge meine Lippen teilt. Zähne schrammen über meine, und ich bin verloren, falle durch Zeit und Raum und bin nicht in der Lage, nach den Haaren meines Verführers zu langen, denn dann hätte ich gewusst, wem sie gehören.

Der Kopf weicht zurück, und eine Linie von Küssen säumt den Weg hinunter zum Hals und dann zu den Brüsten und weiter hinunter bis zur Spalte. Während der Mund, der mich eben noch küsste, sich mit meiner Klitoris beschäftigt und nagt und beißt und leckt, kosen Hände meine Brüste, und Fingerspitzen quetschen meine Nippel.

Mein T-Shirt hängt mir um den Hals. Ich schmiege mich fester in die Hände, und mit der Klitoris suche ich den Mund ebenso entschlossen, wie der Mund mich sucht. Schließlich kann ich mich nicht länger bezähmen und lasse meine Hände sinken, zum Kopf, der zwischen meinen Schenkeln auf und ab ruckt. Meine Hände greifen in langes Haar.

Die Arbeit ihres Mundes zeigt Früchte; ich komme ganz gewaltig und bäume mich unter den Zuckungen auf, die den Orgasmus auslösen. Sie dringt wieder mit ein paar Fingern in mich ein, und ich höre, wie sie vor Lust wimmert. Es muss mehr sein, als sie ertragen kann, denn nach einem Moment, während ich noch meinen Höhepunkt auskoste – es fühlt sich so an, als würde er nie aufhören –, rollte sie sich neben mich auf den Rücken. Dicht an mich gedrängt – die Betten sind nicht breit – macht sie sich mit einer Hand fertig, den Mund auf meine Schulter gedrückt, um die Laute ihrer Lust zu unterdrücken.

Später steht sie auf, zündet sich eine Zigarette an, legt sich neben mich und raucht in der Dunkelheit. Eine lange Zeit schweigen wir, dann rollt sie sich auf die Seite und schiebt ihre Hand wieder zwischen meine Schenkel. Einen Finger schiebt sie in mich hinein.

»Das war wunderbar«, flüstert sie und legt sich zu einem vom Nikotin gefärbten Kuss halb auf mich.

Ich erwidere den Kuss. Ich kann nicht leugnen, dass es wunderbar war, und ich würde am liebsten vor Freude tanzen, weil ich es endlich geschafft habe – und dann auch noch mit so einem unglaublichen Mädchen. Aber es gibt auch einen nicht zu leugnenden negativen Punkt – ein Teil von mir, der größte Teil von mir, wünscht sich, es wäre Dean gewesen, der in der Nacht zu mir gekommen wäre. Ich hätte ihm gegeben, was ich so dringend loswerden will.

Aber dann vermischen sich unsere Gesichter. Sue nimmt

meine Hände und legt sie auf ihre großen Brüste, während sie ihren blonden Busch gegen meinen drückt. Ich würde am liebsten laut jubeln, als ich nach unten greife, und dann spreizt sie die Beine, und mir ist, als öffne sich das Leben selbst.

Am anderen Morgen finde ich sie auf der Terrasse. Sie sitzt im Bikini-Top und im Sarong da, und sie schaut sich die Fotos an, die sie bisher mit der Digitalkamera aufgenommen hat. Sie lächelt, als sie mich sieht, aber sie sagt nichts und reicht mir stattdessen das teuer aussehende Gerät. Auf der Rückseite befindet sich das Display, und darin sehe ich erotische Skulpturen draußen vor einem Tempel.

»Khajuraho«, sagt sie, dann lehnt sie sich zu mir und zeigt, wie ich die folgenden Bilder betrachten kann. Dabei berührt sie mich mit ihrem Arm. Sofort bildet sich eine Gänsehaut – trotz der jetzt schon brütenden Hitze.

»Wir haben unsere Reise da unterbrochen, als wir von Delhi kamen«, sagt sie. »Ich habe darauf bestanden, dass wir uns das ansehen. Es ist ein Weltkulturerbe, sehr berühmt. Eine lange Zeit war die Tempelanlage vom Urwald überwuchert, und es haben auch nur zwanzig von hundert Tempeln überlebt. Interessant, dass die erotischen Skulpturen nur draußen sind; in den Tempeln selbst sieht man keine.«

»Wieso das denn?«

»Eine Theorie lautet, dass die Leute daran erinnert werden sollen, ihr weltliches Verlangen draußen zu lassen, bevor sie den Tempel betreten. Auf der anderen Seite sind die Tempel von den Chandella-Monarchen erbaut worden, und die waren Anhänger des Tantrismus. Hast du davon gehört?«

»Nur, dass Sting und seine Frau ihn praktizieren sollen.«

»Ja, das habe ich auch gehört. Im Grunde sagt der Tantrismus, dass die Erlangung irdischen Glücks ein Schritt ins Nirwana ist.«

Ich fühle ihre Blicke auf mir, als wir von Sex zu sprechen beginnen, aber ich kann sie nicht erwidern. Stattdessen starre ich weiter auf die Bilder, die ich mit Knopfdruck aufrufen kann. Die nächsten Fotos zeigen Details der erotischen Darstellungen; ein gut bestückter Mann steht zwischen zwei barbusigen Frauen, je einen Arm um sie herum. Das folgende Foto zeigt einen Mann, der eine Frau, gebückt vor ihm stehend, von hinten nimmt.

Ich hebe den Blick und sehe Sue an; ich kann ihren Augen nicht länger ausweichen. Sie lächelt mich mit einer Mischung aus Zärtlichkeit und Lüsternheit an. Einen Moment lang glaube ich, dass sie direkt auf die Nacht zu sprechen kommen will, und mir graut davor. Ich werfe einen Blick zurück in die Hütte, wo Dean noch schläft.

Aber dann streckt sie nur die Hand aus, nimmt die Kamera an sich, schaltet sie aus und sagt: »Wir haben vor, heute weiterzuziehen. Mehr als das, was ich von den Tieren gesehen habe, brauche ich nicht, und mein Arsch hat sich noch nicht vom ersten Elefantenritt erholt. So schnell werde ich mir das nicht mehr antun.«

»Aber ich dachte, es hätte dir Spaß gemacht.«

»Oh, mir macht alles Spaß, solange ich dabei Fotos schießen kann.« Sie streift liebevoll mit den Fingern über die Kamera. »Manchmal glaube ich, dass ich nur Fotos schieße, um die Welt aufregender zu erleben.« Sie sieht mich an, und ich glaube, sie will noch etwas anfügen, aber es kommt nichts mehr. Ob sie mich als potenzielles Modell ins Auge gefasst hat? Der Gedanke macht mich ein bisschen scharf, und mir wird klar, dass ich nichts dagegen hätte, mich vor ihr auszuziehen.

»Also«, fährt sie fort, »wir sprachen davon, dass wir von

hier aufbrechen, und wir haben uns gefragt, ob du bis hinunter nach Bangalore mit uns reisen willst. Es soll sehr erstaunlich sein.«

»Wieso?«

»Es ist das indische Silicon Valley, eine der reichsten Städte, voller Bars und Cafés. Und voller schöner, junger Menschen. Ich rechne damit, dort großartige Fotos machen zu können. Das Indien, mit dem keiner gerechnet hat.«

In meinem Kopf sehe ich wieder Bilder von Asha, und nachdem ich nun die sapphischen Freuden mit Sue erlebt habe, bedauere ich noch mehr die verschenkte Gelegenheit am Juhu-Strand. Eine schöne Bollywood-Schauspielerin lädt mich ein, mich zu ihr in den Sand zu legen, und ich renne weg. Ich muss meines Verstandes beraubt gewesen sein. Ich nehme mir vor, nie mehr eine solche Gelegenheit auszulassen. Leben – es ist ein Klischee, aber in meinem Kopf hört es sich jetzt genau passend an – kennt keine Generalprobe.

»Und?« Sue sieht mich ein bisschen ungeduldig an.

Ich lächle. Sie ist mit Sicherheit nicht die Frau, die ihre Chance mit Asha verpasst hätte. Sue handelt. Wenn ich länger bei ihr bleibe, färbt ihre Entschlusskraft vielleicht auf mich ab. Und natürlich muss ich an Dean denken. Nichts hat sich an meinen Gefühlen für ihn verändert. Die Sache zwischen Sue und mir mag nur vorübergehend sein, aber mit Dean ...

»Ich komme mit«, sage ich.

Sie grinst. »Großartig. Ich sage Dean gleich Bescheid.«

Zweiundzwanzigstes Kapitel

Am Abend des Tages, an dem Nadia gegangen war, hat Chris mich wieder in sein Bett eingeladen, aber inzwischen bin ich mir nicht mehr sicher, ob das aus Sympathie oder aus anderen Gründen, welche auch immer, geschah. Ich war verwirrt, obwohl es allein meine Entscheidung gewesen war, aber in Wirklichkeit hatte ich das Gefühl, zu etwas gezwungen worden zu sein. Ich hatte Nadia vertrieben, und jetzt brauchte ich Trost. Das hatte ich ihm schon beim Essen gesagt, als die anderen Frauen außer Hörweite gewesen waren. Er sagte, ich solle so gegen zehn Uhr auf sein Zimmer kommen.

Die Nacht war unvergesslich, und für eine Weile konnte ich meine sorgenvollen Gedanken an Nadia vertreiben. Ich wusste nicht, wo sie war und ob sie sich in Sicherheit befand. Die Mutter in mir, die sich gefragt hatte, ob es richtig war, dass eine Achtzehnjährige allein durch Indien reist, wurde ersetzt von der Frau, deren Hunger sich seit fünfundzwanzig Jahren – bis vor gut einer Woche – aufgestaut hatte.

Ich hastete zur vereinbarten Zeit auf Chris' Zimmer, und er hatte mir gerade einen Kräutertee gebrüht, als ich ihn hinüber zum Bett zerrte und mit einer Hingabe saugte, die ich bisher noch nicht erlebt hatte. Auf halbem Weg zu seinem Höhepunkt drückte er meinen Kopf zurück, griff in die Nachttischschublade und holte einen metallischen Ring hervor, den er sich über seinen pochenden Schaft schob. Er erklärte, sonst bestünde die Gefahr, dass er zu früh käme.

Aber kurz darauf, als ich aus eigenem Antrieb meinen Kopf hob, weil ich feucht für ihn war, stand er auf und ging zum

Tisch, wo er mir eine Tasse Fencheltee einschenkte. Er reichte mir die Tasse und ging dann aus dem Zimmer. Aus dem Nachbarraum hörte ich das Geräusch fließenden Wassers. Als er zurückkam, zeigte er auf die Wand.

»Unser Bad wartet«, sagte er.

Ich sah ihn verdutzt an, denn ich dachte, das Bad käme nachher, wenn wir verschwitzt und befriedigt und mit unseren Säften beschmiert wären. Aber er schien andere Pläne zu haben, drehte sich um und ging ins Bad, und mir blieb nichts anderes übrig, als ihm zu folgen.

Er stieg in die Wanne, und als ich mich näherte, wandte er sich mir zu und sah mich ernst an. Er streckte eine Hand aus und half mir in die Wanne. Ich roch verschiedene Öle – Sandelholz und Ylang-Ylang –, die er ins Badewasser geträufelt hatte. Ich setzte mich, ließ mich vom Wasser streicheln und sah Chris voller Erwartung an.

Sein Kopf lag auf dem Wannenrand. Er hatte die Augen geschlossen, als ob alle Gedanken an Sex von ihm gewichen wären. Um ihn an mich zu erinnern, strich ich mit einem Fuß zwischen seine Schenkel und drückte Penis und Hoden mit meinen Zehen. Chris langte nach unten und schob meinen Fuß weg.

»Noch nicht«, murmelte er.

Ich wollte mich aufrichten und ihn anschreien, dass er mich nervte. Hier saß ich, eine Frau, die dringend Trost brauchte, weil sie vieles für ihn aufgegeben hatte, und er hatte nichts anderes zu tun, als ein Bad einzulassen und vor sich hin zu dösen.

Er schlug die Augen auf und richtete den Blick auf mich. Ein bisschen zu streng, dachte ich.

»Du bist zu sehr in Eile«, sagte er. »Die große Krankheit der westlichen Welt. Sie scheint noch schlimmer geworden zu sein, seit ich den Westen verlassen habe. Sie hat sich zu einer

Epidemie ausgewachsen. Sie beeinflusst nicht nur das Arbeitsleben der Menschen, sondern auch ihr Intimleben – und das ist eine Gefährdung der Gesundheit.«

Ich starrte ihn an. Ich war frustriert. Ich war geil wie nie zuvor, aber was er sagte, ergab irgendwie einen Sinn. Was hatte diese Dringlichkeit zu bedeuten, die ich in mir spürte? Okay, ich wollte verlorene Zeit einholen nach den dürren Jahren mit Ravi.

»Sex«, sagte Chris, als hätte er sich in meine Gedanken eingenistet, »ist kein Heilmittel gegen das Vergessen, und es ist auch keine Möglichkeit, sich zu betäuben wie mit Drogen oder Alkohol. Im Gegenteil. Sex sollte uns aufrütteln, nicht nur uns selbst, sondern unser Leben und das Universum in all seiner Unerklärbarkeit und Vielschichtigkeit.«

»Wir machen also alles falsch?«, fragte ich. »Nicht nur wir, du und ich, sondern die ganze Menschheit?«

»Der weitaus größte Teil der Mehrheit – ja. All jene, die im Sex ein zehn- oder zwanzigminütiges Rennen zum Orgasmus sehen – ja. All jene, die glauben, dass der Orgasmus der natürliche oder unvermeidbare Endpunkt ist. Dabei wissen wir längst, dass Intimität der wahre Zweck des Beischlafs ist.«

Ich runzelte die Stirn. »Aber anfangs braucht man keine Intimität.«

»Doch, schon. Aber es ist eine Intimität, die durch Sex erst vertieft wird. Das ist der wahre Sinn und bringt die Erleuchtung.«

Jetzt war die Zeit für mich da, den Kopf auf den Wannenrand zu legen und abzuschalten. Ich bin sehr für Yoga oder Meditation, um den Kopf durchzupusten, aber wenn er ernst wurde und über Erleuchtung und Nirwana und Karma sprach, würde er bald merken, dass das alles zu hoch für mich war.

Nicht, dass ich ihm bei allem, was er sagte, widersprochen hätte. Ja, ich liebe es zu kommen, ich strebe den Orgasmus an, aber ich erkenne auch an, dass die Hast ein großer Nachteil ist und dazu führt, dass Sex nicht mehr ist als genitale Stimulierung. Das war vielleicht das Problem zwischen Ravi und mir – er erschöpft von den langen Tagen und Nächten im Krankenhaus und ich von meinem Leben als Mutter, wir betrachteten Sex, wenn er denn mal vorkam, als schnelle Rein-raus-Bewegungen. Ungefähr so, wie man sich kratzt, wenn es juckt.

Chris' Hand lag nun auf meinem Schienbein, aber auf eine unerotische Weise. Er hatte begonnen, mich zu waschen. Langsam und zärtlich, als wäre ich hauchdünnes Porzellan, strich er über meine Schenkel. Seine Fingerspitzen berührten mich kaum, aber ich zitterte vor Lust.

Es war eine Lust, die etwas Sexuelles hatte, aber zugleich auch viel tiefer ging. Ich werde es nie beschreiben können, vielleicht liegt ja darin ihre Stärke, dass sie sich den Worten entzieht. Man erfährt sie nur durch Erleben. Ich fühlte mich außergewöhnlich sinnlich, und doch war diesmal keine brennende Sensation zwischen meinen Beinen, die mich ausfüllte und befriedigt werden wollte. Es war eine Art Glückseligkeit, die keinen Orgasmus benötigte, die auch nicht zu irgendeinem Ziel führte, auch nicht zur Befriedigung.

Er wusch meinen ganzen Körper, jede Falte und Öffnung, und es dauerte und dauerte. Aber er hatte Recht: Was sollte die Eile? Wir hatten die ganze Nacht Zeit.

Als wir schließlich aus der Wanne stiegen, massierte er mich wie gestern Abend eine Weile mit ayurvedischen Ölen. Dann schlug er mich in einen Seidenkimono ein, legte mich aufs Bett und las mir Gedichte vor. Das Buch hieß *Amarushataka* oder *Einhundert Gedichte von Amaru,* zusammengestellt im achten Jahrhundert.

Höre seinen Namen,
und jedes Haar auf meinem Körper richtet sich auf
Sehe sein mondgleiches Gesicht,
und ich werde überall feucht wie ein Mondstein.

Die Augen geschlossen, fühlte ich mich lächeln, gefangen in einer Sensation aus Luxus und träger Sinnlichkeit. Ich war jetzt froh, dass Chris mich nach dem Beginn meines Blowjobs zurückgehalten hatte, auch wenn es zuerst eine Beleidigung gewesen war, weil er meiner nassen Pussy hatte widerstehen können.

Ich fühlte mich entspannt und träge, aber zugleich, wie Chris vorausgesagt hatte, wacher denn je, was meinen eigenen und seinen Körper anging – und die ganze Welt.

Es war, als hätte alles, was er mit mir angestellt hatte – Waschung, Massage und das Vorlesen der Gedichte – eine revitalisierende Wirkung. Ich war erfüllt mit einer Leidenschaft für ihn, ohne dass ich ihn unbedingt vögeln musste, was mir sehr merkwürdig vorkam. Besonders nach all dem, was ich mit Charles erlebt hatte.

Man hätte den Eindruck haben können, dass Chris mir eine Bremse verpasst und meinen Appetit gezügelt hatte, und das zu einem Zeitpunkt, in dem ich beinahe versessen auf ihn gewesen war. Und hätte es mir wirklich geholfen, wenn ich Sex mit ihm gehabt hätte, um wenigstens für eine kurze Zeit von der Sorge um Nadia abgelenkt zu sein? Die Ablenkung hätte doch nicht länger angehalten als der Orgasmus.

Nein, in seiner ernsten, überlegten Art hatte Chris meine Verzweiflung richtig gedeutet. Er hatte gewusst, was ich in dieser Nacht wirklich brauchte. Dafür und für den Respekt, den er gezeigt hatte, indem er nicht mit mir geschlafen, sondern mich auf überzeugende Weise getröstet und belehrt hatte, verdiente er meinen Dank.

Das war die erste Nacht nach Nadias Weggang gewesen. Und da es unsere zweite gemeinsame Nacht war, auch wenn es in der zweiten Nacht keinen Sex gegeben hatte, hielt ich es nicht für unangemessen, dass wir am folgenden Tag auch ein wenig gemeinsame Zeit nach der Meditation und den Yoga-Sessions verbrachten.

Um ehrlich zu sein, ich wusste nicht, wie Chris seine Zeit außerhalb der Yogakurse einteilte. Ich schätze, dass er sich um den Gemüsevorrat kümmern und überhaupt für die Lebensmittel sorgen musste. Das waren sicherlich die langweiligen Details, die aber dazugehörten, wenn man sein eigenes Unternehmen führt. Aber ich konnte nicht glauben, dass er damit die ganze Zeit beschäftigt war, und ich hätte gern als Paar etwas mit ihm zusammen unternommen.

Seine Ablehnung war kurz und schmerzlich, eine klare Weigerung ohne weitere Erklärung, die über die Phrase hinausging, dass sein Tag ausgefüllt wäre. Der Ausdruck seines Gesichts ließ mich wissen, dass er es für eine Belästigung hielt, überhaupt von mir angesprochen zu werden.

Ich erkannte, dass ich einiges als Selbstverständlichkeit angesehen hatte, und eigentlich musste ich dankbar sein, dass er mich in sein Bett gelassen hatte. Ich war gerührt gewesen, als er mich am Vorabend »geschont« hatte, aber jetzt fragte ich mich, ob er mich überhaupt wollte. Am ersten Abend hatte er mich nehmen müssen, weil ich mich ihm ohne Vorwarnung an den Hals geworfen hatte.

Hätte ich genug Selbstrespekt gehabt, wäre ich an diesem Tag ausgebrochen. Gott weiß, dass ich eine lange Zeit in unserem Haus in Sheffield eingesperrt war, da dürfte ich nicht die Gelegenheit versäumen, dieses wunderbare, farbenprächtige Indien auf eigene Faust zu erforschen, besonders an einem so sonnigen Tag. Aber ich konnte mich nicht aufraffen – als ob Nadia nicht genug gewesen wäre, nun zeigte mir auch noch

Chris die kalte Schulter. Ich kam mir uralt vor und fühlte mich müde und erschöpft.

Natürlich war ich überempfindlich. Aber wie sich herausstellte, hatte ich Grund genug für mein Misstrauen. Am Nachmittag hörte ich Stimmen im Hof und schaute aus meinem Fenster. Chris saß unter einem Baum und plauderte und lachte mit einer hübschen jungen Frau. Ich kannte sie nicht; im Yogakurs war sie nicht dabei. Eine Weile nippten sie an *lassis* und unterhielten sich angeregt, dann standen sie auf und gingen ins Haus.

Ich rannte zu meiner Tür, öffnete sie leise und ging auf Zehenspitzen den Flur entlang, Chris' Zimmer entgegen. Und tatsächlich sah ich ihn mit dem Mädchen auf seinem Zimmer verschwinden.

Ich zog eine Grimasse. Warum hatte ich diesem Mann vertraut, nachdem Nadia mich vor ihm gewarnt hatte? Plötzlich erschienen mir die Komplimente, die er mir am ersten Abend gemacht hatte, in ihrem echten Licht. Wie so viele andere Phrasen. Nadia hatte Recht gehabt.

Er erzählte den Leuten, was sie hören wollten, und die kleine, naive, allein stehende Frau hatte nach seinen Komplimenten gelechzt. Ich schüttelte mich. Ein paar schöne Worte, und schon gehörte ich ihm. Zu bedauern, die Alte.

Aber ich brauchte Gewissheit. Ich ging weiter den Flur entlang, dann blieb ich vor seiner Tür stehen und presste mein Ohr dagegen. Natürlich war mir die Gefahr bewusst, dass mich jemand erwischen könnte, aber zu diesem Zeitpunkt litt ich so heftig, dass es mir egal war. Falls er mich hier entdeckte, dann umso besser – dann könnte ich ihn konfrontieren.

Zuerst konnte ich nur Hintergrundgeräusche hören, dann Stimmengemurmel und schließlich die Stimme einer Frau.

»Kannst du das vielleicht ein bisschen ausführlicher erklären?«, fragte sie.

»Nun«, sagte Chris, »das einzige Mal, dass wir ans Atmen denken – ich meine bewusst denken –, ist nur dann, wenn wir Schwierigkeiten damit haben. Aber bewusstes Atmen kann eine mächtige Hilfe beim sexuellen Erleben sein.«

Das genügte mir schon: Da war er wieder und verdrehte einer Frau den Kopf, und ich würde den Teufel tun und mir anhören, wie er sich das nächste Opfer gefügig machte. Ich rannte den Flur entlang, und es störte mich nicht, dass meine Schritte vielleicht zu hören waren.

In meinem Zimmer flossen die Tränen. Dann schimpfte ich mit mir selbst und sagte mir, dass ich aufhören sollte, mich selbst zu bemitleiden. Ich würde Chris zur Rede stellen. Ich hatte keinen Beweis, dass er seine junge Besucherin verführte, und bevor ich die falschen Schlüsse zog, wollte ich wissen, wer sie war und welche Beziehung sie unterhielten. Also klatschte ich mir kaltes Wasser ins Gesicht, legte eine Make-up-Maske auf und lief hinunter zum Essen.

Chris war natürlich da, umgeben von seinen speichelleckenden Schülerinnen. Wie immer war es schwierig, seine Aufmerksamkeit zu erlangen, und diesmal ging es noch etwas rüder zu – einige Frauen versuchten, mich abzudrängen. Sie wollten unbedingt vermeiden, dass ich mich ihm näherte. Wenn wir ihn nicht haben dürfen, schienen die Frauen zu sagen, dann darfst du ihn auch nicht haben.

Schließlich fand ich eine Gelegenheit, mit ihm zu sprechen, ohne von den anderen belauscht zu werden. Er ging hinaus in die Küche, um einige Schüsseln mit Gemüse zu holen, und ich folgte ihm. Im Gegensatz zum Morgen, als er entsetzt schien, dass ich einen gemeinsamen Nachmittag vorschlug, war er freundlich und sanft, und ich fragte mich, ob ich sein früheres Verhalten falsch gedeutet oder ob ich ihn in einem schlechten Moment erwischt hatte, als seine Gedanken mit Dingen beschäftigt waren, die zu diesem Zeitpunkt wichtiger für ihn waren. Schließlich war er in erster Linie ein Geschäftsmann.

Vermutlich ahnte er, wie bestürzt ich war, denn er berührte kurz meine Hand. »Komm auf mein Zimmer«, sagte er. »Aber nicht vor elf, denn vorher habe ich noch einige Dinge zu klären. Bis später.«

Es fiel mir schwer, die Stunden zwischen Essen und dem Besuch bei Chris mit etwas Sinnvollem zu füllen. Schließlich entschied ich mich für einen Strandspaziergang. Während ich entspannt am Wasser entlangging, dachte ich an den vergangenen Abend, an das Bad, die wunderbare Massage und an Chris' Lehre, dass Hast nichts brachte.

Ich dachte zuerst, er hätte dabei über Sex gesprochen, aber inzwischen glaubte ich, dass die Botschaft auch eine Nachricht für mich enthielt: Lass dir Zeit in allem, was du tust. Am Morgen war ich ihm barsch begegnet. Vielleicht hatte er auch an seine Reputation zu denken.

Es mochte okay sein, wenn er mich abends auf seinem Zimmer empfing, aber wäre es nicht zu auffällig gewesen, wenn er auch seine Tagesfreizeit mit mir verbrachte? Es konnte ihm nicht entgangen sein, dass unter den anderen Kursteilnehmerinnen einige Animositäten entstanden waren. Ja, wenn ich jetzt darüber nachdachte, musste das der Grund sein, warum er sich am Morgen so schroff gegeben hatte.

Um elf Uhr öffnete er auf mein Klopfen hin die Tür seines Zimmers. Er war mit dem Seidenkimono bekleidet, den er mir gestern Abend umgehängt hatte. Chris sah entspannt und freundlich aus.

»Komm herein«, sagte er und trat zur Seite, damit ich mich an ihm vorbeidrücken konnte. Drinnen entspannte ich mich auch, erleichtert, dass er mich willkommen hieß. Mein Herz schlug schneller, als ich mir ausmalte, was in dieser Nacht geschehen könnte. Ich hatte keine Ahnung, was er sich vorgenommen hatte, aber es war garantiert etwas Ausgefallenes. Vorher wollte ich wissen, wer seine Besucherin am Nachmittag gewesen war.

Ich setzte mich in einen Sessel; die Chaiselongue wäre zu deutlich gewesen. Ich hätte ihm verraten, was ich mir von ihm erwartete und was ich brauchte.

Ich sah Chris an. Es sah so verdammt attraktiv aus, wenn auch auf eine leicht feminine Weise, sodass mein Entschluss schwankte. Was spielte es für eine Rolle, wen er am Nachmittag hier empfangen hatte? Was störte es mich, dass ich ihm nur zu bestimmten Zeiten willkommen und wichtig war und zu anderen Zeiten nur eine Belästigung?

Solange ich diese süße, quälende Verbindung mit ihm noch einmal erleben und fühlen durfte, wie unsere Körper eins wurden, würde ich bei ihm bleiben, um mich irgendwann zufriedenzugeben. Ich musste lernen, mit seinen spirituellen Gedanken vorliebzunehmen.

Chris betrachtete mich nachdenklich, aber als ich seinem Blick standhielt, hatte ich eher den Eindruck, dass er durch mich hindurchschaute. Vielleicht lag es an dem unergründlichen Blick seiner blauen Augen, in denen so viele Geheimnisse verborgen schienen wie in den Ozeanen dieser Erde.

»Du siehst verärgert aus«, sagte er.

Ich verzog das Gesicht. »Das war ein schlimmer Tag für mich«, sagte ich.

»Kann ich dir irgendwie helfen? Weißt du, ich bin immer hier, um zuzuhören. Der Yogalehrer hat nicht nur die Aufgabe, euch die richtigen Übungen beizubringen. In Wahrheit führe ich Menschen durch ihr eigenes Leben.«

In meinen Ohren hörte sich das ein bisschen arrogant an, aber ich wusste von vergangenen Experimenten in anderen

Yogakursen, dass die Schüler sich gegenseitig mehr öffneten, auch dem Yogalehrer gegenüber. Man soll seine Seele öffnen, rieten einem die Lehrer.

Meine eigene Yogalehrerin in England war während meiner Scheidung zu einer Vertrauten geworden. Sie hatte mir verschiedene Techniken beigebracht, mich unter Kontrolle zu halten – ohne etwas zu unterdrücken, am wenigsten meine Gefühle.

Jetzt jedoch unterdrückte ich meine wahren Gefühle, und ich hielt die Fragen zurück, die ich stellen wollte – und das nur, weil ich Angst hatte, Chris zu verlieren. Das war lächerlich. Meine Verbindung mit ihm war sehr oberflächlich, vielleicht auch nur eingebildet. Wenn ich jetzt zurückschaue, wird mir klar, dass ich nichts zu verlieren gehabt hätte, wenn ich ihn konfrontiert hätte. Aber damals fühlte ich mich – wie bei Charles – in der Sexfalle. Mein Körper gewann über meinen Verstand.

»Es ist nichts, was nicht durch eine Umarmung behoben werden könnte«, sagte ich schließlich. Einen Moment lang sah er mich nur an, was ein bisschen nervte. Dann hob und senkte sich sein Brustkorb, und er trat auf mich zu, nahm meine Hände und zog mich auf die Füße.

»Ich brauche ein bisschen Liebe«, sagte ich. »Ich will mich wieder als Frau fühlen.«

Er drückte sein Gesicht gegen meinen Hals. »Das ist leicht zu bewerkstelligen«, hörte ich ihn sagen. Warmer Atem strich über meine Haut.

Ich langte hinunter zu seinem Schaft und koste ihn durch seine leichte Segeltuchhose. Sein Atmen wurde ein Stöhnen, und ich stöhnte auch, denn meine Pussy lechzte nach ihm. Ich griff unter seinen Hosenbund.

»Boah!«, stöhnte Chris.

Ich hörte auf und nahm den Kopf zurück. »Mache ich was falsch?«

Er schüttelte den Kopf. »Nicht wirklich. Aber du bist meine Schülerin, und ich habe versucht, dir den Wert der Geduld nahezubringen, der Langsamkeit, des Zurückhaltens. Hast du etwas von dem behalten, was ich gesagt habe?«

Ich schüttelte den Kopf, mehr als nur ein bisschen pikiert darüber, dass er mich seine Schülerin nannte. War das alles, was ich für ihn war? Waren wir kein Liebespaar, hatten wir nicht das Stadium Lehrer – Schülerin hinter uns gelassen?

»Der Atem«, hörte ich ihn sagen, »ist der Schlüssel. Und doch denken wir nur dann über den Atem nach, wenn wir Probleme damit haben. Dabei kann bewusstes Atmen eine gewaltige Hilfe bei der sexuellen Entwicklung sein.«

Ich spürte etwas Hypnotisches in seiner Stimme, als wollte er mich in seinen Bann ziehen, deshalb trat ich zurück und streifte seine Hände von mir.

»Du hättest dir wirklich was Originelleres für mich ausdenken können«, sagte ich. »Eine andere Beschreibung.«

Er runzelte die Stirn. »Ich weiß nicht, was du meinst.«

»Ich meine ... Also, am Nachmittag kam ich an deiner Tür vorbei, und ich hörte, wie du genau diese Sätze einer anderen Frau erzählt hast. Ich kann das ja verstehen ... Glaubst du, ich bilde mir ein, die Einzige in deinem Leben zu sein? Aber ich finde, ich habe es verdient, als Individuum behandelt zu werden, nicht wie das letzte Stück auf einem Fließband, das man in die Hand nimmt und dann ablegt.«

Er schwenkte die Arme, als wollte er mir frische Luft zufächern. »Beruhige dich«, sagte er weich. »Deine Anschuldigungen stehen in keinem Verhältnis zum wirklichen Geschehen. Und niemand hat davon gesprochen, dass man dich ablegt.«

»Was dann?«

Er führte mich hinüber zur Chaiselongue, übte leichten Druck auf meine Schultern aus, um mir klarzumachen, dass ich mich setzen sollte, dann ließ er sich neben mir nieder. Seine Hände lagen noch auf meinen Schultern. Er räusperte sich und begann, langsam zu sprechen.

»Ja, am frühen Abend war eine Frau auf meinem Zimmer«, begann er. »Sie heißt Jasmine. Du musst verstehen, Valerie, dass dies nicht nur mein Geschäft ist, sondern auch mein Zuhause, deshalb habe ich viele Treffen hier, von morgens bis abends.«

»Und wer ist sie, diese Jasmine?«

»Sie ist ein Akoluth.«

»Was ist ein Akoluth?«

»Eine Schülerin.«

»Sie lernt Yoga?«

»Nein. Ich bin ihr Guru in spirituellen Angelegenheiten.«

»Was heißt das?«

»Das heißt, dass sie sich während ihrer Meditation auf mich fokussiert. Als eine Art eines irdischen Gottes.«

»Eines irdischen Gottes? Jetzt muss ich aber lachen.«

»Ich meine es ernst.«

»Aber ... Ich meine, ihr habt über Sex gesprochen.«

»Schau mal, Valerie, das ist alles sehr kompliziert, und ich habe jetzt weder die Zeit noch die Energie, besonders zu dieser späten Stunde ...« Er drehte sich zum Buchregal um und wandte sich dann wieder mir zu. »Wenn du wirklich daran interessiert bist und nicht nur verärgert, weil ich den Nerv hatte, mich mit einer anderen Frau zu unterhalten, dann schlage ich vor, dass du dieses Buch mitnimmst. Du wirst einige fruchtbare Lesestunden damit haben.«

Ich nahm das Buch, beschämt von seinen Worten. Ich hatte mich von Eifersucht führen lassen. Ich hatte mich nicht nur zur Närrin gemacht, sondern auch die Chance verspielt, die Nacht mit ihm zu verbringen. In diesem Moment konnte ich mich durch seine Augen sehen, und ich muss sagen, es war kein schönes Bild. Eine Frau im mittleren Alter, vielleicht anziehend, aber sicher keine Schönheit, wirft sich an einen jungen Mann heran und gibt vor, Trost wegen der Tochter zu brauchen.

Der Schmerz war natürlich real, aber Sex würde ihn nicht lange zurückdrängen, das wusste ich. Aber ich war eben versessen auf Chris. Und was die Hypnose anging, so hatte ich mich getäuscht: Er hatte mich schon in seinen Bann gezogen.

Ich stand auf, um zu gehen, eine Hand an meinem Hals. »Es tut mir leid«, sagte ich.

Er nahm meine Hand und zog mich langsam zurück. »Mir tut es auch leid«, sagte er. »Ich war zu schroff zu dir, und das hast du nicht verdient. Ich möchte nur, dass du verstehst: Ich habe ein Geschäft zu unterhalten, eine Reputation zu wahren, und der Schlüssel dazu ist Diskretion.«

»Ich verstehe. Entschuldige. Ich gehe jetzt.«

»Bleib.«

Ich schaute ihn verdutzt an und glaubte, in diese blauen Augen zu fallen, aus großer Höhe, in den wunderschönen blauen See, und ich empfand eine herrliche Heiterkeit, obwohl ich so tief fallen konnte, dass ich vielleicht nie wieder auftauchen würde.

»Sollen wir eine Übung zur Beruhigung machen?«, fragte er. Seine Stimme klang leise, und trotzdem hörte ich Echos, als käme sie aus einer anderen Welt. »Ich glaube, sie würde uns beiden helfen.«

»Ja, sicher«, antwortete ich wie aus einem Traum.

Er schlug auf der Chaiselongue die Beine übereinander und wies mich an, das auch zu tun. Dann sollte ich die Hände auf die Knie legen, die Handflächen nach oben.

»Jetzt hältst du meinem Blick stand«, sagte er, »ganz egal, wie unangenehm es dir sein könnte. Schau nicht weg. Nimm leichte, tiefe Atemzüge und versuche, weiter als in meine

Augen zu sehen. In meine Seele. Wenn du dieses Stadium erreicht hast und glaubst, es halten zu können, lausche meinem Atem und versuche, in meinem Rhythmus zu atmen, einatmen durch die Nase, ausatmen durch den Mund. Schau nicht weg. Mal sehen, ob wir das zehn Minuten lang durchhalten.«

Ich tat alles, was er sagte, aber wir hielten höchstens drei Minuten aus, oder auch fünf, dann setzte das Verlangen ein. Er lehnte sich näher zu mir, schlang eine Hand um meinen Nacken und zog mich zu einem Kuss heran.

Es war ein wilder, lüsterner Kuss; unsere Zähne schlugen gegeneinander, und unsere Zungen schienen miteinander zu ringen. Mit Beruhigung hatte das nichts mehr zu tun. Während wir uns küssten, schob Chris mich ziemlich rau zum einen Ende der Chaiselongue, dann griff er unter mein Kleid, zog das Höschen zur Seite und drang mit mehreren Fingern in mich ein. Er begann, heftig zu pumpen, und ich zitterte unter ihm und wand mich von einer Seite auf die andere, erstaunt über diesen Anfall nackten, unaufhaltbaren Verlangens. Was war aus seinem Vortrag über die Ruhe, über das harmonisierte Atmen und die heilige Intimität geworden? Er fickte mich mit den Fingern, und ich konnte mir nicht vorstellen, dass auch nur ein einziger spiritueller Gedanke in seinem Kopf war.

Ich langte um ihn herum, zog ihm seine Hose, aus krallte mich in seinen schlanken Hintern, als ich spürte, dass der Orgasmus nahte. Seine freie Hand, die bisher meine Brüste gedrückt hatte, bewegte sich nach unten; er spreizte meine Pussylippen und schob seinen Schaft hinein.

Er hob meine Beine so hoch, wie ich es aushielt, und da ich mehrere Jahre lang wöchentliche Yogakurse belegt hatte und in den letzten Tagen intensive Praxis genießen durfte, war das ziemlich hoch. Er ritt mich schnell und wild, schrie vor Lust auf. Ich hielt gegen seine Stöße, bäumte mich auf und passte mich seinen Bewegungen an.

Ich lechzte nach meinem Orgasmus und wusste, dass es eine harte Nummer sein würde, wenn der Höhepunkt endlich kam – es würde einer der fast schmerzlichen Orgasmen sein, bei denen du mit den Zähnen knirschst und dich fragst, ob du das überhaupt aushältst. Aber ich wollte ihm Paroli bieten und bei seinem Spiel mithalten können. Mal sehen, was er sagt, wenn er es ist, der sich in Geduld üben muss.

Ich zog mich unter ihm weg und ignorierte seine Proteste. Ich drehte den Kopf und suchte das Buchregal nach irgendeiner Inspiration ab. Da war ein Seidenschal, die Farbe ein intensives Purpur. Ich griff danach und band ihn um Chris' Augen. Er stöhnte wieder, und ich wusste, sosehr er es auch genoss, Kontrolle auszuüben, er fuhr doch – genau wie Charles – darauf ab, die Kontrolle abzugeben.

Im Regal sah ich sein Ayurveda-Öl gerade noch in Reichweite stehen. Ich schraubte den Deckel auf, ließ das Öl in meine Handfläche träufeln und rieb seinen pochenden Schaft und die Hoden damit ein. Jeden Millimeter massierte ich, bis alle Poren durchtränkt waren.

Mir fiel jetzt erst auf, dass er sein Schamhaar getrimmt hatte. Er war nicht ganz rasiert, aber die Haare waren mit einer Schere schön kurz gehalten. Vielleicht hatte das etwas mit der Intensität des Sex zu tun, den wir vor zwei Tagen hatten, als er mehrere Positionen mit mir durchgegangen war, die ihm am meisten zusagten: die Schubkarre, der Leibwächter und so weiter. Ich hatte eine ungewöhnliche Intimität empfunden, und erst jetzt wurde mir bewusst, dass sie davon beeinflusst wurde, wie eng meine Pussy seinen Stab umschlang und wie sehr unsere Körper miteinander verschmolzen.

Meine Hand glitt mit langsamen Bewegungen über seine gespannte Erektion. Ich ließ mir absichtlich viel Zeit. Ab und zu berührte ich meine Pussy und salbte sie mit dem Öl, das noch an meinen Fingern haftete.

Ich rief mir immer wieder in Erinnerung, dass ich nicht hetzen sollte. Vielleicht war ich keine schlechte Schülerin. Konnte ich auch eine von Chris' Akoluthen sein? Vieles von dem, was er erzählt hatte, klang reichlich bizarr in meinen Ohren, aber ich konnte nicht leugnen, dass der Sex mit Chris die beste Erotik war, die ich je erlebt hatte.

Obwohl wir uns erst seit ein paar Tage kannten, fühlte ich eine gewaltige Intimität mit ihm, und nicht nur, wenn wir Sex hatten – dies war erst das zweite Mal –, sondern selbst wenn ich nur in seine Augen sah, in diese magischen blauen Augen, ging es mir durch und durch.

Gab es eine Chance, dass Chris und ich tatsächlich ein Paar werden konnten? Ich spürte, wie mich ein Schauer erfasste. Vielleicht würde ich gar nicht nach England zurückkehren und hier in Goa ein neues Leben beginnen. Bei diesem wunderbaren, geheimnisvollen, begehrenswerten Mann, der offenbar alle Frauen entflammte, mit denen er in Kontakt geriet.

Ich senkte den Kopf und nahm seine Hoden abwechselnd in den Mund. Ich stieß sie mit der Zunge an, speichelte sie ein und schob sie in meinem Mund hin und her. Chris wand sich wie eine Schlange.

Seine herrlich schlanken Hüften mahlten im Kreis. Seine Augen waren hinter dem purpurnen Schal immer noch blind. Plötzlich kam mir der Sex mit ihm wie eine Art Tanz vor. Stimmt – hatten wir nicht vor zwei Tagen eine Position ausprobiert, die er »Tänzer« genannt hatte?

Lange konnte ich mich nicht mehr lange zurückhalten, und so schwang ich ein Bein über ihn und nahm seinen Schwanz tief in mich auf. Es war ein Gefühl, als gehörte er dorthin, und einen Moment lang dachte ich, dass ich beim nächsten harten Stoß schreien würde.

Ich presste die Augen fest zu, um die Tränen zu verdrängen, und gleichzeitig quetschte ich seinen Schaft mit meinen inneren Muskeln. Chris spannte die Hände um meine Hüften, und aus seiner Kehle drangen gurgelnde Geräusche.

»Noch mal«, krächzte er, als ich meine Muskeln um seinen Schaft spannte, und dann spürte ich, wie unsere Orgasmen einsetzten – es war, als ob sich ein Sturm zusammenbraute.

Die Zuckungen hielten an und lösten Welle auf Welle in mir aus, nicht köstlich schmerzvoll, sondern süß und glücklich, was mir sagte, dass im Universum alles in Ordnung war. Und alles möglich.

Dreiundzwanzigstes Kapitel

Wie Sue gesagt hat, ist Bangalore ein Angriff auf die Sinne. Wie in Mumbai gibt es auch hier eine schreckliche Armut und einen fast obszönen Reichtum. Die Konsumbereitschaft hier steht der im Westen in nichts nach.

Sue lässt sich von einer Rikscha unbekümmert durch die Stadt fahren, und wenn sie ein Motiv gesehen hat, schreit sie dem Fahrer zu, dass er rechts oder links heranfahren soll. Ich frage mich, ob es möglich ist, als Fotografin moralische Skrupel zu empfinden, oder ob man absolut distanziert sein muss, um solche Dokumente festzuhalten.

Wir wohnen im Chandra Vihar, einer preiswerten Unterkunft in der Mitte der hektischen Stadt, gleich neben dem Obst- und Gemüsemarkt. Nach einer zweitägigen Busreise, während der wir drei fast ausschließlich geschlafen haben, überlegten wir, ob wir uns ein bisschen Luxus gönnen sollten. Sogar ich, entschiedene Billig-Reisende, geriet in Versuchung. Aber dann siegte unser Gewissen, und wir landeten hier.

Es ist gar nicht schlecht. In der Rezeption hängen fröhliche Hologramme tanzender Hindu-Göttinnen, dann gibt es einen krächzenden alten Aufzug. Die Zimmer sind sehr sauber, wenn auch nur mit dem Nötigsten eingerichtet. Meins hat sogar einen Balkon, von dem ich hinunter auf das bunte Treiben des Basars schauen kann.

Sue schlug vor, dass wir uns ein Dreibettzimmer nehmen, aber nachdem das zwischen ihr und mir geschehen war, hatte ich keinen Bock darauf. Sicher, in Kanha hatten wir es sogar in einem Schlafsaal getrieben, und ihr Bruder hatte quasi neben uns geschlafen, aber das war irgendwie ein Unfall gewesen, ein Moment blinder Leidenschaft. Falls es zwischen uns noch einmal geschieht, dann will ich das mit entscheiden, und vor allem will ich mehr Privatsphäre. Es hatte was Unanständiges, es im selben Raum zu tun, in dem Dean schlief, und dieser Umstand trübt die Erinnerung an mein erstes Mal.

In meinen wenigen wachen Momenten während der Busfahrt nach Bangalore schaute ich auf meine schlafende Partnerin und fragte mich, was sich zwischen uns ereignet hatte. Sie war im Schutz der Dunkelheit zu mir gekommen, und obwohl ich ihre Umarmungen mehr als gestattet und dann aus vollem Herzen erwidert hatte, war das alles unter falschen Voraussetzungen gelaufen. Auch wenn Sue vortäuschte, Dean zu sein, so ließ ich mich doch bereitwillig von ihr verführen, denn nur bis zu einem bestimmten Punkt hatte ich die Hoffnung, dass es die Hände ihres Bruders waren, die mich streichelten.

Und obwohl unser Erlebnis großartig war, muss ich mich fragen, ob ich mich hätte verführen lassen, wenn ich von Anfang an gewusst hätte, mit wem ich es zu tun habe. Ich bin froh, dass ich das erste Mal – zumindest mit einer Frau – hinter mir habe, aber ich weiß immer noch nicht, welcher sexuellen Neigung ich folge.

Sue ist wunderbar, und wenn wir allein wären, hätte ich gegen eine Wiederholung bestimmt nichts einzuwenden. Aber da war auch noch Dean. Ich will ihn immer noch. Gefährde ich meine möglichen Chancen bei ihm, wenn ich es noch einmal mit Sue treibe?

Das sind meine Gedanken, als es an meine Tür klopft. Ich nehme an, dass die anderen auf mich warten. Wir haben uns zum Besuch eines Nachtklubs verabredet, um das berühmte Nachtleben der Stadt kennen zu lernen.

»Komm rein«, rufe ich und sitze noch auf meinem Bett. Die Tür schwingt auf, und Sue steht da, gestylt wie ein Gemälde. Eine Vision in Hüftjeans und einem silbernen Lamé-Top, das ihre verblüffenden Brüste großartig zur Geltung bringt. Sie hat die Hände in die Hüften gestemmt, und der Blick ihres Gesichts lässt mich wissen, wie sehr sie sich ihres Aussehens bewusst ist.

»Noch nicht fertig?«, schnurrt sie, und meine Pussy beginnt zu schmelzen. Denn ich kann nur denken: Wenn sie sich jetzt neben mich aufs Bett setzt, werde ich meine Hände nicht von ihren herrlichen Titten lassen können. Ich würde sie nach hinten drücken, ihr Top nach oben schieben und sie drücken und küssen und lecken, bis sie sich ihrer Jeans entledigte und mir ihre Pussy, nass und glänzend, anböte.

»Worüber denkst du nach?«, fragt sie und steht immer noch mit einem Grinsen in der Tür.

Ich schaue auf die Hände in meinem Schoß. Ich würde ihr am liebsten sagen, dass ich an sie und ihre Brüste gedacht habe, aber das sage ich natürlich nicht, und das ist auch gut so, denn im nächsten Moment steht Dean hinter ihr in der Tür. Er legt sein Kinn auf die Schulter seiner Schwester und bezaubert mich mit einem strahlenden Lachen.

»Noch nicht fertig?«, fragt auch er.

Ich stehe auf und greife nach meinem noch nicht ausgepackten Rucksack. »Ich habe nichts dabei, womit ich in einen Nachtklub gehen kann«, sage ich, während ich hineinschaue. Ich habe nicht damit gerechnet, mich hier in Schale werfen zu müssen. Mein Rucksack ist voll von leicht waschbaren Stoffen, viel Lycra, was man nicht bügeln muss. Ich ziehe ein unauffälliges schwarzes T-Shirt heraus. Ich werfe Sue und Dean einen Blick zu. »In einer Minute bin ich bei euch.«

Wir sind im »Spinn«, einer Disco in einem alten Kolonialhaus, die uns von anderen Reisenden im Gästehaus empfohlen wurde. Ein Teil der Disco liegt draußen, und Dean und ich nippen Cocktails unter den Sternen. Sue tobt sich auf der Tanzfläche aus, den Kopf zurückgeworfen.

»Nimmt sie irgendwas, deine Schwester?«, frage ich Dean.

Er lächelt und schüttelt den Kopf. »Nee«, sagt er. »Sie ist high vom Leben. Sie liebt es, auszugehen und sich zu zeigen.« Er sieht mich an. »Sie ist wunderbar, nicht wahr? Ein ganz erstaunliches Wesen.«

Einen Moment lang kann ich nichts erwidern, so perplex bin ich. Ich meine, das ist doch ein bisschen schräg, dass ein Bruder so über seine Schwester redet. Dann setzt meine Paranoia ein. Weiß Dean von Sue und mir? Ist er wach geworden und hat uns in der Dunkelheit belauscht? Will er mir auf diese Art mitteilen, dass er Bescheid weiß, und habe ich deshalb keine Chancen mehr bei ihm?

»Sie … Sie ist sehr ungehemmt«, sage ich schließlich.

Er gluckst. »Oh ja, das kann man von Sue sagen. Sie ist dann am glücklichsten, wenn alle Augen auf sie gerichtet sind. Schon als kleines Mädchen wollte sie im Mittelpunkt stehen.« Er sieht mich an. »Das ist eine Form von Kontrolle.«

Ich antworte nicht, denn ich weiß nicht, was ich sagen soll. Was er erzählt, kann man positiv und negativ auslegen, aber im Licht dessen, was geschehen ist, hört es sich eher wie eine Warnung an. Und ich weiß immer noch nicht, ob er meine Begegnung mit seiner Schwester belauscht hat.

Auf dem Tanzboden ist es voll geworden, und der DJ heizt kräftig ein. Obwohl es einige Leute aus dem Westen hier gibt, sind die meisten jungen Menschen Einheimische. Sie tragen alle westliche Kleidung mit vielen Designeretiketten, ob sie nun echt oder gefälscht sind. Vom ganzen Ambiente her könnten wir auch in London sein.

Während Dean und ich zuschauen, inzwischen schweigsam, taucht ein ungewöhnlich großes indisches Mädchen am Rand der Tanzfläche auf, verharrt ein paar Sekunden, dann tritt es auf das Parkett. Kein Kopf, der sich nicht nach der großen Inderin umdreht, die quer über die Tanzfläche schreitet und offenbar eine Stelle sucht, die sie für sich abstecken kann. Sie bleibt in unmittelbarer Nähe von Sue stehen, die immer noch den Kopf im Nacken und die Augen geschlossen hat.

»Oh, oh«, höre ich Dean neben mir sagen.

Ich drehe mich um. »Was ist denn?«

Seine Augen blitzen mich an. »Schau zu.«

Ich wende den Blick zurück zur Tanzfläche, und ich sehe, dass die strahlende indische Schönheit sich den Platz neben Sue ausgesucht hat. Sue öffnet die Augen, dann reißt sie die Augen weit auf, als könne sie ihr Glück nicht fassen.

Der Rest der Gäste hat das Interesse verloren; das Mädchen ist eine Schönheit und hat ein unglaubliches Selbstbewusstsein, aber die Gäste sind schließlich zum Tanzen hier und nicht zum Glotzen. Die Disco ist kein Fleischmarkt.

Aber Sue schaut weiter zu, und das Mädchen auch; sie bleibt Sue keinen Blick schuldig, und langsam kommen sie sich immer näher, wie zwei Planeten, die ihre Umlaufbahn durchbrochen haben und sich nun annähern – die Unerklärlichkeit des Schicksals.

Während sie sich angleichen und vielleicht unbewusst die Bewegungen der anderen kopieren, schwingen ihre Hüften zusammen, und ich kann meine Blicke nicht von ihnen wenden. Zum Teil bin ich eifersüchtig. Ich dachte, ich hätte das ältere Recht auf Sue, dass da etwas zwischen uns war, auch wenn ich noch gar nicht weiß, ob ich das mit ihr fortsetzen will. Aber zum größeren Teil bin ich schlicht fasziniert und auch viel erregter, als ich zugeben würde. Die Schönheit der beiden tanzenden Mädchen, denen man ansieht, dass sie heiß aufeinander sind, ist nicht von dieser Welt.

Schließlich berühren sie sich, und ich stoße einen leisen Schrei aus, beinahe so, als wäre ich gekommen. Sue legt eine Hand auf die Schulter des Mädchens, und das Mädchen legt ihre Hände auf Sues Hüften, während sie die ihren weiter kreisen lässt. Ihre Oberkörper schmiegen sich aneinander, und ein Kick jagt durch mich hindurch. Meine Pussy schmerzt. Ich will Sue, und ich will das indische Mädchen.

»Ich hab's dir gesagt«, höre ich Deans Stimme, und ich wende mich ihm zu. Er nimmt meine Hand. »Hat Sue dir gesagt, dass sie lesbisch ist?« Ich schüttle den Kopf.

»Und was ist mit dir?«

»Was soll mit mir sein?«

»Auf welcher Seite stehst du?«

Ich will mir nicht meine Chancen verderben – falls ich überhaupt welche habe – und sage ihm deshalb nicht, dass ich das noch nicht so genau weiß. Oder dass ich auf beiden Seiten schwinge. Ich hebe die Schultern und sage: »Ich bin hetero, was denn sonst?« Ich kann ihn nicht anschauen. Mein Herz rast wie verrückt.

»Gott sei Dank«, sagt er, und dann schaue ich ihn doch an, und er weist mit dem Kopf zum Ausgang. »Sollen wir gehen?«, fragt er. Ich nicke. Meine Pussy pocht. Nur flüchtig schaue ich noch einmal zur Tanzfläche. Die Mädchen haben die Finger in ihren Haaren, und es sieht so aus, als wollten sie sich küssen. Das ist mir jetzt egal; ich will nicht mehr Teil von ihnen sein.

Draußen springen Dean und ich in die erste der wartenden Rikschas. Mein ganzer Körper befindet sich in einem Stadium höchster Alarmbereitschaft. Adrenalin schießt wie eine starke Droge durch meine Venen. Ich habe Angst, Dean anzuschauen, weil ich fürchte, dass mir der Atem stockt. Mein Verlangen lässt mich fast ersticken.

Sobald er dem Fahrer gesagt hat, welches Ziel wir haben, wendet sich Dean zu mir, legt eine Hand unter mein Kinn und nimmt meinen Kopf in seine Schulterbeuge. Wir sehen uns in die Augen.

»Ich wollte dich haben, seit ich dich das erste Mal gesehen habe«, sagt er, und ich denke: Warum hast du so lange gebraucht, um mir wenigstens ein Zeichen zu geben? Warum hast du zugelassen, dass deine Schwester zuerst drankommt? Sue verhält sich zwar so, als wäre es ihr völlig egal, was aus mir wird, während sie sich mit dem indischen Mädchen vergnügt, aber ich bin mir nicht sicher, dass sie geplant hat, eine Geliebte mit ihrem Bruder zu teilen. Dean kennt nicht die ganze Geschichte, deshalb sah er auch keine Notwendigkeit, besondere Eile an den Tag zu legen. Manche Leute lassen sich Zeit, um die Vorfreude länger auszukosten.

Als er seine Lippen auf meine drückt, werde ich von körperlicher Lust geschüttelt und erlebe auch eine Vielzahl von Emotionen, einige davon widersprüchlich. Der Gedanke, dass ich diesen Mann küsse, für den ich ein Verlangen hege, das gewaltiger ist, als ich es je gespürt habe, ist das vorherrschende Gefühl. Seine Lippen und seine Zunge sind so süß, aber auch ein wenig scheu. Sie machen nur geringe Fortschritte und ziehen sich öfter mal zurück, als wollten sie zuerst das Terrain sondieren. Mal sehen, wie weit sie gehen können. Im Gegensatz zu Sue liebt Dean es nicht rau.

Obwohl meine Beine fast wie von selbst auseinandergegangen sind, geht er es auch in dieser Region langsam an. Er drückt seine Finger durch die Jeans in meine Oberschenkel und schiebt sich behutsam in Richtung Schoß vor. Es ist, als wollte er mir durch Verhalten und Körpersprache sagen: Wir können das tun, aber nur, wenn du willst.

Ich ziehe einen Arm zurück, den ich um seinen Nacken gelegt habe, greife nach unten und knöpfe meine Jeans auf.

Ich trage kein Höschen, denn die Jeans sind so eng, dass es sich darunter durchgedrückt hätte. Mein Nektar hat den Zwickel schon durchnässt. Dean löst seinen Kopf von meinem, schaut nach unten und stöhnt auf.

Mit meinem Fuß lokalisiere ich die Schwellung in seiner Jeans; sie ist hart wie ein Knochen. Ich greife zwischen meine Schenkel, pflüge durch die Labien, reibe ein bisschen und bringe die Finger zu Deans Mund. Er nimmt sie tief auf, saugt sie und kann nicht genug von der honigähnlichen Flüssigkeit bekommen. Dann bückt er sich tiefer, wie das so gerade noch im beengten Raum einer Rikscha möglich ist, schiebt meine Jeans bis zu den Knöcheln hinunter und dann von den Füßen. Er hebt meine Schenkel von hinten an, sodass meine Beine über seinen Schultern liegen, und beugt sich über meine Pussy. Er leckt wie eine Katze die Sahne, und er stößt auch dieselben schnurrenden, zufriedenen Geräusche aus.

Eine Weile konzentriert er sich auf meine Klitoris und bearbeitet sie mit Lippen und Zunge, eine Hand unter jeder Pobacke. Meine Arme sind ausgestreckt. Wenn jemand ins Innere geschaut hätte, wäre das ein sattes Bild für jeden Betrachter gewesen. Aber zum Glück ist die motorisierte Rikscha mit einigem Tempo unterwegs, und der Fahrer scheint auch nichts zu bemerken – der laute Motor übertönt die Geräusche unseres Liebesspiels.

Und das ist es, wir machen Liebe, und wir lassen uns Zeit dabei, trotz der Umgebung, in der wir uns befinden. Es ist das Gegenteil von der hastigen Verzweiflung, die ich mit Sue erlebt habe. Mit ihr schien sich alles ums Kommen zu konzentrieren, schnell und hart kommen, als wäre es ein Wettrennen, bei dem man als Erste die Ziellinie erreichen musste. Jedenfalls sehe ich das heute so. Vor ein paar Tagen war es wie ein Schemen gewesen, ein Chaos von suchenden Mädchenhänden und weichen, nachgiebigen Körperteilen.

Ich zwinge die Bilder und Gedanken an Sue aus meinen Vorstellungen. Dean hebt den Kopf und schaut sich um, als wäre er gerade aus weiter Ferne in die Wirklichkeit zurückgekehrt. Seine Bartstoppeln glitzern von meinem Saft wie frischer Tau auf einer Wiese.

»Ich glaube, wir sind fast da«, sagte er. »Soll ich ihm sagen, er soll noch eine Runde drehen?«

Ich lache, gerührt und geschmeichelt, dass er dies noch nicht zu Ende gehen lassen will – ich natürlich auch nicht. Aber ich will ihn in mir spüren, will, dass Dean der erste Mann ist, der in mich eindringt und mich zum Orgasmus bringt, und ich glaube nicht, dass eine Rikscha dafür intim und bequem genug ist. Deshalb lässt er den Fahrer auf meinen Wunsch hin das Gästehaus ansteuern. Dean reicht dem Fahrer ein Bündel Geldscheine, dann nimmt er meine Hand, und zusammen laufen wir ins Haus.

Mein Zimmer ist die erste Wahl, aber als wir die Hälfte des Flurs hinter uns haben, lässt uns eine Stimme mitten im Schritt verharren. Dean löst seine Hand von meiner, dann dreht er sich um.

»Ich habe mich schon gewundert, was aus euch beiden geworden ist«, sagt sie und stolziert uns entgegen, die Augen zu Schlitzen verzogen.

»Oh, hallo, Sue«, sagt Dean. »Nadia hat Kopfschmerzen, deshalb habe ich sie nach Hause bringen wollen. Wir wollten dich nicht unterbrechen und dir den Spaß verderben.«

Sue lächelt vieldeutig. »Ach, auf mich braucht ihr keine Rücksicht zu nehmen«, sagt sie, und mir fällt plötzlich eine Eiseskälte in ihrer Stimme auf.

»Nein, aber ...«

Sie geht weiter auf ihr Zimmer zu und schließt die Tür auf. »Ich suche ein paar Aspirin für dich, Nadia«, sagt sie, als die Tür aufschwingt. »Wahrscheinlich sind die vielen Reisen die

Ursache. Am besten gehst du gleich ins Bett und schläfst die Nacht durch. Ach, Dean, kannst du vielleicht in meinem Waschzeug nach den Tabletten suchen, während ich mich um Nadia kümmere?«

Ich weiß nicht, warum sie sich um mich kümmern soll, selbst wenn ich Kopfschmerzen haben sollte. Aber mir fällt auch nicht ein, wie ich ihr Angebot freundlich ausschlagen kann. Also gehen Sue und ich zu meinem Zimmer, während Dean nach Aspirin sucht. Ich bin mehr als sauer über Sues unerwartetes Auftauchen, und nun macht sie mir auch noch die erste Nacht mit Dean kaputt. Dass sie mich auf mein Zimmer begleitet, während sie Dean mit irgendeiner Aufgabe beschäftigt, ist sehr ärgerlich. Mit welchem Recht stellt sie sich zwischen Dean und mich?

Okay, wir hatten eine kurze Liebesnacht, die uns verbindet, und es war großartig und augenöffnend. Aber wir haben noch nicht darüber gesprochen, ob das einmalig bleiben sollte, und ihr Verhalten im Nachtklub sprach eher dafür.

»Mach schon«, höre ich sie durch den Tumult meiner Gedanken sagen. »Wir müssen dir was Bequemes anziehen.«

Trotz meiner Verärgerung gebe ich nach. Ich lasse zu, dass sie meine Arme hebt und mein T-Shirt über meinen Kopf zieht. Dann langt sie um mich und öffnet den BH. Als er die Brüste freigibt, hält sie inne, starrt auf meine Halbkugeln, lächelt und fährt sich mit der Zunge über die Oberlippe.

»Du hast phantastische Titten«, wispert sie und greift nach ihnen.

Ich bin wie gelähmt, nicht nur, weil ich keinen Krach will und auch nicht möchte, dass Dean etwas erfährt. Das Gefühl ihrer kühlen Finger auf meinen Nippeln lässt sie steif und hart werden und setzt – gegen mein Wollen – mein Gehirn in Brand. Ihre Augen starren mich an, als suche sie meine Seele, und ich muss meine Augen schließen, um ihren forschenden

Blicken zu entgehen. Sie weiß, dass ich das liebe; ich gehöre ihr, wenn sie mich nehmen will, und beinahe ist es so, als hätte ich Dean vergessen. Die Lust ist zu gewaltig; ich bin Wachs in ihren Händen.

Sie hat den obersten Knopf meines Hosenstalls geöffnet, und ein Finger kriecht über meinen Venusberg, schlüpft zwischen die nassen Labien und in meine Pussy. Den Kopf noch im Nacken, schaue ich besorgt zur Tür, aber noch während ich schaue, wird mir klar, dass kaum eine Gefahr besteht – Dean wird nicht mit Aspirin erscheinen. Ich weiß nicht, wieso ich das weiß, aber ich weiß, dass er sich fernhält.

Als mir das klar wird, falle ich zurück gegen das Bett, und Sue zerrt meine Jeans hinunter und bringt ihren Mund heran, genau an die Stelle, die ihr Bruder vor weniger als einer halben Stunde bloßgelegt und verwöhnt hatte. Ich versuche, ihr jetzt zu widerstehen und an Dean zu denken, aber der Orgasmus, für den bei ihm keine Zeit blieb, überschwemmt mich jetzt, während Sues erfahrene Zunge über meine Klitoris streift und drei Finger ein- und ausfährt. Ich krümme den Rücken fühle, wie mein ganzer Körper steif wird. Ich komme gewaltig und fühle mich superempfindlich und innerlich ganz warm.

Später, als wir uns in den Armen liegen, schaue ich ins Dunkel und frage: »Und was ist mit dem indischen Mädchen?«

»Was soll mit ihr sein?«

»Ich weiß nicht. Was lief denn da ab?«

Sie lacht, aber es ist ein hohles, freundloses Lachen. »Das war eher eine sportliche Übung«, sagt sie dann. »Ich sehe ein schönes Mädchen und frage mich, ob man mit ihr was reißen kann. Aber wenn ich weiß, dass ich sie haben kann, verliere ich meistens das Interesse.«

»Du hast das Interesse verloren? Aber sie war hinreißend.«

»Es gibt viele hinreißende Mädchen. Aber das heißt nicht, dass ich mit allen ins Bett will.«

»Und wirst du auch an mir dein Interesse verlieren?«

Sie seufzt, und für ein paar Sekunden herrscht Schweigen. »Wer kann schon sagen, was noch alles passieren wird?«, sagt sie dann. »Nichts ist gewiss. Ich kann nichts versprechen.«

Ich runzle die Stirn, aber das kann sie nicht sehen. »Ich erwarte keine Versprechungen«, sage ich. »Es wäre nur schön zu wissen, wie du tickst.«

Ich fühle, wie ihre Schultern zucken. »Wie ich ticke? Puh, das ist eine Frage! Die Sache ist die, Nadia, ich bin zwanzig Jahre alt, nicht viel älter als du, und ich versuche, nicht zu sehr zu grübeln – über nichts. Vielleicht ... Also, ich kenne dich nicht gut genug, aber vielleicht denkst du zu viel. Du sorgst dich um Konsequenzen und darum, was sich aus dem, was du tust, ergeben könnte. Und ich? Im Moment bin ich nur bereit für einen heißen Ritt.«

Und damit nimmt sie meine Hand, als wolle sie nicht länger darüber reden und auch meine Antwort eher entmutigen, und legt sie auf ihre Pussy.

»Ich bin dran«, sagt sie und spreizt die Beine. Während ich meine Finger zwischen ihre süßen, nassen Labien schiebe, kommt mir ihre Pussy wie ein schwarzes Loch vor, verschlingend, gefährlich, verzehrend. Von einem solchen Ort kehrst du vielleicht nicht mehr heil zurück. Dieser Gedanke entsetzt und erregt mich gleichzeitig, während ich meinen Mund auf ihre Klitoris drücke.

»Das nächste Mal«, sagt sie, »benutzen wir einen Dildo.«

Sie lehnt sich in meinem Bett über mich und streicht mit einer Hand die Haare aus meiner Stirn. Die andere Hand zwickt einen meiner Nippel. Ich kann die spärlichen Haare ihres Schambergs an meinem Hüftknochen spüren.

Ich frage mich, was Dean denkt, wenn er wach wird, wenn er begreift, dass ich die Nacht mit seiner Schwester verbracht habe. Fühlt er sich hintergangen? Werde ich die Gelegenheit haben, ihm zu erklären, dass ich sie ihm nicht vorgezogen habe, dass es von ihrer Seite eher Nötigung war. Wird er mir glauben, und, wenn ja, wird er über mein fehlendes Durchsetzungsvermögen nicht entsetzt sein? Nach dem Geschehen in dieser Nacht werde ich keine Chance mehr bei ihm haben.

Es klopft an die Tür, und ich stöhne auf.

»Schnell«, sage ich, setze mich auf und schiebe sie von mir weg, »versteck dich irgendwo.«

Aber Sue ignoriert mich und ruft sogar: »Herein.« In all der Verwirrung gestern Abend habe ich natürlich vergessen, die Tür abzuschließen. Die Klinke wird nach unten gedrückt, und dann tritt Dean ein. Sue hat sich nicht mal die Mühe gemacht, sich etwas überzuwerfen; sie sitzt in ihrer ganzen Nacktheit da und lächelt ihren Bruder an.

Ich liege neben ihr unter dem Laken, und mir ist, als müsste ich innerlich sterben. Es gibt keinen Zweifel daran, was wir getrieben haben, aber als wollte sie das noch deutlicher klarstellen, richtet sich Sue auf, und dabei nimmt sie das ganze Laken mit, sodass ich vor Deans Augen auch entblößt bin, aber ganz anders, als ich mir das erträumt habe, als wir gestern Abend mit der Rikscha nach Hause geeilt sind.

Ich kann ihm nicht in die Augen sehen; ich fühle mich gedemütigt. Aber er reagiert nicht auf eine Art, die ich erwartet habe, entweder mit einem Lachen, ungläubig, verbittert oder auch heiter oder mit einem Wutanfall. Er wünscht uns einen guten Morgen und spricht dann vom Zug, für den wir Fahrkarten haben. Er soll uns über Nacht nach Kerala bringen.

Ich möchte schreien, um mich schlagen und ihnen sagen, dass ich das nicht länger aushalte, dass ich zu verwirrt bin, um mit ihnen zu reisen. Wieso ist Dean nicht wütend auf mich? Und auf seine Schwester? Er ist offenbar nicht in mich verliebt, aber ist nicht wenigstens sein männlicher Stolz verletzt? Seine Schwester verdirbt ihm nicht nur das Abenteuer mit mir, sie schnappt es ihm auch noch vor der Nase weg, und er nimmt alles gelassen hin. Er sollte kochen vor Wut, aber da steht er und redet über die Abfahrtzeiten der Züge.

Schließlich geht er endlich wieder, und Sue schaut mich an. Sie legt eine Hand auf meinen Bauch und lächelt freundlich. »Du denkst doch nicht daran, uns im Stich zu lassen?« Sie sieht mir in die Augen. Als ich nicht antworte, sagt sie: »Bitte, Nadia. Das wäre ein Fehler. Besonders jetzt, da die Dinge wirklich interessant werden.«

Ich setze mich auf und starre sie an. »Was meinst du damit?« Aber sie ist schon halb aus dem Zimmer, dreht sich noch einmal um und winkt, ein Finger über den Lippen.

Vierundzwanzigstes Kapitel

»Vajrayana«, sagt Chris, »basiert zum Teil auf tantrischen Techniken und soll den Menschen helfen, zur Buddhaschaft zu gelangen.« Er entspannt auf der Chaiselongue und schaut hinaus in den Hof. »Man kann nur die oberflächlichen Aspekte sehen«, fährt er nachdenklich fort. »Es kann sogar schädlich sein, mit Nichteingeweihten darüber zu sprechen.«

Ich rolle über sein Bett, entblöße meine nackten Brüste und meine Pussy, womit ich hoffe, ihn zurückzugewinnen, obwohl seit seinem Höhepunkt erst fünf Minuten vorüber sind. Ich dachte, ich wäre für eine Weile gesättigt.

»Aber ich verstehe nicht, warum zum Beispiel Jasmine dein Akoluth sein kann und ich nicht. Hat es etwas damit zu tun, dass ich zu alt bin?«

»Sei nicht albern. Das Alter hat nichts damit zu tun. Alter ist ein Gemütszustand.«

Da ist er wieder, dieser überhebliche Tonfall, verbunden mit Plattitüden. Am Abend zuvor hatte ich gedacht, das Nirwana erreicht zu haben, als ich Chris die Augen verbunden und unsere Orgasmen lange hinausgezögert hatte, und als sie endlich kamen, waren sie unglaublich intensiv, geistig und körperlich. Wir waren beide wie erschlagen, wie Schiffwracks, die an einem fernen Strand angespült wurden.

Am Morgen hatte er sich geweigert, mit mir zum Strand zu gehen. Er wollte, dass ich auf mein Zimmer ging und von dort zum Strand. Den ganzen Tag lang hat er mich ignoriert, und wie gewöhnlich musste ich ihm beim Essen in der Küche auflauern und ihn mehr oder weniger zu einer Einladung auf sein Zimmer zwingen.

Ich liebe den Sex, kann nicht mehr leben ohne ihn. Ich schätze es, wie er mir beigebracht hat, die Lust zurückzuhalten, um noch tiefer zu empfinden. Aber ich hasse das Heimliche unseres Treibens. Chris weicht vielen meiner Fragen aus, und dann komme ich mir immer ganz klein vor. Auf Dauer wird es den Sex abwerten, ganz egal, wie gut er sich anfühlt. Was hat man davon, nach dieser seltenen Intimität zu streben, wenn sie von seiner Rücksichtslosigkeit zerstört wird?

Vielleicht bin ich zu sensibel. Ich schätze, dass ich Nadia vermisse; ihr hätte ich mich anvertrauen können. Aber welche Hilfe hätte ich von ihr erwarten können? Ich wusste doch, wie sie über Chris denkt. Sie würde mir raten, ihn zu verlassen, und das bringe ich nicht fertig. Bei Charles war das einfach gewesen, als mir klar geworden war, dass ich ihn hätte teilen müssen. Bei Chris liegen die Dinge nicht so klar auf der Hand.

Am Nachmittag war wieder eine andere Frau auf seinem Zimmer; ich hatte sie ankommen sehen und schlich wieder über den Flur, um an seiner Tür zu lauschen – nur eine Minute lang. Diesmal war es mir nicht egal, wenn er mich erwischte, denn vergangene Nacht hatte mir gezeigt, wie sehr ich ihn begehrte.

Ich wollte mich nur vergewissern, ob sie ein weiterer Akoluth war wie Jasmine, aber ich hörte nichts und konnte auch nicht länger vor seiner Tür verharren. Aber wenn ich davon ausging, dass auch sie ein Akoluth war, dann wusste ich wenigstens, dass Chris der Guru mehrerer Personen sein konnte. Also konnte er mich auch zu einer Eingeweihten machen und mich ganz in seine Welt integrieren. Erst dann, dachte ich, würde ich mich in dieser Beziehung sicher fühlen.

Der Sex an diesem Abend hat mich überwältigt. Chris benutzte eine Technik, die er *ajna chakra* nannte.

»Das *ajna chakra*«, sagte er, als wir mit übereinandergeschlagenen Beinen auf dem Boden und uns gegenüber saßen und sich unser Atem harmonisiert hatte, »ist ein Energiepunkt im Gehirn. Wenn du ihn in den Fokus nimmst, geistig und körperlich, kannst du den Orgasmus hinausschieben.«

»Und wie nehme ich ihn geistig und körperlich in den Fokus?«

»Das ist nicht leicht, aber wenn du es einmal geschafft hast, gelingt es dir immer wieder. Wenn du ein paar Minuten meditiert und dein Bewusstsein von allen Gedanken befreit hast, von allen externen Stimuli, dann stellst du dir zwei Wege vor, die von deinen Augen ausgehen und sich im Mittelpunkt treffen, fünf Zentimeter über deinen Augen und zwei Zentimeter in deinem Schädel. Dann versuchst du, deine Augen von innen auf diesen Punkt zu richten.«

»Das hört sich schmerzhaft an.«

»Ist es aber nicht. Doch zu Beginn ist es etwas Fremdes.«

»Und dann?«

»Nun, dann hast du dein *ajna chakra* entdeckt – oder das dritte Auge. Du musst nun wieder meditieren, und dabei lenkst du den Fokus darauf, alle Energie von allen Gliedmaßen, Muskeln und Organen auf diesen Punkt zu leiten, den du in deinem Kopf gefunden hast. Die Energie wird dann durch diesen winzigen Punkt gelenkt.«

»Wohin geht sie?«

»Nirgendwohin. Oder in den leeren Raum. Du musst dir vorstellen, dass es außerhalb des *ajna chakra* ein riesiges, unendliches schwarzes Loch gibt, in dem es keine Worte oder Geräusche gibt, keine Phantasien und keine Gedanken.«

»Und das hält dich davon ab zu kommen?«

Chris lächelte. »Für eine Weile – ja. Aber ich bin schließlich auch nur ein Mensch.«

Ich lächelte auch, aber dahinter versteckte sich ein beißender Geschmack. Ein Teil von mir wünschte, er solle endlich anfangen, und dann empfand ich auch ein Misstrauen, was seine Rolle als Guru anging. Als er über sich als Tutor für Jasmine sprach, bezeichnete er sich selbst als Gottheit. Ich dagegen hätte ihn eher als arrogant bezeichnet. Aber vielleicht brauchte man diese Haltung, wenn man sich entschlossen hatte, sein Geld damit zu verdienen, dass man andere unterrichtete.

Er drückte zwei Finger auf meine Pussylippen und bewegte sie nicht. »Clittage«, sagte er. »Hast du schon mal davon gehört?«

Ich schüttelte den Kopf.

»Du übernimmst die Kontrolle, ob du masturbierst oder mit einem Mann zusammen bist. Du kannst deine Klitoris gegen meine Finger reiben oder gegen den Penis – du bestimmst Tempo und Intensität. Willst du es mal versuchen?«

Ich nickte.

»Dann knie dich hin.«

Ich gehorchte, und während er mich mit einem Arm um meine Taille stützte, rieb ich mich gegen die zwei Finger, die er immer noch gegen die Labien drückte. Mich überraschte, wie gut es tat, dass ich das Kommando hatte, was Geschwindigkeit und Druck angingen.

Dann krümmte Chris den Rücken und bewegte sich von mir weg. Ich konnte nun über ihn grätschen und diese Technik mit seinem Schaft wiederholen. Auch das gab mir ein immenses Vergnügen. Ein Teil dieses Vergnügens bezog ich aus der Mühe, die ich aufwenden musste, um dem natürlichen Drang zu widerstehen, seine Erektion in meine Pussy aufzunehmen. Die Glätte von Penis und Hoden erhöhten die

Intensität noch; es gab nur ganz wenige Härchen, die meinen Saft auffangen konnten, und das bedeutete, dass Chris ebenso nass und glitschig war wie ich. Ich zog die Labien zurück und hielt mich offen für ihn, was die Wonnen noch verstärkte.

Wir hielten das eine lange Zeit durch. Trotz der Versuchung, uns gegenseitig das Gehirn aus dem Kopf zu vögeln, war die Technik so unglaublich, dass es schwer war, sie abzubrechen. Nach einer Weile wechselten wir, sodass ich nun in der klassischen Missionarsstellung lag, aber auch jetzt drang Chris nicht ein. Wir rieben uns weiterhin, und wir fanden heraus: Je langsamer wir vorgingen, desto besser.

Wir keuchten und stöhnten und sahen uns verwundert in die Augen, dann betrachteten wir unsere Körper, die sich gegeneinanderrieben, sanft und fest zugleich und wahnsinnig nass und glitschig. Ich dachte: Das ist es, ich habe ihn gefunden, den Ort, an dem ich den Rest meines Lebens verbringen will. Dies war der Himmel oder das Nirwana, wie Chris sagen würde.

Er stieß seinen Penis in mich hinein, hielt ihn dann aber still. Die Tatsache allein, dass er das schaffte, erregte mich so sehr, dass ich meine Hand gegen die Klitoris drücken musste, um mich selbst zu reiben. Meine Hände glitten darüber hinweg, und ich starrte Chris voller Panik an: Ich konnte mich nicht länger zurückhalten, ich musste jetzt kommen.

Chris nickte nur, dann sah ich, wie sich ein sprachloses Erstaunen über sein Gesicht legte; da wusste ich, dass er nach innen blickte, um sein *ajna chakra* zu lokalisieren. Es war ein seltsames Gefühl, ein bisschen unheimlich, als Sekunden später der Orgasmus durch mich hindurchfegte. Meine inneren Muskeln quetschten seinen reglosen Schaft, aber auch das fühlte sich gut an. Es erlaubte mir, mich ganz allein auf meine Sensationen zu konzentrieren.

Als die Lust abklang, begann ich zu weinen, und als ich

meinen Kopf zurücknahm, schaute ich hoch zu Chris, gerade rechtzeitig, um zu sehen, dass er seine Augen öffnete und den Ajna-Fokus entließ. Dann kam er donnernd wie ein Zug.

Ich erinnerte mich, was Chris zuvor gesagt hatte, über die unvermeidliche Traurigkeit nach dem Sex, »dem Erwachen«, wie er es genannt hatte. Als ich anschließend durchs Zimmer schaute und ihn entspannt auf der Chaiselongue sitzen sah, wollte ich ihn schon wieder haben. Dabei hatte ich auch das Gefühl, dass ich mehr Sex nun wirklich nicht brauchte – in der letzten Woche hatte ich mehr Sex gehabt als in den fünf Jahren davor. Und das musste gar keine so positive Statistik sein. Ich fragte mich, ob ich mich deshalb so leer fühlte.

Wahrscheinlich werde ich wieder über Nacht bei ihm bleiben. Ich schätze, Chris weiß, dass ich nur auf schwankenden Beinen zurück auf mein Zimmer finden würde. Deshalb hatte er mich auch die vorigen Nächte bei sich gelassen.

Aber schon jetzt schrecke ich vor dem morgigen Tag zurück, die Zeit, die ich ohne ihn verbringen muss, die Frauen, die vor meinen Augen um ihn buhlen, obwohl sie wissen, dass er mir gehört. Oder buhlen sie um ihn, weil sie mir beweisen wollen, dass er nicht mir gehört?

Wie oft lässt sich Chris auf Affären mit seinen Schülerinnen ein? Jede Woche findet ein neuer Kurs statt, also hat er jede Woche Frischfleisch zur Verfügung. Hinzu kommen die Langzeitstudentinnen wie die schöne Jasmine. Kann ich wirklich die Einzige sein, auf die er ein Auge geworfen hat?

Ich drehe mich auf die andere Seite, drücke die Lampe neben dem Bett aus und ziehe die Decke über meine Schultern. Es sieht nicht so aus, als wollte Chris schon ins Bett kommen. Ich schließe die Augen, einmal, um die Tränen zu unterdrücken, und zum anderen, um einzuschlafen.

Fünfundzwanzigstes Kapitel

Als wir am Abend den Zug besteigen, klingen mir Sues Worte noch im Ohr. Um ehrlich zu sein, ich habe sie den ganzen Tag im Ohr gehabt. Die Dinge würden jetzt erst interessant, hat sie behauptet. Was meinte sie damit? Die Dinge zwischen mir und ihr? Ich sehe nicht, wie sie noch interessanter werden könnten. Oder hat sie ihren Dildo gemeint? Das ist übrigens mein Hauptproblem bei der lesbischen Liebe: Wenn man das beschränkte Repertoire hinter sich hatte, war alles andere nur noch Wiederholung, nicht wahr?

Natürlich kann man das auch über den Sex mit einem Mann sagen. Aber selbst mit meiner sehr limitierten Erfahrung habe ich das Gefühl, dass es bei Männern mehr Varianten zu erforschen gibt. Und dann geht es ja nicht nur um Sex. In der Beziehung zu einem Mann gibt es eine Entwicklung; es geht auch um Kinder, um die Gründung einer Familie. Mit einer Frau könnte das nicht geschehen, aber ich sehe meine Zukunft als Mutter und Teil einer Familie. Vielleicht ist das der Grund, warum ich mich nicht auf Mädchen beschränken will.

Wie auch immer, ich habe das Gefühl, dass Sue etwas anderes meinte als den Dildo. Es ist ihr jedenfalls gelungen, mich neugierig zu machen. Ich werde mit ihr nach Kerala reisen, und dann warte ich das weitere Geschehen ab. Aber wenn sie glaubt, sie könnte mich weiter wie eine Novizin behandeln, dann werde ich schnell meiner eigenen Wege gehen. Ich mag die Gefühle, die sie in mir auslöst, aber ich liebe Sue nicht. Deshalb werde ich mich auch ohne Probleme von ihr lösen können.

Ich schaue zu Dean, der sich über das untere Bett in unserem Abteil bückt. Offenbar sucht er etwas in seinem Rucksack. Ist Dean der Grund, warum ich noch dabei bin? Glaube ich immer noch, bei ihm eine Chance zu haben? Auch noch nach dem, was gestern Abend und heute Morgen geschehen ist?

Nichts ist bisher gesagt worden, nichts über das, was in meinem Bett abgelaufen war und auch nichts über das, was Dean und ich in der Rikscha angestellt hatten. Es hat keine Beschuldigungen gegeben, und es schien keine Verbitterung da zu sein. Dean schaut mich immer noch freundlich an. Vielleicht würde ich mehr erfahren, wenn ich ihm länger und tiefer in die Augen schaue. Da könnte ich vielleicht lesen, was er wirklich über meinen »Verrat« denkt. Aber ich kann ihm nicht in die Augen sehen, selbst dann nicht, wenn ich einen Satz oder zwei sage.

Wir gönnen uns ein Essen im Zug. Wir haben es vorbestellt, und beim zweiten Halt (es sollen noch viele folgen) klettert ein Mann herein und reicht uns jeweils eine Papiertüte. Zu unserer Freude enthalten die Tüten kleine Becher mit Curry und *dhal,* schmackhaften Dips, in die man Reispfannkuchenstücke tunkt, die in Bananenblättern verpackt sind.

Während wir essen, sprechen wir nicht viel; wir geben uns damit zufrieden, dem Sonnenuntergang über der atemberaubenden Landschaft zuzuschauen. Zuerst fahren wir über eine schier endlose Ebene, die dann von Wäldern abgelöst wird, die vor Grün nur so strotzen.

Als es anfängt, dunkel zu werden, holt Sue eine Duftkerze hervor – Feige und Kardamom, sagt sie – und zündet sie an. So sitzen wir herum und schauen zu, wie die Lichter draußen ausgehen. Die Dunkelheit wird nur durch ein paar Lichtflecken in der Ferne unterbrochen, aber die Quelle können wir nicht erahnen.

Als wir uns für die Nacht fertig machen und es uns in den Betten gemütlich machen, geht Dean zur Toilette, und unsere Unterhaltung nimmt eine überraschende Wende. Nachdem sie sich davon überzeugt hat, dass Dean sich außerhalb der Hörweite aufhält, wendet sich Sue mir zu. Im Kerzenschein sehe ich ihre Augen gefährlich glitzern.

»Was hältst du von ihm?«, fragt sie.

»Von deinem Bruder?«

»Natürlich.«

»Warum fragst du?«

»Ich kann mir nicht vorstellen, dass du nicht scharf auf ihn bist. Ich glaube nicht, dass es überhaupt eine Frau gibt – Lesben ausgenommen –, die ihn nicht geil findet.«

»Ich ... Äh, ja, er sieht ziemlich gut aus.«

»Er sieht ziemlich gut aus?«, äfft sie mich nach. »Er ist ein Gott! Du wirst in deinem Leben nicht viele Männer finden, die es dir so gut besorgen wie er. Das garantiere ich dir.« Sie dreht sich wieder um, um zu sehen, ob er schon zurückkommt.

Ich wundere mich über die Art, wie sie beide über die Sexualität des Anderen reden. In meinen Ohren geht das weit über den Stolz der Schwester oder das Lob des Bruders hinaus.

»Ich meine«, sagt sie und schaut mir voll in die Augen, »wer würde sich eine solche Chance entgehen lassen? Ich jedenfalls nicht.«

Sie lässt meinen Blick nicht los, und ich merke, dass sie mir etwas sagen will, etwas Provozierendes.

»Oh, Mann!«, rufe ich. »Du hast nicht ..., oder? Sue, sage mir, dass du ...«

Sie nickt schon, bevor ich die Worte draußen habe, und mein Herz rast, mein Magen flattert. Ich hätte mir vieles ausmalen können, aber nicht das. Das also ist das Interessante, was Sue angekündigt hatte. Ich sollte nicht hier sein. Ich will raus.

Aber dann bricht Sue in Gelächter aus. »Ich habe mit ihm geschlafen«, sagt sie, »aber natürlich ist er nicht mein Bruder. Haben wir dich an der Nase herumgeführt?«

Ich verziehe das Gesicht. Plötzlich ergibt alles einen Sinn, und ich komme mir wie eine Närrin vor, dass ich ihnen auf den Leim gegangen bin. Natürlich wollte Sue nicht, dass ich mit ihm schlafe, aber nicht, weil sie mich exklusiv haben wollte, sondern ihn – ihren Freund und Liebhaber. Und der scheint nichts dagegen zu haben, dass er seine Freundin mit anderen Frauen teilen muss. Ist das nicht die Phantasie jeden Mannes?

Ich habe keine Zeit, mit einem klaren Satz auf die Neuigkeit zu reagieren, denn Dean kommt zurück, und sein Gesicht verrät mir, dass er weiß, dass ich es weiß. Offenbar ist es in meinem Ausdruck eingemeißelt. Wahrscheinlich bin ich so blass, wie ich mich fühle, erschöpft und schockiert. Ich nehme an, dass Sue das alles inszeniert hat; er musste ein paar Minuten verschwinden, bis sie mir ihr kleines Geheimnis erzählt hatte.

Für den Moment sitze ich in der Falle. Ich teile dieses winzige Abteil mit ihnen, und freie Plätze gibt es nicht. Ich will auch nicht mit lauter Fremden schlafen, und ich will auch nicht mitten in der Nacht in einer unbekannten Stadt aus dem Zug steigen. Mir bleibt nichts anderes übrig, ich muss hierbleiben, bei diesen Leuten, die ihre Psychospiele mit mir getrieben haben.

Ich wende mich ab von ihnen, suche in meinem Waschzeug nach Zahnbürste und Zahnpasta. Als ich mich umdrehe und zur Toilette gehen will, fällt eine Hand auf meine Schulter. »Bleib«, sagt er, und ich schmelze. Es ist ein Wort, dem ich einmal schon widerstanden habe, damals am Juhu-Strand, und das habe ich sofort bereut.

»Warum sollte ich?« Die Verletzung ist meiner Stimme anzuhören.

»Warum? Darum!« Er legt seine andere Hand auf die andere Schulter und sieht mir in die Augen. »Sue und ich wollen dich an Orte bringen, an denen du noch nie gewesen bist.«

Sue tritt vor mich, legt eine Hand auf meine Kopfseite und streicht mit den langen Fingern über meine Haare, während sie mich anlächelt. »Wie kannst du widerstehen?«, fragt sie, und sie hat Recht. Schon jetzt zerbrösele ich innerlich. Wie eine alte Mauer, deren Fundament versagt. Ich bin verzückt, als Dean sein Gesicht an meinen Nacken schmiegt. Die Lippen streicheln die Haut meiner Schultern. Ich würde alles tun, um diesen Moment festzuhalten; er darf nie enden.

Sue ist hinter mich getreten und schlüpft mit einer Hand unter den Bund meiner Combats. »Mmm«, macht sie, als ihr Finger gegen meine Klitoris drückt, die sich steil erhoben hat, ob für sie oder für ihn – ich weiß nicht mehr, auf wen mein Verlangen gerichtet ist.

Auf meinem Bauch fühle ich die solide Schwellung von Deans Schoß, und zu wissen, dass ich diese Beule bald in mir spüren werde, löst einen Schwall von neuer Lust in mir aus. Ich kann es kaum ertragen. Ich weine, und die Tränen strömen über meine Wangen. Mich überkommt das schreckliche Gefühl, dass ich mich verliere – oder dass ich herausfinde, wer ich wirklich bin.

In stummer Absprache hören Dean und Sue auf mit dem, was sie in den letzten Augenblicken getan haben, und führen mich zu meinem Bett. Sue legt mich hin und fragt, ob es warm und behaglich ist. Ich nicke dumpf, denn das Geschehen macht mich sprachlos. Sie steht auf, wendet sich Dean zu, gibt ihm einen tiefen Kuss und streichelt seine Erektion durch den Hosenstoff. Er schließt die Augen, packt eine ihrer Backen und zieht Sue auf sich zu. Ich stöhne auf, greife an meine Spalte und drücke mit dem Daumen gegen die Klitoris.

Ich könnte mich in kürzester Zeit zum Orgasmus bringen; sie zu beobachten, würde mir den letzten Kick geben. Ist es das, was sie wollen? Gehören sie zu jener Spezies, die darauf abfährt, vor anderen Leuten miteinander zu schlafen?

Aber Sue löst sich von Dean und zeigt auf mich. »Zieh sie aus«, sagt sie autoritär, und er tritt auf mich zu, zieht meine Jeans nach unten, dann streift er mir das Top über den Kopf. Einen Moment lang steht er da und schaut mich an, vielleicht sogar, um meinen Körper zu bewundern. Ich spreize die Beine, um ihm zu zeigen, wie bereit ich für ihn bin – falls das zu ihren Plänen gehört. Ich fühle mich schamloser als je zuvor, denn jetzt weiß ich ja, dass ich eine Mitspielerin bin und keine Zuschauerin.

»Ihr BH«, sagt Sue, und Dean beugt sich über mich und langt auf meinen Rücken, um den BH aufzuhaken. Meine Brüste fallen heraus, er nimmt sie in seine Hände und leckt und saugt sie abwechselnd. Ich höre Sues schweres Atmen hinter ihm; es wird lauter und unregelmäßiger. Es wird klar, dass sie ungeheuer erregt ist. Ich wende den Kopf zu ihr und sehe, wie sie sich schnell auszieht.

Einen Moment bleibt sie stehen und streichelt sich, dann klettert sie auf mein Bett hinter Dean, umschlingt ihn mit den Armen, und mit eifrigen Fingern knöpft sie den Hosenstall seiner Jeans auf. Sie zieht sie nach unten, nimmt die Boxershorts gleich mit, und sein Schwanz springt heraus.

Ich bäume mich auf und rucke ihm entgegen, verzweifelt, die schöne goldene Rute bald in mir zu spüren. Aber zuerst füllt sie Sues Hand aus. Sie reibt den Schaft auf und ab, doch sie lässt mich nicht darben: Mit ihrer anderen Hand reibt sie mich zwischen den Beinen und stößt ein paar Finger in mich hinein. Meine Hüften mahlen auf dem Bett; ich bin so geil, dass ich ohnmächtig werden könnte.

Dean drückt weiter das Gesicht zwischen meine Brüste, während er meine Klitoris zwischen zwei Finger nimmt und sie hart zu massieren beginnt. Alle meine wichtigen erogenen Zonen werden verwöhnt, da ist es unmöglich, nicht zu kommen, und so schreie ich überrascht auf, völlig verwundert über das, was dieses Paar mit mir anstellt, und über seine Großzügigkeit. Ich weiß nicht, warum Sue bereit ist, ihren Liebhaber mit mir zu teilen, aber ich bin ihr dankbar.

Ich will ihr zeigen, wie dankbar ich ihr bin und setze mich auf. Ich greife nach ihr und ziehe sie nach unten, sodass sie jetzt auf dem Bett liegt. Ich drücke meinen Mund auf ihre Lippen und küsse sie voller Leidenschaft.

»Danke«, flüstere ich, als wir uns lösen, und sie langt zwischen meine Schenkel. Seit dem Orgasmus ist die Stelle wund und taub. Einen Moment lang lasse ich meine Klitoris necken, dann rutsche ich von ihr weg und drücke meinen Mund auf ihre hübsche kleine Ritze. Sie ist tropfnass. Ich schlecke ihren Saft und labe mich an der fruchtigen Süße mit einem Hauch von Moschus.

Einen Moment lang vergesse ich Dean, aber er ist immer noch da, und er erinnert mich an seine Gegenwart, indem er meine Backen auseinanderzieht und von hinten meine Pussy leckt. Dann kniet er sich direkt hinter mich, und seine Faust führt den Schaft in mich hinein. Ich schreie triumphierend auf und fühle mich wie gepfählt. Ich gehe auf seine Stöße ein und halte dagegen, während ich immer noch Sues Spalte lecke.

Sue drückt ihre Finger flach gegen meine Klitoris und die Labien. Ich fühle mich am Rand eines zweiten Orgasmus. Ich sage mir noch, dass das nicht fair ist, dass jetzt mal ein anderer dran wäre, aber jetzt ist es zu spät, und gierig nehme ich das Geschenk entgegen.

Wir treffen in Kochi ein, und von dort ist es noch eine lange Busreise nach Kovalam im äußersten Süden des Landes. Wir haben uns auf dieses Ziel geeinigt. Kein Wort fällt über die vergangene Nacht, aber ich fühle eine neue Art von Komplizenschaft zwischen uns, als wäre ich Teil von etwas, das ich vielleicht gar nicht verstehe. Ich muss gestehen, dass mir das nicht gefällt, aber die körperlichen Wonnen des Erlebnisses übertreffen irgendwelche Nörgeleien.

Sues Großzügigkeit und Deans Schaft endlich in mir – diese Freuden verdrängen alle Gedanken an Flucht. Ich kann es nicht erwarten, bis ich Dean einmal für mich allein habe. Es ist verrückt, aber ich habe mich schon mit der Tatsache versöhnt, dass er Sues Freund ist.

Es gibt hier drei halbmondförmige Strände. Wir mieten uns eine traditionelle Strohdachhütte in der Nähe des größten Strands. Drinnen gibt es nur ein Doppelschlafzimmer, wenn auch mit einem extrabreiten Bett. Zuerst bin ich überrascht, dass Dean und Sue glücklich mit diesem Arrangement sind, aber dann sage ich mir, dass ich mich geschmeichelt fühlen sollte, weil sie vorhaben, ihr Bett mit mir zu teilen. Wir sind ein Dreierklub geworden. Ich habe nichts dagegen, denn auf diese Weise erhöht sich die Chance, dass ich Dean mal für mich habe, wenn Sue auf Fotojagd geht. Sie redet schon davon, dass sie den Leuchtturm erkunden will, rot und weiß gestreift am Ende der Bucht.

Aber jetzt ist es schon zu spät, sagt sie, das Licht reicht nicht mehr aus. So wollen wir am Strand entlangschlendern, vielleicht mal ins Wasser springen und uns dann ein Restaurant suchen. Wir nehmen unsere Badetücher mit und ziehen los.

Dann stellt sich heraus, dass wir viel zu hungrig sind, und außerdem sind viel zu viele Leute im Wasser, sodass wir uns das Schwimmen verkneifen. Wir sitzen auf der Terrasse eines Restaurants, schauen der Sonne beim Untergehen zu – sie sieht wie eine riesige orangefarbene Münze aus – und plaudern. Leute laufen zusammen, als ein Fischerboot an Land geschleppt wird, und sechs Männer mühen sich mit ihrem Fang ab – einem enormen Schwertfisch. Wir haben Glück; es ist unser Restaurant, das den Fisch bekommt. Wir bestellen Schwertfisch und Reis mit Zitrone und sind sicher, dass man sein Essen nirgendwo frischer bekommen kann.

Während wir essen, studiere ich Dean und Sue und ihre Körpersprache. Die Blicke, die sie tauschen. Die Dinge, über die sie reden. Mir fällt auf, dass sie die Angewohnheit haben, den Satz des anderen zu beenden. Zum ersten Mal frage ich mich, wie lange sie vor der gemeinsamen Indienreise schon zusammen waren. Es ist verblüffend, wie wenig ich von ihnen als Paar weiß, aber irgendetwas hält mich davon ab, sie über ihre Beziehung auszufragen – vielleicht fürchte ich mich vor dem, was ich herausfinden könnte.

Ich schätze, meine erste und wichtigste Frage wäre, ob sie ineinander verliebt sind. Wie sie plaudernd im schwindenden Tageslicht dasitzen, habe ich den Eindruck, dass sie sich mögen, aber mehr auch nicht. Natürlich ist es möglich, dass sie sich aus Rücksicht auf mich zurückhalten mit Küssen und Streicheln. Außerdem weiß ich genug über Paare: Wenn sie in der Öffentlichkeit ihre Zuneigung zur Schau stellen, verbergen sie häusliche Probleme. Und der Umkehrschluss stimmt auch: Ein Paar, das sich in der Öffentlichkeit zurückhält, spielt den Teufel im Schlafzimmer.

Nach Kaffee und einem einheimischen Schnaps zahlen wir und gehen hinaus in den Sand. Der Mond ist eine dünne Silbersichel über uns, wie die Spitze eines Fingernagels. Das Meer glitzert dunkel, fast bedrohlich. Ich halte die Luft an und frage mich, was die Nacht für uns bereithält.

Sue zieht sich zuerst aus, wie man es von der Exhibitionistin auf jeder Party erwartet. Im fahlen Mondschein ist sie kaum zu sehen. Sie nähert sich mir, verstohlen wie ein Panther, dann zieht sie mir das Top über den Kopf und beugt sich über mich und leckt über meine Brüste. Ich halte sie ihr entgegen, drücke sie in ihr Gesicht und stoße leise gurgelnde Geräusche aus.

Mein Kopf liegt tief im Nacken, und als ich zur Seite sehe, stelle ich fest, dass Dean sich auch schon ausgezogen hat. Ein Laut entringt sich meiner Kehle, tierisch fast, als ich sehe, wie er ins Wasser läuft. Einen Moment lang ist er nicht zu sehen, dann taucht er weiter draußen wieder auf.

Sue richtet sich auf, dann schaut sie hinaus aufs Meer und folgt ihm. Ich will hier draußen nicht allein sein, deshalb ziehe ich rasch den Rest meiner Kleider aus, lasse sie auf einem Haufen am Strand zurück und laufe Sue hinterher. Sie hat gerade Dean eingeholt, schlingt ihre Arme um seinen Nacken und drückt ihren Mund auf seinen. Sie küssen sich eine Weile, und ich spüre ein Zwicken im Bauch, als ich sehe, dass sie sich abschlecken wie frisch Verliebte. Dann streckt jeder einen Arm aus und öffnet einen Kreis, um mich aufzunehmen.

Ich bin nicht sicher, welche Hand es ist, die zuerst in mich eindringt, das scheint auch nicht wichtig zu sein. Entscheidend sind die Sensationen, die Finger, die sich in mir bewegen und immer tiefer eindringen. Dann erkenne ich, dass es Deans Hand ist, weil seine Schulter sich im Takt der Hand bewegt. Bald darauf löst er die andere Hand von Sues Schulter, und dann bewegt sich Deans andere Schulter auch in diesem Takt.

Sues Gesicht bestätigt, dass er die andere Hand in ihr hat und sie auf genau diese Weise stimuliert. Sie schaut mich an, und wir lächeln wie eine verschworene Gemeinschaft. Sie beugt sich zu mir und küsst mich, eine Hand auf meiner Brust. Ich drücke ihre Brüste, und ich fühle ihre stählernen Nippel auf meinen Handflächen.

Ich stöhne auf; mein Orgasmus kommt, kommt viel zu früh. Aber dann kommt Sue zeitgleich mit mir; unsere Münder pressen sich fest aufeinander, und unsere Schreie werden von unseren Zungen gedämpft.

Dean übernimmt die Kontrolle. Wortlos dreht er mich im hüfthohen Wasser, sodass ich mit dem Rücken zu ihm stehe. Sue stellt sich neben mich und reicht mir eine Hand. Dean legt einen Arm um meine Taille, den anderen Arm legt er um Sue. Wir tanzen im Wasser und lassen uns zu ein paar Felsen treiben, die aus dem Meer ragen. Ein ausgemustertes Fischerboot verbirgt uns vor den Blicken der Menschen, die noch am Strand spazieren oder auf den Terrassen der Restaurants sitzen. Ich schaue hoch zu Dean. Es ist klar, dass er das Sagen hat, und wir erwarten seine Anweisungen.

Er sieht zu Sue, und sie weiß allein von seinem Blick, was er will. Sie legt sich unterhalb der Felsen auf den Sand, die Beine gespreizt, und zieht mich zu sich hinunter. Sie schlingt ihre Arme um mich. Eine Hand um meine Nippel, die andere befingert meine Klitoris. Ich fühle mich jetzt schon so heiß, dass ich kommen könnte.

Dean kniet zwischen meinen Schenkeln und reibt seinen Schaft, ein paar Zentimeter von meiner Öffnung entfernt. Ich stoße ein frustriertes Stöhnen aus. Ich brauche ihn jetzt in mir. Mit einer Hand will ich nach ihm greifen. Aber Sue zieht mich zurück, deshalb kann ich diesen wunderbaren Stab nicht fassen, solange sie es nicht will. Oder ich muss warten, bis er bereit ist, mich zu verwöhnen. Mein Mund ist trocken vor Erregung.

Er lässt sich nieder, und ich schließe die Augen vor lauter Erwartung. Aber als seine Haut mich berührt, ist es nicht der Schwanz, nach dem ich lechze, und mir wird klar, dass er in Sue eingedrungen ist. Ich spüre, wie ihr Körper sich versteift, und ihre Hand auf meiner Brust greift härter zu.

Ich presse meine Klitoris gegen ihre Finger, und trotz ihrer Verzückung reagiert sie sofort und beginnt, mich gekonnt zu massieren. Ich fühle, wie es in mir anschwillt, und auch Sue schlägt wie wild um sich. Diesmal ist es ihre Erregung, die meinen Orgasmus auslöst. Ich komme und spreize die Beine, so weit es geht. Dean ist von zwei schreienden, strampelnden Frauen umgeben, und auch er kann sich nicht länger zurückhalten und versprüht sich in seiner Freundin.

Schlaff sinken wir in den Sand. »Oh, Mann«, stöhnt Dean. »Was für ein Fest, dass wir zu dritt kommen können.«

Ich kann kaum sprechen, weil ich so überwältigt bin. Ein paar Minuten liege ich nur keuchend da, keuchend und zitternd. Schließlich setze ich mich auf, wende ihnen den Rücken zu und schaue hinaus aufs Meer. Der Mond ist weitergezogen, und die See sieht wie ein Zauberteppich aus, der sich vielleicht erhebt und dich zum Himmel trägt. Während ich das denke, überkommen mich der Kummer und ein Anfall von Heimweh. Ich habe keine Ahnung, wo der Anfall herkommt und was ihn ausgelöst hat.

»Komm, Nadia«, höre ich Sue sagen. Sie klingt grell, wie eine Schullehrerin, herrisch und tadelnd. Der Teenager, der ich noch bin, revoltiert.

»Willst du mit uns zurück zur Hütte gehen?«, fragt Dean. Er ist viel sanfter als Sue, als begreife er meine Gefühle. »Oder willst du noch eine Weile hierbleiben?«

Ich nicke und bin ihm dankbar, dass er mich versteht. Ich will eine Weile allein sein. »Ich komme später nach«, sage ich.

»Okay.« Er bückte sich und berührt meine Schultern. »Dann werden wir die Tür nicht abschließen.«

Ich schaue wieder hinaus aufs Wasser, aber dann drehe ich mich um und schaue ihnen nach, wie sie am Strand entlanggehen, immer noch nackt, die Kleider unter den Armen. Mein Herz ballt sich wie eine Faust zusammen, als ich sehe, dass sie sich an den Händen halten. Ich kenne sie noch nicht lange, aber das Bild ruft mir in Erinnerung, dass sie ein Paar sind ein Paar, das es schon vor mir gab und auch schon bewiesen hat, dass es ohne mich leben konnte. Im Gegensatz zu ihnen wäre ich ohne Begleitung ärmer dran.

Ich setze mich auf, ziehe die Knie an und schlinge die Arme um meine Beine. Bin ich denn heute weniger einsam als vorher? Sue hat den Kopf an Deans Schulter gelegt. Ich hätte nicht hinschauen sollen.

Ich bleibe noch eine Weile sitzen. Ich habe das Gefühl, dass die Nacht für Dean und Sue noch nicht vorbei ist. Sobald sie die Hütte erreichen, werden sie übereinander herfallen. Ich habe keine Lust, sie dabei zu stören, ganz egal, wie intim unsere Körper schon gewesen sind.

Der Himmel wird schon grau, als ich endlich bereit bin, zur Hütte zurückzukehren. Ich sammle meine Kleider ein und spaziere nackt am Strand entlang – genau wie sie.

Im Schlafzimmer finde ich sie im Bett, Sues Kopf auf Deans Bauch, ihre Hand um seinen Penis geschlungen. Selbst im Schlaf will sie mich wissen lassen, wer die rechtmäßigen Ansprüche hat. Ich klettere zu ihnen, rutsche in die kleine Nische, die sie mir gelassen haben, betrachte sie und bringe mich mit der eigenen Hand zu einem weiteren Orgasmus. Aber er hinterlässt einen sauren Geschmack in meinem Mund.

Der Schlaf will nicht kommen, obwohl der Morgen schon graut. Ich bin viel zu müde, um mit Dean und Sue aufzustehen. In der kleinen Küche bereiten sie Kaffee zu und unterhalten sich, aber ich kann nichts verstehen. Ich döse, und wenn ich eingeschlafen bin, werde ich von Visionen der Nacht eingeholt: wie Dean auf mich fällt, während er in Sue kommt, wie Sue und ich zusammen kommen, sie durch ihn und ich durch sie. Warum fühle ich mich also so niedergeschlagen?

Ich schlafe wieder ein wenig, und als ich wach werde, kann ich draußen fast die Schwüle aufsteigen sehen. An der Decke ist ein Ventilator angebracht; Sue oder Dean müssen ihn eingeschaltet haben, bevor sie aus dem Haus gegangen sind. Deshalb ist das Zimmer erstaunlich kühl.

Immer noch seltsam deprimiert und erschöpft von unseren ausgelassenen Spielen im Wasser und auf dem Sand, schließe ich die Augen und suche wieder den Schlaf. Ich trete gerade weg, als ich eine quietschende Tür höre. Ich presse die Augen fest zu, aber meine Schenkel spreizen sich wie von selbst. Ich bringe meine Hände nach unten und bin verblüfft von der Nässe.

Natürlich will ich, dass es Dean ist. Könnte dies unsere große Chance sein, auf die ich gewartet habe? Aber ich weiß – ganz egal, was mein Kopf mir eingibt, und trotz Sues herrischer Art, die mich gestern Abend genervt hat –, dass die Säfte nicht nur für Dean allein sind, sondern auch für seine Geliebte. Egal, wer von beiden es ist – ich bin bereit.

Meine Augen bleiben geschlossen und schieben die Enthüllung hinaus. Im Schlaf habe ich das Bettzeug nach unten gestrampelt, oder vielleicht haben Dean oder Sue es zurückgeschlagen, damit der Ventilator wirksamer arbeiten kann. Oder weil sie meinen Körper bewundern wollten. Denn ich bin entblößt. Ich spreize die Beine noch weiter, damit er oder sie sehen kann, wie bereit ich bin. Die Botschaft kommt an: Finger streicheln mich sanft wie Schmetterlingsflügel, dann schlüpfen sie in mich hinein, leicht und natürlich. Ebenso leicht streicht der Daumenballen über meine Klitoris.

Ich habe mich über die ganze Breite des Bettes ausgestreckt, und mein Kopf hängt über die Seite hinaus. Mit den Haaren kann ich den Boden fegen. Ich fühle einen Mund auf meiner

Brust, Zähne auf dem Nippel. Ein Schrei kommt aus meiner Kehle, selbst in meinen eigenen Ohren hört sich der Schrei nur halb menschlich an.

Meine Augen brechen auf, und es ist – er. In meinem Herzen habe ich gewusst, dass er es ist, in meinem Blut und in den Knochen. Er hat eine Zärtlichkeit, die Sue fehlt, zum Beispiel die Berührung der Schmetterlingsflügel. Er kniet da, den Penis in der Hand, und wie er ihn hält, einsatzbereit, lässt mich glauben, dass ich meinen Geburtstag verfrüht feiere und ein Geschenk erhalte, auf das ich so lange gewartet habe, ohne zu glauben, dass ich es je erhalten würde.

Er kommt näher, und ich hoffe, dass ich nicht ohnmächtig werde. Aber das passiert nicht. Ich lange zwischen meine Schenkel und öffne mich für ihn.

Er taucht in mich hinein, als wäre ihm bewusst, dass die Zeit nicht auf unserer Seite ist. Ich möchte gern wissen, wo sich Sue in diesem Moment aufhält und wie viel Zeit wir haben. Ich hasse diese Hetze, aber der Kick, Dean in mir zu spüren, ohne dass sie zuschaut oder eingreift, ist gewaltig, und ich weiß, dass es nicht lange dauert, bis ich komme. Mein Kopf ruckt nach rechts und links. Seine glatten Hoden klatschen gegen den Damm.

Eine Bewegung in der Tür lässt meinen Kopf stillstehen. Sue steht da, seltsam lächelnd, die Augen strahlend. Es ist ein Lächeln, das sich seiner Sache nicht sicher ist, das aber beharrlich bleibt. Ich ahne, dass unter diesem Lächeln der Ärger liegt, und der sagt mir, dass das nicht geplant war.

Sie beschließt, das Beste aus ihrer kleinen Entdeckung zu machen. Sie ist eine Frau, die versucht, alles zu ihrem Vorteil zu nutzen. Sie schreitet auf uns zu und zieht ihr Bikinihöschen aus. Jetzt lächelt sie triumphierend. Als sie fast vorm Bett steht, hält sie an, drehte sich um und langt in ihren Rucksack, der an der Wand lehnt. Sie klettert ins Bett und legt eine

Hand auf Deans Hüfte. Er pumpt immer noch in mich hinein, aber seit sie da ist, pumpt er langsamer. Er hat die Augen geschlossen.

Ich recke den Hals, um sehen zu können, was sich hinter ihm abspielt. Sue befestigt irgendetwas an ihren Hüften. Als wüsste er schon, was ihn erwartet, spannt sich Deans Kinn und wird eckig, und das ganze Gesicht verzieht sich. Er stöhnt schwer, als Sue seine Backen spreizt und die Spitze des umgeschnallten Dildos in ihn hineinstößt. Ich habe nicht gesehen, dass sie irgendein Gleitmittel benutzt hat, deshalb ahne ich, dass dies für sie beide nicht das erste Mal ist.

Von nun an werden es Doppelstöße. Ich fühle, dass sie die Kontrolle übernommen hat. Nun, ich will den begrenzten Einfluss, den ich vielleicht gehabt habe, nutzen und nehme Deans Hoden in meine Hand. Ich drücke zu, fester als bisher. Er öffnet die Augen und lächelt dankbar und freundlich. Ich bilde mir ein, dass sein Lächeln sagt: Ich habe es wenigstens versucht, aber sie hat es nicht zugelassen.

Ich erwidere sein Lächeln, halte eine Hand um seine Bälle und streichle mit der anderen die kräftige Linie seines Kinns. Sicher, dass sie aus ihrer Position hinter ihm nicht sehen kann, was ich tue, hebe ich den Kopf zu seinem Gesicht. Für einen Moment senkt er den Kopf, und so kommt es zu einem kurzen keuschen Kuss, der von verlorenen Hoffnungen spricht und von Wünschen, die nie erfüllt werden.

Dann schließe ich die Augen und rede mir ein, dass ich ihre Anwesenheit vergessen kann, aber ich weiß jetzt, dass ich Dean nie für mich allein haben werde.

Sechsundzwanzigstes Kapitel

Beim Frühstück am anderen Morgen bemerke ich, dass etwas nicht in Ordnung ist. Es gibt eine Frau im Yogakurs – sie nennt sich Kat, aber ich vermute eher, dass sie Kate heißt, abgekürzt von Katherine, und um sich interessanter zu machen, hat sie den Namen eben noch einmal gekürzt. Aber ihr Name ist nicht von Bedeutung, es ist etwas anderes, was mich an ihr ärgert.

Kat und Chris tauschten an diesem Morgen einen Blick, gerade als die Session beginnen sollte, und dieser Blick verriet mir, dass zwischen ihnen etwas geschehen war. Sie ist fit, diese Frau, fröhlich auf diese kotzfreundliche amerikanische Art, und sie ist bestimmt fünfzehn Jahre jünger als ich.

Ihre Haut glüht, als käme sie permanent aus dem Fitnesscenter – oder als hätte sie gerade gevögelt. Sie trägt die letzte Yogamode, echte Designerklamotten. Dazu eine gepiercte Nase, einen gepiercten Nabel und aller Wahrscheinlichkeit nach auch eine gepiercte Klitoris. Ich wüsste gern, ob sich Chris vom letzten Piercing schon überzeugt hatte.

Der Blick, knisternd, heiß und zischend, führte bei mir zu Unbehagen, und so konzentrierte ich mich nicht auf die einzelnen Positionen. Kat hatte sich entschieden, ganz hinten zu sitzen, was ungewöhnlich für sie war. Ich nehme nicht viel Notiz von solchen Dingen, aber ich erinnere mich, dass sie sonst immer in der ersten Reihe saß. Neben den Piercings hat sie auch die Tätowierung eines Schmetterlings auf einem Schulterblatt, und dieses Tattoo nahm ich schon einige Male als Fokus, wenn ich mich nach schwierigen Positionen stabilisieren wollte, wie zum Beispiel auf einem Bein das Gleichgewicht halten.

Aber an diesem Morgen saß sie hinten, und auch das machte mich misstrauisch. Wann immer Chris nach hinten ging, gab ich vor, mit irgendwas beschäftigt zu sein, zum Beispiel, dass ich eine Haarnadel neu befestigen musste, wodurch ich den Kopf leicht nach hinten bewegen konnte. Es dauerte nicht lange, bis feststand, dass mein Unbehagen berechtigt war.

Ich hörte sie fragen, ob er ihr helfen könnte, die Schultern in Balance zu halten, und als ich mich umdrehte, sah ich, dass Chris nicht nur seine Hand auf ihre Hüfte legte, sondern auch in wahnsinniger Schnelligkeit mit der anderen Hand zwischen ihre Beine griff und die Fingerspitzen über ihre Pussy gleiten ließ, die in einem engen Lycra-Höschen steckte.

Das geschah so schnell, dass ich mir nachher einreden konnte, ich hätte mich getäuscht. Ich riss den Kopf herum und wollte nicht glauben, was meine Augen gesehen hatten. Aber meine Intuition ist gewöhnlich stark, und ich hatte von dem Moment an, in dem Kat das Studio betrat, die Elektrizität gespürt, die zwischen ihnen beiden floss. Gestern musste irgendwas Entscheidendes zwischen ihnen geschehen sein.

Ich denke zurück an die vergangene Nacht, an die Intimität dessen, was ich für unsere Liebe hielt; aber jetzt weiß ich, dass es auch wieder nur eine Nummer war für Chris, ein weiterer Fick für seine Sammlung. All dieser Schwachsinn über Enge und Geduld – dabei hatte er während des Tages schon eine andere Schülerin gevögelt.

Jetzt weiß ich auch, warum er tagsüber nie etwas mit mir zu tun haben wollte. Und wer kann schon sagen, ob Kat die Einzige ist? Was ist mit Jasmine und den anderen Akoluthen, die er in seinem Zimmer »unterwies«? Was ist mit den anderen Schülerinnen? Ich stehe vor meinem Spiegel, betrachte meinen nackten Körper und beschließe, das herauszufinden.

Die meisten anderen Frauen wandern nachmittags zum Strand. Sie reden zwar über die höheren Ebenen und das spirituelle Erwachen, aber sie scheinen mehr an einer attraktiven Bräune interessiert zu sein als an der einheimischen Kultur. Wie Sardinen in einer Büchse liegen sie nackt am Strand, glitschig vom Öl, und die Blicke der indischen Jungs ignorierten sie; dabei hatten sie sich auf die Felsen am Ende der Bucht zurückgezogen und ließen sich von den neugierigen Jungs nackt fotografieren. Hatten die Frauen keinen Stolz und kein kulturelles Empfinden?

Heute gehe ich mit ihnen, obwohl ich weiß, dass ich nicht schrecklich willkommen sein werde, weil sie eben wissen, dass Chris und ich ... Nun ja, ich weiß jetzt, dass ich nicht die Einzige bin, und so fühle ich mich ein bisschen verlegen und dumm. Ich hatte mich für was Besseres gehalten und geglaubt, dass die anderen Kursteilnehmer grün vor Neid waren, und dabei werden sie hinter meinem Rücken über meine Einfältigkeit gelacht haben.

Ich lege mich ans Ende der Reihe, neben Marigold, die eine der Ältesten der Gruppe ist. Ein Hippie, der die sechziger Jahren nie hinter sich gelassen hat. Sie färbt die Haare mit Henna leuchtend rot. Sie ist eine stille Seele und eine der liebenswürdigsten Frauen des ganzen Kurses. Sie wendet den Kopf und schaut mich an, als ich mein Badetuch neben ihr ausbreite.

»Du hast doch nichts dagegen?«

»Leg dich hin, und genieße das Leben«, krächzt sie mit einer Stimme, die jahrzehntelanger Konsum von Gras ruiniert hat.

»Danke.« Ich überlege, wie ich auf unauffällige Art an Informationen herankommen kann. »Wie gefällt dir der Kurs?«

»Ganz gut«, antwortet sie.

»Kennst du bessere?«

»Oh, ja. Ich mache schon seit über dreißig Jahren Yoga, und wie du dir denken kannst, habe ich in dieser Zeit einige der besten Lehrer der Welt kennen gelernt.«

»Natürlich. Aber du schätzt offenbar auch Christopher, sonst wärst du nicht hier.«

Sie schaut mich an, und mit einer Hand schützt sie die Augen vor der Sonne. »Er ist okay«, sagt sie, »aber wenn wir ehrlich sind, ist keine von uns wegen des Yogas hier.«

Ich mustere sie nervös. »Und warum bist du hier?«

»Warum bist du hier?«

»Für den Yogakurs.«

»Und für den Rest.«

Ich erröte.

»Schon gut«, sagt sie und legt eine Hand auf meinen Arm. »Du brauchst dich nicht zu schämen.«

»Aber deswegen bin ich nicht hier«, sage ich.

»Nicht? Dann bist du die Ausnahme.«

»Du meinst …?« Ich kann den Satz nicht zu Ende sprechen.

Sie nickt, und ihre Augenbrauen heben sich leicht.

»Wie viele?«

Sie schaut die Reihe der nackten, gebräunten Körper entlang, die sich im Sand ausstrecken, und ich setze mich auf und schaue an ihr vorbei. Es ist wie eine Linie von Puppenteilen. Alle Größen und alle Formen sind vertreten, und auch das Alter bietet eine beachtliche Bandbreite. Keine der Frauen ist unattraktiv; sie alle achten auf ihre Körper und pflegen sich gut. Alle haben feste Brüste. Verblüffend die Unterschiede der Pussys – manche sind völlig unbehaart, andere sind buschig und stolz darauf, und einige Frauen haben ihr Schamhaar gefärbt und kleine Büschel angelegt. Aus einigen Spalten sehe ich es glitzern – Piercings.

Es ist gut zu verstehen, dass Chris seine Finger nicht von

ihnen lassen kann. Aber warum macht er sich die Mühe, sein Treiben vor mir geheim zu halten? Ist er ein Sexaholic? Warum täuscht er mir Treue vor, wenn er meinen Verlust doch leicht verkraften könnte?

»So ungefähr alle«, sagt Marigold.

»Aber wann?«

»Meistens an den Nachmittagen, manchmal auch am frühen Abend. Er hat eine ganz besondere Berührung, wenn er dich während des Kurses wissen lässt, dass er dich ausgewählt hat. Dadurch lässt er dich wissen, dass du auf sein Zimmer kommen kannst.«

»Aber ... wie schafft er das alles? Ich meine logistisch, von der Zeit her?«

»Zwei auf einmal«, antwortet sie, und ich höre einen Anflug von Schadenfreude, als sie mir das sagt. Sie beobachtet meine Reaktion.

»Bist ... du schon mal ...?«

»Nur einmal«, sagt sie ein bisschen traurig. »Ich, Daphne und Roberta, wir sind vor ein paar Tagen zitiert worden.«

Ich verziehe das Gesicht. »Zitiert worden.« Aber mir ist es nicht anders ergangen, wenn er mir beim Mittagessen erlaubt hat, am späten Abend zu ihm zu kommen. Ich schätze, ich sollte auch noch dankbar sein, dass ich ihn dann jeweils für mich allein gehabt habe, wenn ich bedenke, was ich gerade erfahren habe. Aber es ist ein schwacher Trost. Seit ich weiß, dass er jeden Tag eine Parade von Frauen auf seinem Zimmer hat, fühle ich mich billig und benutzt.

Ich lege den Kopf zurück in den Sand und stelle ihn mir in seinem Zimmer vor, wie er mit überkreuzten Beinen auf dem Bett sitzt und über das dritte Auge referiert und weiß der Teufel, worüber sonst noch. Am liebsten hätte ich über das spirituelle Zeug gelacht, aber ein Teil von mir wollte es glauben. Und was die Sexualität angeht, so hatte ich einige der erstaunlichsten Erlebnisse meines Lebens. Aber jetzt weiß ich, dass er diesen Zauber bei allen anderen auch anwendet, und mir wird schlecht.

Beim Essen verhalte ich mich ungewöhnlich ruhig. Das Letzte, was ich möchte, ist, jetzt mit ihm zu sprechen. Ich will einfach nur weg. Aber er bemerkt natürlich, dass etwas nicht in Ordnung ist, und in einem geeigneten Moment spricht er mich an und sagt, ich soll um elf bei ihm vorbeischauen. Dieselbe Zeit wie gestern.

Ich starre ihn an, als sähe ich ihn das erste Mal. Sein langes, hageres Gesicht hat was Wölfisches an sich. »Ich bin müde«, sage ich. »Kann ich früher kommen?«

»Es tut mir leid«, sagt er, »aber ich hab dringende Arbeiten zu erledigen.«

»Was denn?«, frage ich und bin erstaunt über meine freche Art.

»Wie meinst du das?«

»Was hast du so dringend zu tun?«

Donner stiehlt sich in sein Gesicht, und ich fürchte, dass er seinen Wutanfall nicht zurückhalten kann. Doch er hat sich sofort wieder im Griff. »Es ist meine Seite im Internet. Sie arbeitet nicht richtig.«

»Okay«, sage ich und täusche vor, dass ich mein Interesse verloren habe. »Hattest du denn einen schönen Nachmittag?«

Er runzelt die Stirn. »Ja, danke.«

»Warum das Stirnrunzeln?«

»Ich weiß nicht. Woher kommt das plötzliche Interesse?«

»Ach, kein besonderer Grund. Nur ein höfliches Interesse an deinem Leben.« Ich stehe auf und gehe mit meinem Teller zum Dessertbüfett. In mir brodelt es wie in einem Kessel, in dem das Wasser kocht. Ich muss mich beherrschen; dies ist nicht der Ort, um ihn zu konfrontieren.

Ich schaue über meine Schulter zurück, und ich sehe, wie er mir nachstarrt, einen verdutzten Blick im Gesicht. Als er meinen Blick auffängt, sieht er nach unten, auf die Hände in seinem Schoß, und für einen Moment denke ich, dass er tief in Gedanken versunken ist. Dann aber gibt er sich wieder scheinbar resolut, steht auf und schreitet zielbewusst hinaus.

Auf mein Zimmer zu gehen und bis elf Uhr Däumchen zu drehen, ist nicht wirklich eine Option – ich würde dabei verrückt werden. Stattdessen gehe ich zur Internetstation, die bei der Rezeption eingerichtet ist, und schicke Nadia eine E-Mail. Ich will herausfinden, wie es ihr geht, wo sie sich aufhält und ob sie Pläne hat, nach Goa zurückzukehren. Ihr Zorn muss sich inzwischen gelegt haben, und wenn sie Chris immer noch nicht mag, kann sie ja in der Nähe bleiben – sie braucht ihn nicht zu sehen.

Während ich schreibe, frage ich mich, was heute Abend geschehen wird, wenn ich Chris damit konfrontiere, dass ich von seinem Herumvögeln weiß. Ich werde wütend auf ihn sein, und ich werde ihn fragen, was er sich einbildet. Aber ich wäre ein Lügner, wenn ich nicht zugeben würde, dass ein Teil von mir hofft, ihn umzudrehen.

Ich möchte gern wissen, warum ich diejenige bin, die er sich für die spezielle Behandlung ausgesucht hat, und warum ich ihn für mich allein haben konnte, während die anderen ihn alle teilen mussten. Und unsere gemeinsamen Nächte, drei in Folge, sind doch auch ein Beweis für irgendwas. Kann man mir da verdenken, dass ich auf seine Gefühle für mich hoffe, obwohl er mit anderen Frauen herummacht? Gefühle, die vielleicht bedeuten, dass ich ihn überreden kann, nicht länger jedem Rock nachzujagen und sich stattdessen zu mir zu bekennen.

Von Nadia liegen keine E-Mails vor, und Panik steigt in mir hoch, wenn ich daran denke, dass ich keine Ahnung habe, wo mein kleines Mädchen ist, mit wem sie reist und was sie gerade macht. Mit achtzehn trifft sie natürlich ihre eigenen Entscheidungen und geht ihre eigenen Wege. Sie ist in der Lage, auf sich selbst aufzupassen.

Aber in letzter Zeit habe ich eine Verletzlichkeit bei ihr bemerkt, die vorher nicht da war. Der verwirrte Blick in ihren Augen. Bei aller Schönheit – oder trotz ihrer Schönheit – weiß sie noch nicht, wer sie ist. Ich hoffe, dass Indien ihr hilft, sich selbst zu finden. Ich schicke ihr eine kurze E-Mail, dass ich sie liebe und dass ich hoffe, dass es ihr gut geht. Ich schreibe, dass es mir leid tut und dass ich gern bald von ihr hören möchte.

Dann lese ich eine E-Mail von Ravi. Die Katzen müssten zum Tierarzt, schreibt er. Ich melde mich ab und bleibe noch einen Moment auf dem Stuhl sitzen, weil ich nicht genau weiß, was ich jetzt tun soll. Ich schaue auf die Uhr. Erst neun. Dann kann ich nicht mehr an mich halten – ich stehe auf, gehe durch die Rezeption und den Flur entlang zu Chris' Zimmer.

Vor der Tür bleibe ich stehen, und sofort höre ich drinnen eine Frauenstimme, zwei Frauenstimmen und ab und zu auch Chris' Stimme. Wie schon zuvor ist es schwierig, etwas zu hören, was im Zimmer gesprochen wird, und mir wird bewusst, dass sie absichtlich gedämpft reden. Ich drücke mein Ohr gegen die Tür und halte den Atem an.

»Hallo«, sagt eine amüsierte Stimme neben mir. Ich war so konzentriert gewesen, dass ich gar nicht bemerkte, wie sich jemand näherte. Dann ist Jasmine direkt hinter mir, bekleidet mit einem langen Kaftan aus dünnem Stoff, der dem Betrachter verrät, dass sie darunter nichts trägt.

»Ich ...« Ich breche sofort ab. Jeder Versuch einer Ausrede ist albern. In dieser Position konnte ich nichts anderes bezwecken als Lauschen.

Sie lächelt ein bisschen überlegen. »Du kannst ruhig mit hineingehen«, sagt sie, langt an mir vorbei und klopft dreimal kurz gegen die Tür. »Chris hat nichts dagegen.«

Ich stehe da, erstarrt, eingeschüchtert. Mir bleibt keine Zeit, mich zu verdrücken, und Chris wird sowieso erfahren, dass ich gelauscht habe, und dafür wird er mich hassen. Unsere Affäre wird das nicht überleben. Obwohl ich nicht vorhabe zu fliehen, mache ich mich ganz klein und weiß nicht, wie ich mich herausreden kann.

Die Tür öffnet sich, und einen Moment lang sieht Chris ein wenig verdutzt aus, als er mich neben Jasmine stehen sieht. Dann entspannt sich sein Gesicht zu einem gezwungenen Lächeln, und er öffnet die Tür weiter. »Kommt doch beide herein«, sagt er.

Jasmines Hand liegt auf der schmalsten Stelle meines Rückens und fordert mich auf, vor ihr ins Zimmer zu gehen. Chris steht da, immer noch eine Hand auf dem Türgriff, winkt uns ins Zimmer und zieht schließlich die Tür zu. Ich meide seinen Blick, als ich an ihm vorbeigehe, und ich zucke zusammen, als ich seine Hand auf meinem Arm spüre. Ich muss schlucken, als ich zwei Frauen auf seinem Bett sehe, beide mit Handschellen an die Bettpfosten gefesselt.

Ich drehe mich um und will Jasmine anflehen, mich gehen zu lassen, aber sie hat schon ihren Kaftan ausgezogen und stolziert nackt durchs Zimmer. Sie hat den schönsten Körper, den ich je gesehen habe, blass wie Milch, alles in perfekten Proportionen. Sie klettert aufs Bett und drückt ihr Gesicht zwischen die Schenkel einer der beiden Frauen. Ich höre tiefe Seufzer, die der Frau entweichen, und als sie sich auf dem Bett zu winden beginnt und Jasmines Kopf noch fester an sich zieht, erkenne ich ein verräterisches Schmetterlingstattoo. Es ist Kat. Ich kann nicht sehen, wer die andere Frau ist, aber ich kann sie aufschreien hören, als Jasmine, den Kopf noch zwischen Kats Schenkeln, ihre Finger in die zweite Frau hineinstößt.

Ich wirbele herum, direkt in Chris' wartende Arme. »Du denkst doch nicht ans Gehen?«, fragt er, und ich breche in Tränen aus. Er zieht mich näher an sich heran. »Weine nicht«, sagt er und streicht mit einer Hand durch meine Haare. »Ich hasse es, dich weinen zu sehen.« Er fängt die Tränen mit seinem Daumen auf und bringt sie zu seinen Lippen. »Dies soll eine fröhliche Zeit sein«, sagt er. »Wir sind hier, um Freude zu teilen.«

»Freude«, fauche ich und weiche vor ihm zurück. »Ich ... Ich habe zugelassen, mich in dich zu verlieben, verdammt noch mal, und dann finde ich heraus, dass du alle Kursteilnehmer vögelst.« Ich mache eine allumfassende Bewegung durch das ganze Zimmer. »So lebst du also.« Ich balle meine Fäuste und trommele gegen seinen Brustkorb. »Du mieser Bastard. Was glaubst du, wie ich mich fühle?«

Ich fange wieder zu weinen an, aber er versucht, meine Tränen zurückzuhalten. Er tritt von mir weg und hebt die Arme. »Fang nicht wieder an«, sagt er. »Nimm einen tiefen Atemzug, und beruhige dich, Val. Wir haben nie über Liebe gesprochen oder darüber dass dies eine exklusive Sache sein soll.«

»Nein, aber dieses Gesäusel über Intimität, aufzubauendes Vertrauen und die zu trainierende Geduld. Du hast mir was vorgemacht. Du bist ein Sexkranker, der seine Hände von keiner Frau lassen kann.«

Er lächelt, und wieder sehe ich den Wolf in ihm. »Warum sollte ich?«, fragt er. »Warum sollte ich diesen wundervollen Wesen widerstehen, die jeden Tag vor mir auf und ab paradieren? Warum sollte ich mir die ganze Lust versagen, die mir auf einem Silbertablett präsentiert wird? Das wäre so verrückt, als würde ich einen Teller mit köstlichen exotischen Früchten, reif und saftig, von mir schieben. Was für eine Verschwendung wäre das!«

»Aber was ist mit Liebe, mit Verantwortung?«

Er hebt die Schultern. »Verantwortung für irdische Dinge, damit haben wir nichts zu tun. Das lernen wir bei der Meditation. Wir lösen uns vom Hier und Jetzt und von allen Bindungen, die uns auf der Erde festhalten, einschließlich der irdischen Gelüste.« Er macht »ts, ts«, schüttelt den Kopf und fragt: »Hast du das immer noch nicht gelernt?«

Ich zeige auf die Frauen auf seinem Bett. »Gehören sie nicht zu den irdischen Gelüsten? Du erzählst eine Menge Scheiß, Chris, und wenn man zuhört, findet man heraus, dass du dir in vielen Dingen selbst widersprichst.«

Er hebt wieder die Schultern, setzt sich auf die Chaiselongue und meint: »Ja, vielleicht. Ich bin auch nur ein Mensch. Aber lass mich noch eins sagen, Val – schimpfe erst, wenn du es ausprobiert hast.«

»Was meinst du damit?«

Er dreht den Kopf zum Bett, sagt aber nichts. Ich blicke auf die Frauen, auf Jasmines wunderschönen nackten Po, den sie hoch in die Luft gereckt hat, pink und stolz.

»Sex ist etwas Heiliges«, höre ich Chris murmeln, seine Stimme hypnotisch langsam und tief.

»Du meinst doch nicht für mich ...?«

Ich drehe mich um und sehe ihn nackt auf der Chaiselongue sitzen, den Schaft in der Hand, die ölig und glitschig ist und auf und ab fährt. Er schaut zuerst mich an, dann seine Faust. »Der *lingam*«, sagt er. »Oder der Zauberstab. Er ist ein Instrument von Energie und Lust. Deshalb ist es meine Aufgabe, dafür zu sorgen, dass er sein ehrenvolles Schicksal erfüllt.«

»Ich habe nichts dagegen, dass du ihn sein Schicksal bei mir erfüllen lässt. Aber warum vögelst du dann auch die anderen Frauen?« Mir wird bewusst, dass ich näher auf ihn zu gegangen bin, als ob sein *lingam* irgendeine Kraft auf mich ausübt.

Ich kann meinen Blick nicht abwenden. Das Wissen um die Lust, die er mir beschert hat, lässt es zwischen meinen Schenkeln prickeln.

Ich gehe näher heran und lasse mich auf die Knie fallen. Er hat Recht: Sein Schaft ist etwas Ehrwürdiges, und deshalb fällt es mir leicht, für ihn zu schwärmen. Ich lege meine Hand über seine und übernehme den Rhythmus, den er begonnen hat. Die andere Hand lege ich unter die Wurzel, wo sich das Öl gesammelt hat, und ich reibe seine Hoden und den Damm.

Chris drückt seine freie Hand auf meinen Kopf und legt seinen eigenen Kopf zurück. Die Stöhnlaute, die er ausstößt, kommen als Echo von den Frauen auf dem Bett zurück. Ich schaue hinüber und bemerke, dass alle Blicke auf uns gerichtet sind. Jasmine, die sich aufgesetzt hat, löst die Fesseln. Die Frau neben Kat ist ihre Zimmergenossin Dionne, erkenne ich jetzt.

Nachdem sie uns eine Minute betrachtet haben, wälzt sich Kat übers Bett und steigt auf Dionne. Sie küsst sie wild und mahlt ihren Schoß gegen den der Freundin. Jasmine schaut ihnen eine Weile zu, lächelt und massiert Kats Bein. Dann schaut sie zu uns, lässt ihre Hand zu ihrem Delta gleiten, spreizt die Beine, so weit es geht, und beginnt, sich zu reiben, den Blick immer noch auf uns gerichtet.

Ich fühle mich gefangen in ihrem starren Blick, ein Kaninchen in ihrem Scheinwerfer. Ich komme mir entblößt vor, und doch empfinde ich eine seltsam angenehme Sensation. Plötzlich wird mir bewusst, dass ich die Einzige im Zimmer bin, die noch voll bekleidet ist. Ich lasse Chris einen Moment lang los, und er massiert seinen *lingam* jetzt wieder selbst, während ich mich ausziehe.

Meine Nacktheit törnt mich an. Die Frauen um mich herum sind Schönheiten, aber ich bin auch eine, sonst hätte

Chris mich doch gar nicht erst ausgesucht. Ich mag älter sein als die meisten, aber dafür habe ich andere Vorzüge.

Jasmin steht auf, die Finger noch zwischen den Labien, und kommt auf uns zu. »Schau ihr in die Augen«, sagt sie in einem bestimmenden Tonfall, und Chris öffnet die Augen und tut, was sie befohlen hat. Er nimmt die Hand von seinem *lingam* weg, und ich nehme ihn in die Hand und setze die leichte Massage fort. Wir schauen uns an, und ich fühle, wie mein ganzer Zorn verraucht, und meine Abneigung hat es nie gegeben. Vielleicht hat er Recht, rede ich mir ein: Warum soll ich an Dingen festhalten, wenn alles irgendwann zu Staub wird?

Jasmine kniet neben mir, und ich fühle die sanfte Haut ihres Oberarms an meinem. Sie streckt eine Hand aus und legt sie auf meine, und wir setzen die Massage gemeinsam fort. Dann lässt sie los, langt nach dem Öl, kniet sich vor uns und beginnt, Chris' Nippel und dann den ganzen Brustkorb mit Öl einzureiben. Sie nimmt sich auch den flachen Bauch und die Oberschenkel vor, und als sie das geschafft hat, nimmt sie abwechselnd seine Hoden in die Hand und massiert sie zart.

»Der Schaft«, raunt sie mir zu und schaut mich an. »Konzentriere dich auf die Wurzel des *lingam* und variiere Tempo und Druck. Drücke seine Bälle schön vorsichtig. Ja, so ist es gut.«

Hinter uns höre ich Kat und Dionne, die sich ihren Orgasmen nähern und sie mit lauten Schreien willkommen heißen, aber ich behalte Chris' Schaft im Auge; er ist das einzige Ding, das in der ganzen Welt in diesen Minuten existiert.

»Zieh jetzt hoch«, sagt Jasmine, »und wenn du oben bist, lässt du deine Hand sinken und machst mit der anderen Hand weiter, Ja, so ist es gut, genau richtig. Jetzt mit der rechten Hand und dann mit der linken, immer abwechselnd.«

Sie hebt sich auf ihre Knie, hängt über Chris und beobachtet sein Gesicht, während ich die spezielle Massage weiter ausführe. Er hat die Augen geschlossen, sein Atem ist kaum wahrnehmbar. Er scheint ein Stadium der Entspannung erreicht zu haben, das fast einer Meditation gleicht. Dann wendet sich Jasmine wieder an mich.

»Verändere die Richtung«, weist sie mich an. »Drücke den Kopf des *lingam,* dann lässt du die Hand nach unten gleiten, ehe du sie zurücknimmst und mit der anderen Hand von unten weitermachst.« Während ich gehorche, erklärt sie mir: »Man sagt, dass eine solche Massage des *lingam* viele Leiden heilen kann. Es hat etwas von den Reflexzonenmassagen – einige der Nervenenden des *lingam* sollen mit den Punkten im ganzen Körper korrespondieren. Deshalb können innere Probleme mit einer solchen Massage geheilt werden.« Sie lächelt und zeigt mir ihre regelmäßigen, kleinen, weißen Zähne. »Siehst du, es geht nicht nur um Sex. Oder sollte ich besser sagen: Im Sex liegt viel mehr, als die meisten Menschen ahnen.«

Während sie redet, fällt mir auf, dass Chris' Penis abschlafft und dann wieder hart wird, und das wiederholt sich einige Male, als ob er auf einer Welle reite. Manchmal sieht es so aus, als stünde sein Orgasmus unmittelbar bevor, doch dann sackt er wieder zusammen. Die Veränderungen scheinen nichts damit zu tun zu haben, was ich mit meiner Hand anstelle, denn ich weiß, dass er die Kraft seines Gehirns und seine Atemtechnik einsetzt, um zu kontrollieren, was sich zwischen seinen Beinen abspielt.

»Öffne deine Beine weiter«, flüstert Jasmine. Als er das getan hat, sagt sie zu mir: »Jetzt zeige ich dir den entscheidenden Punkt. Hier.« Sie nimmt meine Hand und führt sie zwischen seine Beine zu einer Stelle zwischen Hoden und After.

»Fühlst du die kleine Einbuchtung, etwa so groß wie eine Erbse? Drücke mit deiner Fingerspitze dagegen, aber ganz behutsam, während ich den *lingam* weiter massiere. Wenn du fühlst, dass er bald kommen wird, drückst du ein wenig härter zu. Die Taoisten nennen dies den Millionen-Dollar-Punkt. Es hat den gleichen Effekt, als wenn du einen Finger in den Hintern eines Mannes steckst.«

Ich sehe sie an, halb verlegen und halb dankbar, dass sie diese sexuelle Weisheit mit mir teilt. Und dann werde ich rot, weil eine jüngere Frau mehr weiß als ich. Ich denke an Ravi und an all die Dinge, die wir nicht zusammen gemacht haben. Was für eine Verschwendung! Wenn ich diese Dinge doch damals schon gekannt hätte, wäre unser Leben ganz anders verlaufen. Vielleicht wären wir sogar noch zusammen.

»Aber sei vorsichtig«, sagt Jasmine. »Chris, der liebe Chris, ist an diese Dinge gewöhnt.« Ohne ihre Hand von seinem Schaft zu nehmen, beugt sie sich vor und streichelt seine Haare. »Stimmt es, Liebling?« Sein Gesichtsausdruck bleibt unverändert, als befände er sich in einer Art Trance. »Aber wenn du diese Technik bei einem Novizen anwendest, musst du ganz langsam vorgehen und sehr sanft. Zuerst kann es schmerzhaft sein. Und wenn du auf diesen bestimmten Punkt drückst, kann es den Mann zu mächtigen Emotionen bringen. Manchmal auch zu bisher unterdrückten Erinnerungen. Ich habe erlebt, wie Männer in meinen Armen lagen und geheult haben.«

»Muss man dann aufhören?«

»Nicht unbedingt. Lass dich von ihm leiten. Du befindest dich in einer wichtigen Vertrauensposition, in einer der intimsten Rollen, die ein Mensch dem anderen gegenüber einnehmen kann. Du bist eine Art Heiler, und zu heilen heißt, dass du die Emotionen ihren Weg suchen lässt. Wenn sie weinen wollen, lässt du sie weinen, und wenn sie schreien wollen, lässt du sie schreien. Und wenn sie aufhören wollen, ermuntere sie dazu.«

Sie macht eine Pause. »Er ist bald da«, sagt sie und lehnt sich wieder über Chris. »Atme tief«, sagt sie. Ich höre Zuneigung in ihrer Stimme, wenn sie mit ihm spricht, echte Zuneigung, und ich empfinde eine tiefe Wärme für sie. Bisher hat sie nichts von ihren Bemühungen gehabt; sie hat sich ganz der Lust für Chris verschrieben und der Erweiterung meines Wissens. Ich bin dankbar, dass sie mich hierhin gezerrt hat, wo ich doch abhauen und meine Sachen packen wollte.

»Er lässt es heraus«, sagt sie. »Wenigstens sechs Mal war er schon kurz davor, aber diesmal ist es garantiert seine allererste Sahne.« Sie schaut mich an. »Mach dich auch fertig«, sagt sie, »wenn du es brauchst. Aber wenn du dich zurückhalten kannst, dann beobachte ihn und studiere sein Gesicht, wenn er kommt. Drück jetzt leicht auf den bestimmten Punkt.«

Sie hat Recht. Chris' Hüften rucken hoch, sein Gesicht verzieht sich, und es sieht beinahe wie eine Agonie aus, und dann kommt er mit einer wundersamen, fast beängstigenden Gewalt. Es ist eine der beeindruckendsten Szenen, die ich je gesehen habe. Er packt Jasmine und mich an den Oberarmen und zieht uns über sich, und während sein Orgasmus abebbt, liegen wir alle eng zusammen und lassen uns eine Weile treiben. Ich fühle mich glücklich und auch ein bisschen unschuldig.

Ich wache auf, mein Kopf noch auf Chris' Brust. Jasmine streichelt meine Haare. Hinter mir schlafen die beiden Frauen auf dem Bett, Arme und Beine ineinander verhakt.

»Danke«, sage ich.

»Du bist noch nicht fertig«, gibt Jasmine zurück.

»Was denn noch?« Lachend richte ich mich auf.

Chris öffnet die Augen, und dann sitzen wir alle da.

»Die *yoni*«, sagt er. »Der heilige Tempel der Frau.« Er langt zwischen meine Beine. »Deine schöne kleine Pussy.«

Jasmine nickt bestätigend. »Sie ist sehr schön«, sagt sie, und ich fühle instinktiv das Bedürfnis, sie mit der Hand zu bedecken. Sie hat so viel an diesem Abend mit mir geteilt, aber plötzlich werde ich schüchtern, wenn sie über meine Pussy spricht.

Als ob sie das spürt, steht sie auf, durchquert das Zimmer und sucht eine Kerze, die sie anzündet. Auf dem Weg zurück zu uns bleibt sie stehen und dreht den Lichtschalter aus. Chris und ich sitzen noch entspannt auf der Chaiselongue. Seine Finger massieren meine Pussylippen, und sein Blick zwingt mich auf den Rücken. Ich öffne die Beine weit und lade ihn ein, aber er setzt den Druck der Finger fort, ohne einzudringen.

Neben uns legt Jasmine Kissen auf den Boden. Als sie damit fertig ist, schaltet sie den CD Spieler ein und schiebt eine Scheibe hinein. Sanfte, leise Instrumentalmusik. Jasmine kommt zu uns, nimmt uns beide an der Hand und führt uns hinüber zu den Kissen. Bevor sie uns auf die Kissen sinken lässt, umarmt sie uns, als brächen wir zu einer langen Reise auf. Einen Moment lang berühren sich unsere Pussys, und gleich darauf pressen wir unsere Brüste zusammen. Ich war noch nie einer Frau so nahe, weder körperlich noch geistig.

Wir legen uns hin, Chris und ich, ich mit dem Rücken auf den Kissen, er auf der Seite neben mir. Am Ende liegen zwei Kissen, wo ich den Kopf hinlegen soll, sodass ich meine Pussy sehen kann. Jasmine kniet sich neben uns und schiebt auch noch ein Kissen unter meine Hüften. Sie schiebt meine Beine auseinander und zieht meine Knie ein wenig an.

Einen kurzen Moment hält sie inne und schaut auf meine Pussy, als ob sie sie lecken wollte. Aber dann gibt sie sich mit einigen schnellen Strichen über die Labien zufrieden, bevor sie sich zu Chris begibt.

Er nimmt zwischen meinen Beinen die Lotusposition ein. Er atmet sehr langsam und schaut mir in die Augen. Ein paar Minuten lang sehen wir uns tief in die Augen, und ich fühle die starke Verbindung zwischen uns, die wir immer erstrebten, wenn wir allein waren. Er legt seine Hände auf meinen Bauch und lässt sie über mich gleiten, hinunter zu den Schenkeln und hinauf zu den Brüsten. Ich schließe die Augen und gebe mich entzückt der visuellen Verbindung hin.

Mir ist, als ob ich in eine tiefe, dunkle, warme Stelle versinke, an einen Ort, der mich an eine Gebärmutter erinnert. Ich bin allein da, aber ich fühle mich überhaupt nicht einsam. Stattdessen fühle ich eine Verbundenheit mit allem um mich herum.

»Die *yoni*«, höre ich Jasmine wispern, und es ist so, als hörte ich sie durch Wasser. »Hier.«

Öl gluckert aus einer Flasche, dann fühle ich Chris' glitschige Hände auf meiner Pussy. Sie massieren zuerst den Venusberg, dann die äußeren Labien, die er zwischen Daumen und Zeigefinger nimmt und leicht quetscht. Ich werde sehr geil und greife mit beiden Händen an meine Brüste, aber Jasmine zieht die Hände behutsam weg.

»Atme«, raunte sie mir zu. »Atme tief und regelmäßig.«

Mit unendlicher Langsamkeit schiebt Chris nun einen Finger in meine Pussy und beginnt, mich innen zu massieren. Er bewegt den Finger auf und ab und dann von einer Seite zur anderen, und dabei variiert er Tempo, Druck und Tiefe. Nach ein paar Minuten fühle ich, wie er den Finger krümmt, und ich weiß, dass er den G-Punkt sucht. Ich habe in den letzten Jahren in Zeitschriften darüber gelesen, aber ich habe nicht gewusst, dass es so etwas wirklich gibt. Chris zeigt mir, dass es ihn gibt.

Es gibt einen Moment, der durchaus schmerzhaft sein kann und einen daran erinnert, wie man leidet, wenn man ganz dringend pinkeln muss. Dann bewegt sich sein Finger wieder, aber diesmal in einer kreisenden Tour, und ich erlebe Wellen der Lust. Chris' Daumen drückt inzwischen auf meine Klitoris, und den Rest der Hand lässt er massierend auf dem Venusberg liegen. Die andere Hand beginnt, meine Brüste zu massieren.

»Schau in seine Augen«, wispert Jasmine.

Ich komme aus der tiefen, warmen Stelle und treffe wieder auf Chris' Blick. Im nächsten Moment breche ich in Tränen aus.

»Halte sie nur«, sagt Jasmine zu Chris – und dann zu mir: »Hab keine Angst. Bei der Yoni-Massage sind gewaltige Gefühle so normal wie auch bei der Lingam-Massage. Vertraue ihm. Lass zu, dass er dich hält und heilt.«

Ich weine noch, während ich komme, und ich weine weiter, als Chris meine bestimmte Stelle am Damm massiert, dann die Klitoris und meine Brüste. Die Orgasmen kommen, jeder intensiver als der letzte. Ich fühle Jasmines Hand auf meinen Schultern, und mein ganzer Körper wird geschüttelt. Ich höre sie leise, aber eindringlich sagen: »Reite auf der Welle, reite auf der Welle.«

Als ich schließlich aufhöre zu kommen, nehmen sie beide ihre Hände von mir, und ich lasse meinen Kopf auf das Kissen fallen. Ich schließe die Augen und möchte das Nachglühen so lange wie möglich spüren. Chris liegt immer noch auf der Seite, und Jasmine kommt und legt sich auf meine andere Seite. Sie schlingt einen Arm um meinen Bauch und kuschelt sich an mich. Zuerst fühle ich mich getröstet, aber bald setzt die Einsamkeit ein, und ich fühle nichts als Heimweh. Wie aus heiterem Himmel will ich nach Hause.

Ich öffne die Augen. Chris liegt neben mir, aber Jasmine hat ihren Arm weggezogen. Sie liegt auf dem Rücken, die Beine gespreizt, und verschafft sich einen Orgasmus. Ihre Augen sind auf mein Gesicht gerichtet, und als sie sieht, dass ich zuschaue, kommt sie näher, als ob sie mich küssen wollte. Ich wende mein Gesicht ab, dann stehe ich schnell auf. Ich bin ziemlich ausgelaugt, und am liebsten würde ich mich neben Kat und Dionne aufs Bett legen und eine Zeitlang schlafen.

Aber ich fürchte mich vor dem, was passieren wird, wenn ich aufwache oder vielleicht auch schon früher. Und ich fürchte, dass ich nicht Nein sagen kann, obwohl das wirklich nicht zu mir passt. Nicht, dass ich nicht eine verblüffende Erfahrung gemacht habe, aber hier möchte ich gern den Schlussstrich ziehen, bevor ich noch tiefer hineingerate.

Ich suche meine Kleider zusammen, ziehe mich an und gehe aus dem Zimmer.

Die Woche neigt sich dem Ende zu, und ich muss eine Entscheidung treffen. Bleibe ich, oder gehe ich? Ich weiß im Voraus, dass Chris niemals zustimmen wird, seinen Lebensstil aufzugeben, aber trotz meines Anflugs von Heimweh frage ich mich im kalten Licht des Tages, ob ich ohne Chris leben kann. Mein Leben vor ihm kommt mir jetzt so trocken vor, so bedeutungslos. Chris hat mir viel beigebracht.

Ich muss also entscheiden, ob ich bereit bin, ihn so zu nehmen, wie er ist, obwohl ich mich miserabel fühlen werde. Aber ein gewisser Grad von Leid ist wohl der Preis, den man zahlen muss, wenn man erleuchtet wird und mit einem interessanten Mann zusammenlebt.

Ich liege auf meinem Bett und weiß in meinem Herzen, dass ich das Leben, das Chris hier von mir erwartet, nicht aushalten kann. Ich müsste die endlose Prozession seiner Frauen ertragen, die durch sein Zimmer geschleust werden, auch wenn er mich gelegentlich an seinen Orgien teilnehmen lässt. Das ist nicht das, was ich haben will, ganz egal, wie dankbar ich Jasmine bin, weil sie mir in dieser einen Nacht viel beigebracht hat. Ich will Chris und Chris allein. Aber das werde ich nicht haben, und deshalb muss ich gehen.

Ich werfe einen Blick auf die Reisetasche in der Ecke. Ich fühle eine Art Lähmung und kann mich offenbar nicht dazu bringen, aufzustehen und meine Sachen zu packen.

Außerdem – wohin soll ich denn gehen? Ich habe keine Ahnung, wo Nadia ist. Ich habe nicht das Bedürfnis, irgendeine Sehenswürdigkeit anzusteuern. Ohne Nadia oder ohne Chris würde das alles nichts bedeuten.

Ich schließe die Augen und ziehe mir die Bettdecke über den Kopf. Ich werde später entscheiden. Ich gebe ihm noch eine Woche. Wer weiß? Vielleicht will er keine der Frauen, die den nächsten Kurs gebucht haben. Vielleicht begreift er, dass er in mich verliebt ist, und legt nun ein neues Verhalten an den Tag. Vielleicht wird er sogar auf Jasmine verzichten und von seiner Rolle als Guru zurücktreten. Er wird einsehen, dass es ausreicht, die Lust mit einer Frau zu teilen.

Ja, das ist die Lösung. Ich gebe ihm noch eine Woche und warte ab, wie ich mich dann fühle und wie er sich fühlt. Ich gebe die Hoffnung nicht auf.

Siebenundzwanzigstes Kapitel

Diese vergangene Woche habe ich Tagebuch geführt. »Die Woche aus der Hölle« habe ich die Woche genannt. Es war die Woche, in der ich glaubte, meine Seele zu verlieren. Als ich begriffen hatte, dass Sue nicht zulassen würde, dass Dean und ich mal allein sind, hätte ich sofort abreisen sollen. Aber zu diesem Zeitpunkt, schätze ich, war mir ihre Motivation noch nicht klar. Erst später stand ich am Abgrund, und da ich keinen Ausweg mehr sah, überlegte ich, ob es leichter und weniger schmerzhaft sein würde, mich einfach hinunterzustürzen.

Donnerstag: Dean ist früh auf und weg. Vielleicht war ihm die letzte Nacht peinlich.

Ich wachte auf mit Sues Gesicht zwischen meinen Beinen. Zu Beginn war sie sehr sanft. Ich drückte eine Hand auf ihren Hinterkopf und wollte sie noch tiefer in mir spüren. Dringend. Ihre Zunge tobte sich auf meiner Klitoris aus, umrundete sie und stieß mit der Spitze dagegen.

Ich war nicht weit von einem Orgasmus entfernt, aber dann griff sie nach unten und tastete den Boden ab. Bevor ich sie zurückhalten konnte, hatte sie sich den Dildo umgeschnallt und drang in der Hundestellung in mich ein. Hart und schnell ging das, und ich kam mir wie die größte Schlampe vor, wie Unrat. Ich rieb meine Klitoris, und als es mir kam, musste ich an Dean denken. Sue fiel zur Seite, rieb sich zum Höhepunkt und hielt die Augen geschlossen.

Sie stand auf und ging zur Dusche, ohne mich anzusehen. Ich fühlte mich gestraft, gestraft für den Versuch, Dean einmal für mich zu haben.

Sie ging aus dem Haus und sagte, sie wollte Dean zum Mittagessen treffen. Ich weinte und blieb in unserem Zimmer. Ich hasste Sue, aber als ich meine Klitoris rieb und mir einen Orgasmus rubbelte, musste ich an sie denken, bis es mir kam.

Freitag: Habe sie den ganzen Tag gemieden. Bus nach Trivandrum genommen und den dortigen Markt besucht. Ein paar Souvenirs gekauft, die ich nicht wirklich haben wollte, aber die Beschäftigung mit Mitbringseln lenkte mich ab.

Es war unmöglich, ihnen beim Abendessen auszuweichen, obwohl Sue mich kaum zur Kenntnis nahm. Aber als wir am Strand spazieren gingen, legte sie einen Arm um meine Schultern. Wir erreichten das alte Fischerboot, und Sue stieg hinein und zog mich mit. Sie setzte sich auf die halbwegs intakte Holzbank, rutschte zur Mitte, zog das Bikinihöschen zur Seite und gab mir zu verstehen, dass ich mich vor sie auf den Boden knien sollte.

So ließ ich mich in vier bis fünf Zentimeter hohem Meer- oder Regenwasser nieder, schrammte mir die Knie am gesplitterten alten Holz auf und leckte und fingerte Sue zum Orgasmus. Dean schaute zu, während er einen Joint rauchte.

Schweigend gingen wir zum Haus zurück. Während Sue und Dean sich fürs Bett vorbereiteten, sagte ich ihnen, dass ich nicht müde sei. Als ich am Morgen auf dem Sofa wach wurde, sagte niemand etwas darüber, dass ich die ganze Nacht nicht im Bett gewesen war. Sue erwähnte aber, dass ich für einige Fotos posieren könnte. Wir hatten in Kanha darüber gesprochen, und ich hatte gesagt, ich würde darüber nachdenken. Die Vorstellung, vor ihr mehr oder weniger nackt zu posieren, törnt mich nicht mehr an. Jedes Vertrauen ist verloren.

Samstag: Ich konnte es mir nicht verkneifen – als sie zu einem frühen Schwimmen aufbrachen, bevor die Sonne richtig brannte, wühlte ich mich durch ihre Rucksäcke. Ich wusste nicht, wonach ich suchte, aber ich hatte das Gefühl, dass sie mehr verbargen, als ich bisher ahnte. Es war nicht mehr lustig. Bei allem, was Sue sagte, hörte ich einen hässlichen Unterton heraus, selbst beim Lieben.

Ich begriff, dass ich die Grenze überschritten hatte, als ich versuchte, Dean für mich zu haben, wenn auch nur für eine Stunde. Es war nicht fair, dass sie mich jetzt kaltstellte, schließlich hatte sie mich eingeladen. Und ich hatte zu verstehen gegeben, dass ich bereit war, mich an die Spielregeln zu halten.

In Sues Gepäck fand ich ein Notizbuch, fast wie dieses hier. Ich dachte, ich wäre auf Gold gestoßen – ein Journal, in das sie jeden Abend eingetragen hatte, was sie an diesem Tag in Indien erlebt hatte.

Das Notizbuch würde mir den Schlüssel zu ihrem Herzen geben und vielleicht auch erklären, warum sie sich mir gegenüber so mies verhielt. Aber nur die erste Seite war beschrieben: Da standen, ohne jede Erklärung, wunderschöne Mädchennamen. Emily, Sarah, Danuta, Kristina, Sophie, Gina, Sunita. Ich blätterte weiter, aber es gab nur noch blanke Blätter. Dann fielen beim Blättern ein paar Fotos heraus; Bilder von Sue und Dean mit verschiedenen Mädchen sowie Selbstporträts in den verschiedenen Stadien der Entblößung. Als ich genau hinschaute, sah ich Furcht in den Augen einiger Mädchen, Furcht und Selbsthass.

Ich schob die Fotos zurück, dann steckte ich auch das Notizbuch an seinen alten Platz zurück. Es schien, dass ich nicht die Erste war, die sich von Sue und Dean hatte umgarnen lassen. Mit diesem Wissen kam das Begreifen, warum ich mich so oft so billig gefühlt hatte.

Ich erinnerte mich an das Mädchen, mit dem sie im Nachtklub in Bangalore getanzt hatte. Ich dachte, Sue hätte mich eifersüchtig machen wollen, und ich hatte nicht verstanden, warum sie das für nötig hielt. Aber nun begriff ich, dass es Dean war, dem sie eine Nachricht zukommen lassen wollte. Wir – damit meinte ich mich und die Mädchen auf den Fotos – hatten auch die Aufgabe, Dean zu gefallen. Kleine Verführungen. Aber inzwischen wusste ich, dass man nur sehr delikat mit ihm umgehen durfte, sonst würde Sue einschreiten.

Ich stand im Schlafzimmer und dachte alles noch einmal durch. Ich musste an Dean denken und war traurig, dass ich ihn bald verlassen musste. Es stand fest, dass er Sues Komplize war; Sue hätte ihn zu diesem Leben nicht zwingen können, wenn er nicht zugestimmt hätte. Offenbar war er mit dem Abkommen zufrieden, weil es ihm viele attraktive Mädchen zuführte, denn die meisten Frauen hatte bestimmt Sue aufgerissen.

Wie auch immer – für mich stand fest, dass ich gehen musste. Die Situation war nicht sehr erfreulich, und obwohl ich sie und das, was sie mir beigebracht hatte, nie vergessen würde, war die Zeit gekommen, die Sache zu beenden. Ich beschloss, erst mal eine Nacht durchzuschlafen, dann wollte ich weg.

Jetzt ist Sonntag, und wie es sich für einen heiligen Tag gehört, geschah ein Wunder: Sue hat uns tatsächlich allein gelassen, Dean und mich. Nicht wirklich allein, aber so allein, dass wir uns unterhalten können. Sie will Fotos am Strand aufnehmen und lässt uns in einem Café am Strand zurück.

Ich erinnere mich an Deans entschuldigende Blicke und beschließe, ihn vorzuwarnen, dass ich nachher meinen Abschied bekannt gebe.

Er sieht ehrlich enttäuscht aus, wenn auch nicht wirklich überrascht.

»Dir muss aufgefallen sein, wie unglücklich ich in den letzten Tagen war«, sage ich. »Dieses Leben ist nicht gut für mich.«

Er blickt den Strand entlang und entdeckt Sue, die auf Motivsuche ist. Er langt unter dem Tisch nach meiner Hand. »Bleib«, sagt er, »und wenn es nur für eine weitere Nacht ist.«

»Noch eine Nacht, um mich noch mehr in dich zu verlieben?«, frage ich. »Noch eine Nacht, in der mir noch klarer wird, dass ich dich nie haben werde?«

»Du wirst mich haben«, erwidert er.

»Was meinst du damit?«

»Ich werde das klären.«

Ich schaue in seine Augen, in diese Augen, neben denen ich jeden Morgen wach werden wollte, und ich glaube ihm nicht. Das soll nicht heißen, dass ich ihn für einen Lügner halte. Ich bin sicher, er glaubt selbst, dass er diese Situation herbeiführen kann, aber ich glaube es nicht. Sue ist viel zu clever und zu listig. Aber die andere Frage ist, wie sich das auswirken wird? Ich würde einmal mit ihm schlafen, und ganz egal, wie gut es ist, ein zweites Mal wird es nicht geben. Es sei denn, er verliebte sich in mich und verließe Sue …

»Wie lange seid ihr eigentlich schon zusammen?«, frage ich, und mir fällt auf, wie wenig ich von ihnen weiß.

Er seufzt, setzt sich zurück und zündet sich eine Zigarette

an. Dann schaute er wieder zum Strand. »Ewig«, sagt er und atmet den Rauch aus. »Ewig und einen Tag.«

»Du redest, als wäre das eine Freiheitsstrafe.«

Der Blick bleibt am Strand. »Wenn es so ist, dann ist es eine, in die ich eingewilligt habe«, sagt er bedächtig. »In die ich immer noch einwillige.«

»Du bist ihre Marionette«, sage ich leise. »Macht dich das glücklich? Ich kann mir denken, dass es Spaß bringt, all die Mädchen vögeln, die sie aufgerissen hat, aber ...«

Er hebt die Schultern. »Um ehrlich zu sein, ich brauche das nicht«, sagt er. »Ich würde auch dann bei ihr bleiben, wenn es die anderen Mädchen nicht gäbe. Nein, es ist Sue, die das braucht, auch wenn ihr das nicht klar ist.«

»Du machst also ihr zuliebe mit?«

Er nickt. »Ich liebe sie. Was soll ich denn tun?«

Ich stehe auf. »Ich mache einen kleinen Spaziergang.« Ich gehe die Stufen zum Strand hinunter und folge dann nicht Sue, sondern gehe in die andere Richtung. Die Dinge stehen viel schlimmer, als ich sie mir vorgestellt habe, und sie sind komplizierter. Ich bin eine Närrin, dass ich nicht gesehen habe, wie sie mich benutzten. Und trotz Deans Entschuldigung halte ich ihn heute für nicht weniger schuldig als Sue – oder vielleicht noch mehr. Sie folgt wenigstens ihrem Verlangen, während er nur mitmacht, damit er sie nicht verliert. Das ist Feigheit. Er sollte sich durchsetzen und verlangen, dass sie diese Spiele mit unschuldigen jungen Menschen einstellt.

Bevor ich es merke, habe ich das Ende der Landspitze erreicht, und dahinter schließt gleich der nächste Strand an. Nur wenige Touristen sind hier unterwegs, denn der Strand ist mit Steinen übersät und deshalb nicht sehr einladend. Ich gehe auf und ab, doch da gibt es nichts nachzudenken – es ist vorbei. Ich muss es nur noch Sue sagen. Vielleicht nimmt mir auch Dean diese Arbeit ab.

Sie wird nicht glücklich sein, aber wenn ich an die Namen in ihrem Notizbuch denke und an die Fotos, dann gehe ich davon aus, dass sie bald das nächste Opfer gefunden haben werden, das sie auf den Altar ihrer bizarren Beziehung legen.

Ich setze mich auf einen Felsen und verliere mich im Anblick des Meeres. Uralt und doch immer wieder neu. Im Vergleich zu dieser Gewaltigkeit sind meine Probleme so albern, so absolut unbedeutend.

Ich will gerade aufstehen, um weiterzugehen, als eine Gestalt neben dem Felsen auftaucht, ein Mann. Er streckt eine Hand aus, um mir vom Felsen zu helfen, und ich nehme sie dankbar an. Er ist ein Fischer, und ich vertraue seinem freundlichen, offenen Gesicht, das mir sagt, dass er es nur gut mit mir meint.

»Danke«, sage ich, als ich wieder festen Boden unter den Füßen habe.

»Gern geschehen, Madam«, antwortet er.

»Guter Fang heute?«

»Nicht schlecht, wirklich nicht schlecht.« Er grinst, und ich sehe, dass ihm ein paar Zähne fehlen. Ich schaue wieder hinaus aufs Meer.

»Sehen Sie viele Delphine, wenn Sie hinausfahren?«

»Ja, jeden Tag. Es gibt viele Kolonien hier.«

»Würden Sie mich mal mitnehmen, wenn Sie hinausfahren? Ich zahle auch dafür.«

»Ich kann jetzt mit Ihnen hinausfahren, wenn Sie möchten.«

»Ja, gern.«

Die Sonne geht unter, als ich zurück in der Hütte bin. Die Erlebnisse mit den Delphinen, die unser Boot begleiteten und total verspielt waren, haben mich erfrischt. Und es war auch eine Erholung, mal wieder mit einem ganz normalen Menschen zu sprechen. Mein Kopf ist klarer geworden, und am liebsten würde ich packen und gehen, ohne Diskussionen und ohne Beschuldigungen.

Aber falls ich sie noch einmal zu Gesicht bekomme, werde ich mir Sue und Dean vorknöpfen und ihnen sagen, wie unfair es ist, das Leben junger Leute so durch den Wolf zu drehen. Ich weiß natürlich, dass ich damit nichts erreichen werde; nichts wird sie verändern.

Deshalb werde ich einfach gehen, falls ich sie nicht vorfinde.

Ich werde nicht weit gehen, denn Ajay, mein neuer Freund unter den Fischern, hat mich morgen Abend in sein Haus eingeladen, damit ich seine Kinder kennen lerne – alle sieben. Ich fühle mich geschmeichelt, dass ich eine solche Einladung wert sein soll, und freue mich darauf, aus erster Hand zu erfahren, wie eine Familie in Kerala lebt.

Also werde ich mir ein kleines Haus in der Nähe mieten und wenigstens noch drei Tage bleiben. Bis dahin schicke ich Mum eine E-Mail und entschuldige mich. Ich fühle mich schrecklich nach all den Dingen, die ich ihr an den Kopf geworfen habe. Teufel, was weiß ich denn schon über Chris und seine Gefühle für Mum? Vielleicht sind sie glücklich miteinander. Und wenn er nicht der saubere Mann ist, für den sie ihn hält – nun, dann muss sie eben ihre eigenen Erfahrungen machen.

Ich öffne die Tür zur Hütte. Sue und Dean schauen mich vom Sofa aus an. Sie sind nackt. Sue kniet da, die Backen hoch in die Luft gereckt. Dean steckt in ihrer hinteren Öffnung, während sie einen Dildo in ihre Pussy treibt.

Sie lächelt und winkt mich heran. Einen Moment lang bin ich versucht. Es ist verlockend, ihre Körper zu betrachten – mehr, als ich zugeben möchte. Aber in meinem Kopf bleibt die

Erinnerung daran, wie sie mich benutzt haben. Ich kann nicht bereuen, dass ich sie kennen gelernt habe, denn sie haben mir geholfen, mich selbst zu finden. Aber ich habe Angst, tiefer in den Morast gezogen zu werden, in dem sie sich schon befinden.

Ich schüttle den Kopf, als Sue mich wieder anschaut, und gehe ins Schlafzimmer, um zu packen.

Achtundzwanzigstes Kapitel

Nadias E-Mail kommt genau zur rechten Zeit, auf der Höhe meiner Verzweiflung. Ich will von Chris weg, aber ich weiß nicht, wie. Ich fürchte, ich bin sexuell abhängig von ihm, und kann mir nicht vorstellen, dass ich jemals wieder einen Mann finde, der mich so befriedigen kann wie er. Dieser Gedanke erschreckt mich mehr, als hierzubleiben und unglücklich zu sein.

Als Antwort auf meine E-Mail entschuldigt sie sich auch für den Streit und sagt, sie hofft, dass die Dinge in Goa für mich gut laufen. Ich beiße mir auf die Lippen und starre hilflos auf den Monitor.

»Die Dinge lassen sich überhaupt nicht gut an für mich«, murmele ich. Dann erkenne ich den Schwachsinn, mit mir selbst zu reden; ich gehe auf mein Zimmer und rufe sie mit meinem Handy an.

»Mum!« Sie klingt begeistert, dass sie meine Stimme hört, und ich bin überwältigt vor Liebe, als ich ihre Stimme höre.

»Wo bist du?«, frage ich.

»In Kerala. Kovalam Beach.«

»Ist es schön da?«

»Wunderbar. Ich habe ... Ah, das ist eine lange Geschichte. Aber ich miete mir jetzt ein kleines Haus. Ich habe einen Freund gewonnen, einen Fischer, der mich heute zu den Delphinen mitgenommen hat.«

»Ein Freund oder mehr als das?«

»Oh nein, nicht, was du denkst. Ajay ist zu alt für mich.

Aber er ist nett. Ein Witwer. Ich gehe heute zum Essen in sein Haus, weil er will, dass ich seine Kinder kennen lerne.«

Ich stoße einen Seufzer aus, und sie bricht ab und fragt: »Mum, ist alles in Ordnung?«

»Ich ... Ich ... Nein, es ist nicht alles in Ordnung.«

»Was ist denn passiert? Hat es was mit Christopher zu tun?«

»Oh, Nadia, du hast ihn von Anfang an richtig eingeschätzt. Er ist ein Schürzenjäger, und was noch schlimmer ist, er versteckt sich hinter spirituellen Notwendigkeiten. Ich dachte, wenn ich ihm noch eine Woche gäbe, würden sich die Dinge verbessern, aber das war ein Irrtum.«

»Warum verlässt du ihn nicht?«

»Das ist nicht so leicht.« Ich kann ihr nicht sagen, dass ich in der psychologischen Falle stecke, weil es keinen mehr geben wird, der mich körperlich so befriedigt wie Chris. Ich kann ihr nicht sagen, dass ich mich wie ein Junkie fühle, süchtig nach seinem Sex. Die Höhen sind zu hoch und die Tiefen zu tief. Ich zahle einen hohen Preis, und doch kann ich dem Teufelskreis offenbar nicht entkommen.

»Warum nicht?«

»Ich wusste nicht, wo du bist.«

»Nun, jetzt weißt du es. Komm nach Trivandrum, und ich hole dich da ab. Vergiss nicht, dein Handy zu laden, und wenn einer von uns beiden kein Signal bekommt, musst du eine öffentliche Telefonzelle suchen und das »Hermit Crab Café« anrufen und eine Nachricht für mich hinterlassen.«

Dazu fällt mir nichts ein. Auf eine Weise bin ich froh, dass sie so bestimmend ist. Aber ein Teil von mir fürchtet immer noch, was passieren wird, wenn ich Chris verlasse.

»Ich komme für ein paar Tage«, sage ich.

Sie seufzt. »Ich dachte, du hättest gesagt, es würde nicht besser. Das heißt, er vögelt immer noch durch die Gegend.«

»Aber …«

»Okay, du musst wissen, was du tust. Komm ein paar Tage her, dann sehen wir, wie es dir geht. Es ist dein Leben.« Sie gibt mir eine Wegbeschreibung zu ihrem kleinen Haus – für den Fall, dass es Probleme bei der Kommunikation gibt.

Einen Moment lang sitze ich in der eindringenden Dunkelheit und frage mich, ob ich das durchziehen kann. Dann gebe ich mir einen symbolischen Arschtritt und fange an, meine Sachen zu packen. Als ich damit fertig bin, schreibe ich Chris einen kurzen Brief, den ich auf dem Weg hinaus an der Rezeption abgeben werde.

Ich bleibe hart an der Wahrheit dran: Ich besuche Nadia und werde ihn anrufen, um ihm zu sagen, wann ich zurück sein werde. »Danke für alles«, lautet mein Schlusssatz.

Neunundzwanzigstes Kapitel

Ich sitze in Ajays Haus, kaum mehr als ein Schuppen auf einer Lichtung in der Mitte eines Kokospalmenhains. Es gibt nur drei Räume, und der Boden besteht aus gepresster Erde. Neun Menschen sind hier zusammengepfercht, Ajay, seine sieben Kinder und seine betagte Mutter. Sie sitzt den ganzen Abend in einer Ecke im Schaukelstuhl. Ich frage nicht nach ihrem Leiden, nehme aber an, dass sie Alzheimer hat. Ich frage auch nicht, an welcher Krankheit die Mutter der Kinder gestorben ist. Wenn Ajay es sagen will, wird er es tun.

Die Kinder sind zwischen drei und achtzehn Jahre alt. Der älteste Sohn, erfahre ich, heißt Hari, ein schöner Junge mit Ebenholzhaut und einem offenen Gesicht, das mich an den Vater erinnert. Ihm haftet auch was Feminines an, was mich fasziniert. Zuerst sehe ich kaum etwas von ihm, denn hauptsächlich ist es Hari, der unser Abendessen kocht.

Sein Vater stellt mir die anderen Familienmitglieder vor und führt mich voller Stolz ins Freie, damit die Kleinsten mir zeigen können, wie sie die Palmen hochklettern und die Spitzen so lange schütteln, bis die Kokosnüsse hinunterfallen.

Bevor wir essen, wird einer der älteren Jungen überredet, für uns zu singen. Ich sitze hingerissen da, während reine Töne aus seiner Kehle fließen. Ich verstehe die Worte nicht, aber sie hören sich wie ein Gebet oder wie ein Erntedank an, und während der Junge singt, sage ich den Mächten Dank, die mich von Sue und Dean befreit haben. Ich sehe mich im Kreis dieser zufriedenen Familie um, und mir wird bewusst, was ich vom Leben erwarte. Was Sue und Dean zu bieten haben, gehört nicht dazu.

Hari kommt herein und deckt den Tisch mit unzähligen kleinen und großen Metallschüsseln, mit Curry und *dhal* gefüllt, mit Pfannkuchen und Pickles sowie mit *avial.*

Ich schaue ihm zu; er ist selbstsicher, und man sieht ihm an, dass er es gewohnt ist, Verantwortung für seine jüngeren Geschwister zu übernehmen, während der Vater den Lebensunterhalt auf dem Meer verdient. Sein sicheres Auftreten imponiert mir und nimmt mich für ihn ein. Ich bin weiß Gott keine Zuchthenne, aber ich weiß, dass er einen wunderbaren Vater abgeben würde, und aus irgendeinem Grund törnt mich das an.

Auf einem Gebiet scheint sich Hari nicht auszukennen – er weiß nicht, wie er sich mir gegenüber verhalten soll. Er wirft mir über den Tisch Blicke zu, manchmal lächelt er auch, aber er spricht mich nie direkt an, antwortet aber auf meine Fragen. Zuerst glaube ich, dass er an mir nicht interessiert ist, doch noch vor dem Ende des Essens habe ich Gründe gefunden, die mich hoffen lassen, dass er mich so attraktiv findet wie ich ihn.

Im schlendere am Strand entlang und denke an Hari, und dann denke ich an Ajay. Er wäre perfekt für Mum, glaube ich, und ich nehme mir vor, sie einander vorzustellen, wenn Mum kommt. Vielleicht kann ich die beiden miteinander verkuppeln, damit Mum nicht mehr nach Goa zurückwill und Christopher endlich vergessen kann.

Am folgenden Morgen spaziere ich zu Ajays Schuppen, um mich für das Essen zu bedanken. Ich habe keine Ahnung, wann Mum kommt, denn ich weiß nicht, ob sie einen Flug gebucht hat oder mit dem Zug reist. Um ehrlich zu sein: Eigentlich habe ich mich nur auf den Weg gemacht, um Hari zu treffen. Seit gestern Abend habe ich viel an ihn gedacht.

Leider ist Hari nicht da, und dann bin ich entsetzt, als ich Ajay am Küchentisch sitzen sehe, den Kopf in die Hände gestützt. »Was ist los?«, frage ich in der offenen Tür. Hinter mir höre ich Kinder spielen und kichern.

Er schaut auf, die Wangen nass von den Tränen. Ich laufe zu ihm, lege die Hände auf seine Schultern und knie mich neben ihn.

»Ajay, was ist geschehen?«

Er sagt es mir. Sein Englisch ist brüchig, aber ich verstehe, was er gerade herausgefunden hat: Die Planungsbehörde hat den Bau von zwei Fünf-Sterne-Hotels in unmittelbarer Nähe genehmigt, wodurch seine Familie ihr Zuhause verliert. Nicht nur das, der Wassermangel wird noch größer, sagen die Experten von Süd-Kerala voraus.

Ich setze mich zu ihm und höre ihm zu, beschämter denn je, ein Tourist zu sein. Ich weiß nicht, was ich sagen kann, um ihn zu trösten. Entsetzt muss ich feststellen, dass ich nicht in der Lage bin, ihm zu helfen. Ich mag ihm auch nicht sagen, dass alles gut wird, weil das nicht stimmt. Die Kräfte des globalen Kapitalismus werden gewinnen.

Als er sich beruhigt hat, sage ich ihm, dass meine Mum kommt, und ich frage ihn, ob wir ihn gemeinsam besuchen können. Er fühlt sich geschmeichelt und nickt freudig. Dann laufe ich zu meinem Haus zurück.

Auf halbem Weg am Strand höre ich eine Stimme hinter mir. Ich drehe mich um und bin überrascht, Hari zu sehen. Die Sonne blitzt in seinen Augen.

»Hast du die Neuigkeit schon gehört?«, fragt er, und ich

höre die Wut in seiner Stimme. Der Zorn hat alle Spuren von Schüchternheit vertrieben.

»Es tut mir leid«, sage ich. »Ich habe versucht, deinen Dad zu trösten, aber es ist schwierig, wenn man weiß, dass es keine Hoffnung gibt.«

»Wer sagt, dass es keine Hoffnung gibt?« Er reckt sich vor mir auf, kämpferisch und so sexy, dass mir ganz schwindlig wird. Ich will gerade meinen Vortrag über den Kapitalismus halten und über den unersättlichen Hunger des Tourismus klagen, als er mich mit einer leicht gehobenen Hand zum Schweigen bringt, was meine Leidenschaft für ihn noch erhöht.

»Ich bin auf dem Weg nach Kochi«, sagt er. »Dort treffe ich ein paar Leute, die sich um die Landentwicklung kümmern wollen.« Er hält inne und sieht mir intensiv in die Augen. In seinem Gesicht sehe ich Leidenschaft und Rechtschaffenheit, und obwohl es nicht das perfekte Gesicht eines griechischen Gottes ist – wie Deans –, glaube ich, dass es das schönste Gesicht ist, das ich je gesehen habe, jungenhaft und feminin zugleich. Ich kann mich gerade noch zurückhalten, meine Hand auszustrecken und über seine zarten Wangen zu streicheln.

»Ich habe das Boot vom Vater eines Freundes zur Verfügung«, sagt er. »Möchtest du mitkommen? Es ist – wie heißt es auf Englisch? – sehr pittoresk.«

»Sehr gut. Ich würde gern mitkommen, wenn du glaubst, dass ich dir nicht im Weg stehe.«

Eine Stunde später tuckern wir über ein Netzwerk von Flüssen, Lagunen, Kanälen und Seen, die alle nahe der Küste von Kerala liegen. Obwohl wir nicht so langsam sind wie die Stakkähne, die von langen Bambusstäben angetrieben werden, kann man nicht wirklich von Tempo reden. Ich halte eine Hand ins Wasser und gebe mich der langsamen Fahrt hin; ich bewundere die Umgebung – die hohen Palmen, die sich im Wasser spiegeln, ausgelegte Fischnetze, kleine Häuser auf Land gebaut, das man dem Wasser abgerungen hat, und nebenan ein überschaubarer Gemüsegarten. Ich sehe, wie Cashewnüsse auf Boote geladen und Schalentiere mit den Händen eingesammelt werden. Ich sehe, wie die Leute entlang eines Flusses ihre Schweine füttern, wie sie ihre einzige Kuh pflegen und wahrscheinlich von den Erträgen der Hühner und Gänse leben.

Manchmal fahren wir an Kindern vorbei, und wenn sie eine Frau aus dem Westen sehen, winken sie und rufen: »*Pen, Missus, pen, Missus!*« Ich fühle mich schuldbewusst. Wenn ich das geahnt hätte, hätte ich einen ganzen Beutel mit Schreibgeräten mitbringen können. Es ist augenöffnend, dass sie nicht Geld erbetteln, sondern einen Füller oder einen Kuli.

Die Reise dauert Stunden, aber Hari hat mich schon vorgewarnt, dass wir in Kochi übernachten müssen. Ich bin froh über die Gelegenheit, den früheren Umschlagshafen für Gewürze kennen zu lernen. Kochi war die portugiesische Hauptstadt Indiens.

Ich hoffe, dass Hari und seine Freunde mich einladen, ihre Sache zu unterstützen und die Petition zu unterschreiben. Nicht, dass ich große Chancen sehe, aber die Situation bietet mir eine große Chance, direkt aus der Nähe zu erleben, wie Demokratie in Indien gelebt wird. Wenn sie mich aber nicht dabeihaben wollen, kann ich das auch verstehen.

Gegen Nachmittag steuert Hari das Boot zu einem schattigen Platz am Ufer und holt drei oder vier in Folie verpackte Happen aus seinem Rucksack – ein spätes Mittagessen, die Reste von gestern Abend. Wir sitzen da und essen, und er erzählt mir mehr von seinen Sorgen um die Schäden für die Umwelt, wenn der Fünf-Sterne-Tourismus tatsächlich im Süden Keralas beginnen sollte. Sicher, seine Familie würde sich eine neue Bleibe suchen müssen, das ist ärgerlich, aber keine Katastrophe. Viel mehr fürchtet er die Auswirkungen des luxuriösen Tourismus auf die einheimische Umwelt.

Ich möchte ihm gern helfen, denke ich, als ich sein schönes, lebendiges Gesicht sehe. Und ich will ihn für mich haben. Beide Gefühle sind miteinander verbunden. Ich fühle, wie ich mich wegen seiner Leidenschaft und auch wegen seiner Moral in ihn verliebe. Trotz all seiner Sprüche ist Chris ein Scharlatan. Hari ist echt.

Ich fühle mich tapfer und beschließe, mich zu erklären. Was habe ich zu verlieren? Ich habe es satt, mich verstellen zu müssen und mich hinter Rollenspielen zu verstecken. Bei Hari will ich nichts als Ehrlichkeit. Einer wie er hat das verdient. Aber bevor ich etwas sagen kann, wird mir bewusst, dass er aufgehört hat zu reden. Er starrt mich an.

»Was ist?«, frage ich besorgt.

Er lächelt, aber es ist ein trauriges Lächeln. »Du bist so schön«, sagt er.

»Und warum siehst du dann so unglücklich aus?«

»Ich bin nicht unglücklich. Ich möchte diesen Augenblick nur ewig festhalten. Den Rest meines Lebens in dein liebliches Gesicht schauen können.«

»Ich habe gerade dasselbe von dir gedacht.«

Er beugt sich langsam vor und legt eine Hand auf meinen inzwischen gebräunten Oberschenkel. Unsere Augen sehen sich an. Seine sind fragend, aber ich weiß, dass sie die Antwort schon kennen.

Seine Hand bewegt sich weiter hinauf, und ich gleite ihm entgegen. Ich zurre am Reißverschluss meiner Shorts. Ich weiß, dass alles sehr schnell geschieht und dass die Romantik den Kampf gegen meine Geilheit verliert, aber auf der anderen Seite fühlt es sich so hinreißend gut an. Es ist, als wäre Hari ein Teil von mir, den ich schon so lange vermisse und den ich dringend wieder in mir haben muss, um mich vollkommen zu fühlen.

Etwa eine Minute hängt er über mir, küsst zuerst meinen Mund, dann den Nacken, und schließlich haucht er leichte Küsse auf den Hals und den Ausschnitt. Ich stöhne laut.

Als ich meine Shorts mit den Händen nach unten gedrückt habe, schlinge ich meine Beine um seine Taille. Ich habe keinen Slip an, und meine Ritze reibt sich gegen seinen Unterbauch, feucht und bereit für ihn.

Er hält inne, hebt den Kopf von meinen Brüsten und schaut mir in die Augen. »Bist du sicher?«, fragt er leise.

»Ich bin mir nie bei etwas so sicher gewesen«, gebe ich zurück.

Er lässt sich nach hinten fallen, sodass meine Beine auf seinen Schultern liegen. Mit beiden Händen hebt er meine Backen an und bringt den Mund näher an meine Pussy. Seine Zunge sticht in mich hinein und neckt mich ein paar Minuten lang. Sie ist wie eine Biene, die um die Blume schwebt und dann zustößt, um saugend den Nektar zu holen. Ich kann meinen eigenen Saft riechen, süß und schwer. Ich stöhne. So sollte Sex sein. Ein Erforschen. Ein Geben.

Er senkt meinen Po auf den Sitz in der Bootsmitte, dann kniet er davor, nimmt seine Erektion in die Hand und füttert mich mit ihr, aber vorher habe ich noch die Gelegenheit, seinen Steifen zu sehen. Ich musste den Kopf verrenken, aber das hat sich gelohnt. Er sieht aus wie ein Stab aus glänzendem schwarzen Holz, nicht zu groß und nicht zu klein, hart und perfekt proportioniert. In der Sonne glitzert er, genau wie die Lache in meiner Pussy. Ich halte mich an seinen seidigen Hüften fest, als er in mich hineinstößt, und ich schreie auf. Es ist wie ein Nachhausekommen.

Er stößt flüssig ein und aus, langsam zu Beginn, und ich hebe und senke meine Hüften im Takt, den er vorgibt. Seine

Stöße gehen immer tiefer. Ich schlinge meine Beine um ihn, quetsche ihn hart, und meine Klitoris wird von seinem Bauch dort gequetscht, wo seine Schamhaare aufhören.

Ich fühle, wie das Prickeln beginnt, die Ankündigung des Orgasmus. Ich presse die Wände meiner Pussy fest zusammen, und ich sauge ihn, so tief es geht, in mich hinein. Hari und ich, wir passen zusammen. Er füllt mich aus, und ich glaube, dass ich ihn wie einen Lederhandschuh umschließe.

»Oh Mann, Hari«, höre ich mich sagen. »Oh Gott.« Mir ist, als hätte etwas Religiöses mich erfasst, als wäre etwas Mystisches über mich gekommen. Ich schließe die Augen, und hinter ihnen brennt ein weißes Licht, und mein Gehirn fängt Feuer, ausgelöst von der Explosion in mir.

Einen Moment lang bin ich wie betäubt, aber Hari bewegt sich weiter in mir, und nach ein paar Minuten bin ich erstaunt, weil ich spüre, dass sich schon wieder ein Orgasmus nähert. Ich grabe meine Nägel in das Fleisch seiner Backen, und er weicht mir aus und krümmt den Rücken; ich höre, wie er mit den Zähnen knirscht, was seine eigene Ekstase einleitet, und dann werde ich von wilden Zuckungen geschüttelt.

Eine Zeitlang liegen wir nur da, dann küsst Hari mich voll auf den Mund und sagt: »Wir müssen jetzt weiter. Es wird bald dunkel, und ich habe kein Licht.«

»Und deine Freunde warten auf dich.«

»Ja, richtig.«

Den Rest des Weges legen wir fast schweigend zurück, aber es ist ein angenehmes Schweigen. Ich sitze hinter Hari, und er steuert uns durch die engen Wasserstraßen. Ich kann seine kräftigen Rückenmuskeln beobachten, und ich weiß, dass ich ihm voll und ganz vertrauen kann.

Wir vertäuen das Boot in Kochi und brechen sofort zum Apartment von Haris Freund Pandit auf. Wir bleiben eine Weile bei ihm, trinken Palmwein und reden über die angeblich neue Landentwicklung und welche Maßnahmen man dagegen unternehmen kann. Ich kann nicht viel dazu beitragen, aber ich höre intensiv zu und denke viel darüber nach, wie ich ihnen helfen könnte.

Nach einem späten Abendessen in einem Restaurant in der Nähe gehen wir zurück ins Apartment. Pandit hat uns sein Sofabett angeboten. Da ich vom Curry aufgebläht bin, steht mir der Sinn nicht mehr nach Liebe, obwohl ich Hari noch mehr begehre als vorher.

Ich gehe mit mir selbst einen Kompromiss ein und gebe ihm einen langen, langsamen Blowjob, bei dem ich ihm in die Augen schaue, die im Schein der Straßenlampe glitzern. Er fährt mit gespreizten Fingern durch meine Haare, und als er sich in meinen Mund ergießt, flüstert er meinen Namen, und danach halten wir uns lange umfangen.

Als die Dämmerung heraufzieht und wir immer noch nicht schlafen, schleichen wir hinaus, borgen uns Pandits Motorroller und fahren damit zum Strand. Eine Weile spazieren wir am Strand entlang; wir reden über unsere Familien. Dann sagt Hari, er möchte sich ausruhen, und so setzen wir uns.

Im sanften blauen Licht der Dämmerung schaue ich ihn an. Ich möchte ihm gern sagen, dass ich ihn liebe. Aber er unterbricht mich und nickt nur – da weiß ich, dass er es weiß. Wir küssen uns, als könnten wir uns nie wieder trennen.

Als wir uns dann voneinander lösen, legt er sich in den Sand, die Augen geschlossen, und mein Atem stockt, als ich die Schönheit seiner Haut betrachte, sie schimmert im Mondschein wie Mahagoni.

In meinen Ohren schlägt ein Puls, als wollte er den Takt der klatschenden Wellen mitgehen. Ich ziehe ein Bein an und grätsche über ihn. Ich schaue hinunter und betrachte meinen Preis, während ich mein Bikinihöschen schon zur Seite schiebe.

Er öffnet die Augen und lächelt mich an, und ich verliere schon wieder die Kontrolle.

Dreißigstes Kapitel

Ich treffe ohne jede Vorwarnung in Kerala ein. Es ist mir nicht gelungen, Nadia auf ihrem Handy zu erreichen, und den Namen des Cafés, das ich anrufen soll, um ihr eine Nachricht zu hinterlassen, habe ich vergessen.

Aber das spielt keine Rolle: Ich bin schneller hier, als Nadia voraussehen konnte, weil ich einen Platz in der Maschine von Goa nach Kochi buchen konnte, und von dort habe ich ein Taxi nach Kovalam genommen.

Ich finde ihr Haus, aber ich finde auch heraus, dass sie nicht da ist. Kein Problem, sage ich mir, ich gehe in ein Café und lese ein Buch. Ich fühle mich jetzt schon entspannt und bin wieder mehr ich selbst. Ich dachte, es würde schmerzhaft sein, Chris zu verlassen, aber jetzt, da ich weg bin, fühle ich nichts als Erleichterung. Lust ist schließlich vergänglich. Was er mir gab, ist nicht von Dauer. Nur der Schmerz bleibt.

Doch, er gab mir etwas, was bleiben wird – er gab mir ein größeres Wissen über meinen eigenen Körper und darüber wie ich ihm Lust verschaffen kann. Ich habe heute ein viel tieferes Verständnis für Sex.

Ich lese in meinem Buch, als der Cafébesitzer zu mir kommt und ein Gespräch mit mir beginnt, und als er hört, dass ich Nadias Mutter bin, erzählt er mir, dass sie gestern mit dem Sohn des Fischers nach Kochi gefahren ist. Das wirft mich fast um, aber ich erinnere mich daran, dass sie mich nicht so früh erwarten konnte.

»Ist er der Sohn von Ajay, dem Fischer?«

»Ja«, bestätigt der Cafébesitzer.

»Wissen Sie, wo er wohnt?«

Er nickt, holt ein Blatt Papier und reicht mir eine Minute später eine detailgetreue Zeichnung ab. Das Ziel liegt nicht weit entfernt, und nachdem ich mein Glas geleert habe, greife ich nach meiner Handtasche und begebe mich auf den Weg.

Ein schmaler Pfad führt zur Lichtung. Ich werde von einem Geschnatter unglaublich süßer schokoladenbrauner Kinder empfangen. Sie umkreisen mich und wollen wissen, ob ich Nadias Mutter bin.

Ajay steht in der Tür. Trotz seines Grinsens, bei dem man die Lücken sieht, ist er ein gut aussehender Mann mit einem kessen Zwinkern im Auge.

»Grüße«, sagt er. »Du musst Val sein.«

Wir tauschen einen Händedruck, und ich schaue ihn freundlich an. Vom ersten Augenblick ist da was zwischen uns, aber diese prompte Reaktion gefällt mir überhaupt nicht. Ich bin erschöpft von allem, was bisher geschehen ist – zuerst Charles, dann der Kameltreiber und zuletzt noch Chris. Eine neue Beziehung ist das Allerletzte, was ich brauche. Erotisch bin ich ausgebrannt und emotional auch.

Ajay bestätigt, dass Hari nach Kochi gefahren ist und nennt »politische Gründe« für die Reise. Ihm ist nicht ganz klar, warum Nadia mit ihm gefahren ist.

Ich frage ihn nicht, ob sein Sohn etwas mit meiner Tochter hat – das werde ich noch früh genug erfahren. Er schlägt eine Bootsfahrt zu den Delphinen vor, um die Zeit bis zur Rückkehr der Kinder zu vertreiben. Er schätzt, dass sie spätestens am Abend zurück sein werden. Er geht hinein, und ich setze mich auf den Boden, lächle vor mich hin und bin froh, hier zu sein.

Einunddreißigstes Kapitel

Erschöpft kehre ich nach Kovalam zurück, aber ich fühle mich glücklicher als je zuvor in meinem Leben. Hari und ich nähern uns dem Schuppen Hand in Hand, und dann erlebe ich die Überraschung, dass Mum mit Ajay vor dem Schuppen sitzt: Sie lachen und plaudern fröhlich. Mum trinkt frische Kokosmilch aus einer Muschel.

»Ich bin unheimlich schnell hier gewesen«, sagt Mum, steht auf und umarmt mich. »Und dann habe ich Ajay gefunden. Er hat sich rührend um mich gekümmert.«

Ich blinzele sie im Sonnenlicht an und hätte gern gewusst, wie das ausgesehen hatte, sein »Kümmern«.

Hari lässt meine Hand los und geht zu seinem Dad. Ich schlage Mum einen Spaziergang vor, um den Männern Zeit für sich zu lassen. Schließlich will Ajay einen genauen Bericht über Haris Bemühungen in Kochi hören.

»Ja, klar«, sagt Mum sofort, und dann gehen wir am Strand entlang. Sie erzählt, dass sie mit Ajay hinaus zu den Delphinen gefahren ist, und danach hat er ihr seine Kinder vorgestellt.

Ich bleibe stehen und lächele sie an. »Es hört sich an, als versteht ihr euch phantastisch.«

Sie gluckst fröhlich. »Er ist ein wunderbarer Mann«, sagt sie. »Und wenn da nicht die anderen gewesen wären – nun, dann wäre er vielleicht eine Versuchung gewesen. Aber ich habe beschlossen, früher nach England zurückzufliegen. Ich muss ein paar Dinge klären. Und ich will nicht mit Ajay spielen, wie einige Leute mit mir gespielt haben.«

»Welche Dinge?«, frage ich misstrauisch und unterstelle ihr schweigend, dass sie heimlich zu Chris zurückkehren will, statt nach England.

»Dein Vater«, sagt sie leise.

Ich bleibe stehen und schaue sie an, und mein Mund steht weit offen. »Dad?«, sage ich überflüssigerweise.

Sie nickt, und sie schafft es kaum, mich anzusehen, dabei liegt eine freudige Ausstrahlung auf ihrem Gesicht, die ich so noch nie gesehen habe. »Ich bin nicht sicher, ob eine Mutter so mit ihrer Tochter reden soll«, sagt sie, »aber darauf kommt es jetzt auch nicht mehr an. »Weißt du, ich habe etwas auf dieser Reise gelernt, und das ist, wie ich mich selbst vergnügen kann. Ich habe mich selbst entdeckt – oder genauer meine Sexualität. Das hört sich vielleicht viel zu eigensüchtig an, aber ich habe gelernt: Wenn du dir selbst Lust zufügen kannst, ist das der erste Schritt dazu, auch anderen Lust zu bescheren. Und ich glaube, dass ich mit dem, was ich gelernt habe, auch meine Beziehung mit Dad wiederbeleben kann.«

»Du willst also wieder mit Dad zusammen sein?«

»Das wünsche ich mir.«

Mir schießen die Tränen in die Augen, und ich falle ihr in die Arme, die sie für mich öffnet. »Oh, Mum«, sage ich, aber ich weiß nicht, was ich dann sagen soll. Das ist auch nicht nötig. Es ist ihr bewusst, wie glücklich sie mich macht.

»Es tut mir leid, dich im Stich zu lassen«, sagt sie. »Ich lass dich nicht gern allein zurück, aber ...«

»Ich gehe nirgendwohin«, unterbreche ich sie.

»Du bleibst hier?«

»Ja. Mit Hari. Ich liebe ihn.«

»Oh.« Sie ist verdutzt. »Ich meine«, sagt sie dann, als sie sich von dem Schrecken erholt hat, »er ist ein netter Junge, und von den zwei Minuten her, die ich ihn gesehen habe, macht er einen guten Eindruck, aber ... was willst du hier tun?«

»Ich werde schreiben. Ich werde eine Journalistin, die sich auf Umweltprobleme in Indien spezialisiert, besonders in Kerala. Ich werde das Bewusstsein der Welt wachrütteln und die Tragödien schildern, die immer schlimmer werden, wenn der Westen nicht umdenkt.«

»Und davon willst du leben?«

»Ja. Ich kann kleine PR-Aufträge für Hotels übernehmen, die Wert auf ökologische Produkte legen.«

»Und du wirst es nicht bereuen, dass du nicht zur Universität gehst?«

»Seit ich in Indien bin, ist mir klar geworden, dass die Uni nicht mein Ding ist. Ich brauche etwas Solides, dem ich mich verschreiben kann. Außerdem – falls sich herausstellt, dass alles ein großer Fehler war, hindert mich nichts daran, zurück nach England zu reisen und die Uni doch noch zu besuchen.«

»Es scheint, dass ich nicht die Einzige bin, die sich in Indien entdeckt hat«, sagt Mum und streichelt mir über die Haare.

Ich schaue den Strand hoch und sehe, dass Ajay und Hari uns entgegenkommen. Ich laufe in ihre Richtung. Meine Augen sind voller Hari.

Ende

Lassen Sie sich von Alicia durch London verführen. Sie zeigt alles!

Carrie Williams
IN LONDON
MIT ALICIA
Erotischer Roman
272 Seiten
ISBN 978-3-404-15997-0

Cocktails, Zimmerservice, Wellness in Luxushotels – Alicia ist ein Mädchen, das den kleinen Belohnungen ihres Berufes als Führerin durch London nicht widerstehen kann. Ob es der Produzent aus Hollywood ist, mit dem sie in der Hotelsuite landet oder der australische Pilot, dessen exhibitionistische Phantasien auf dem neuen Riesenrad an der Themse einen neuen Höhepunkt finden.

Eine erotische Zeitreise voller Geheimnisse, Magie und Lust

Maya Hess
GÖTTIN VOM HIMMEL
Erotischer Roman
272 Seiten
ISBN 978-3-404-15996-3

Jenna Brights Flugzeug gerät in einen ungewöhnlichen Sturm, und als sie aufwacht, findet sie sich in der Welt der Kelten vor zweitausend Jahren wieder – verehrt als ›Göttin vom Himmel‹. Das Flugzeug zerstört und das Handy unbrauchbar, ist Jenna gezwungen, sich an ihr neues Leben anzupassen – und an die beiden mächtigsten Männer des Dorfes, die um sie buhlen. Jenna wird in einen Strom wilder, dunkler Leidenschaften gerissen.

Bastei Lübbe Taschenbuch